백범 김구 자서전

백범일지

KB079818

오늘의작은책 1-8
백범일지

1판 1쇄 발행 | 2001년 4월 10일
1판 2쇄 발행 | 2002년 5월 30일
2판 1쇄 발행 | 2006년 4월 10일
2판 2쇄 발행 | 2008년 6월 30일

지은이 | 김구
펴낸이 | 최순철
펴낸곳 | 오늘의책
책임편집 | 김인현
디자인 | 장주원
마케팅 | 손명기

주소 | 서울시 마포구 합정동 412-26호
전화 | 322-4595-6
팩스 | 322-4597
전자우편 | tobook@unitel.co.kr
홈페이지 | www.todaybook.co.kr
출판등록 | 1996년 5월 25일(제10-1293호)

백범 김구 자서전

백범일지

김구 지음

저자의 말

나라는 내 나라요, 독립은 내가 한다

이 책은 내가 상해와 중경에 있을 때에 써 놓은 『백범
일지』를 한글 철자법에 준하여 국문으로 번역한 것이
다. 끝에 본국에 돌아온 뒤의 일을 써 넣었다.

애초에 이 글을 쓸 생각을 한 것은 내가 상해에서
대한민국 임시 정부의 주석이 되어 내 몸에 죽음이 언
제 닥칠지 모르는 위험한 일을 시작할 때, 당시 본국에
들어와 있던 어린 두 아들에게 내가 지낸 일을 알리자
는 동기에서였다. 이렇게 유서 대신으로 쓴 것이 이 책
의 제1편이다.

그리고 제2편은 윤봉길 의사 사건 이후에, 중일전
쟁의 결과로 우리 독립운동의 기지와 기회를 잃어, 이

목숨을 던질 곳이 없이 살아남아서 다시 오는 기회를 기다리게 되었으나, 그때에는 내 나이 벌써 70을 바라보아 앞날이 많지 아니하므로, 주로 미주와 하와이에 있는 동포를 염두에 두고, 민족 독립운동에 대한 나의 경륜과 소회를 고하려고 쓴 것이다. 이것 역시 유서라 할 것이다.

나는 내가 살아서 고국에 돌아와서 이 책을 출판할 것은 몽상도 아니하였다. 나는 완전한 우리의 독립국가가 선 뒤에 이것이 지나간 이야기로 동포들의 눈에 비치기를 원하였다. 그런데 행이라 할까, 아직 독립의 일은 이루지 못하고 내 죽지 못한 생명만이 남아서 고국에 돌아와 이 책을 동포의 앞에 내어놓게 되니, 실로 감개무량하다.

나를 사랑하는 몇 친구들이 이 책을 발행하는 것이 동포에게 다소의 이익을 드림이 있으리라 하기로 나는 허락하였다. 이 책을 발행하기 위하여 국사원 안에 출판소를 두고 김지림 군과 삼종질 홍두가 편집과 예약·수리의 일을 하고 있는 바, 혹은 번역과 한글 철자법 수정으로, 혹은 비용과 용지의 마련으로, 혹은 인쇄로 여러 친구와 기관에서 힘쓰고 수고한 데 대하여 고마운 뜻을 표하여둔다.

끝에 붙인 「나의 소원」 한 편은 내가 우리 민족에게 하고 싶은 말의 요령을 적은 것이다. 무릇 한 나라가 서서 한 민족이 국민생활을 하려면 반드시 기초가 되는 철학이 있어야 하는 것이다. 이것이 없으면 국민의 사상이 통일되지 못하여, 더러는 이 나라의 철학에 쏠리고, 더러는 저 민족의 철학에 끌리어 사상의 독립, 정신의 독립을 유지하지 못하고, 남을 의지하고 저희끼리는 추태를 나타내는 것이다.

오늘날 우리의 현상으로 보면 더러는 로크의 철학을 믿으니, 이는 워싱턴을 서울로 옮기는 자들이요, 또 더러는 마르크스·레닌·스탈린의 철학을 믿으니 이들은 모스크바를 우리의 서울로 삼자는 사람들이다. 워싱턴도 모스크바도 우리의 서울은 될 수 없는 것이요. 또 되어서는 안 되는 것이니, 만일 그것을 주장하는 자가 있다고 하면, 그것은 예전 동경을 우리 서울로 하자는 자와 다름이 없는 것이다. 우리의 서울은 오직 우리의 서울이라야 한다. 우리는 우리의 철학을 찾고 세우고 주장하여야 한다. 이것을 깨닫는 날이 우리 동포가 진실로 독립정신을 가지는 날이요, 참으로 독립하는 것이다.

「나의 소원」은 이러한 동기, 이러한 의미에서 실린 것이다. 다시 말하면 내가 품은, 내가 믿는 우리 민족철학의 대강령(大綱領)을 적어본 것이다. 그러므로 동포 여러분은 이 한 편을 주의하여 읽어 주셔서, 저마다의 민족철학을 찾아 세우는 데 참고를 삼고 자극을 삼아주시기를 바라는 바이다.

내가 이 책 제1편을 쓸 때에 열 살 내외이던 두 아들 중에서 큰아들(仁)은 그 젊은 아내와 어린 딸 하나를 남기고 연전에 중경에서 죽었고, 작은아들 신(信)이

스물여섯 살이 되어 미국으로부터 돌아와 아직 홀몸으로 내 시중을 들고 있다. 그는 중국의 군인인 동시에 미국의 비행장교다. 그는 장차 우리 나라의 군인이 될 날을 기다리고 있다.

이 책에 나오는 동지들 중에 대부분은 생존하여서 독립의 일에 헌신하고 있으나, 이미 세상을 떠난 이도 많다. 최광옥·안창호·양기탁·현익철·이동녕·차이석 이들도 다 이제는 없다.

무릇 난 자는 다 죽는 것이니 할 수 없는 일이거니와, 개인이 나고 죽는 중에도 민족의 생명은 늘 있고, 늘 젊은 것이다. 우리는 우리의 시체로 성벽을 삼아서 우리의 독립을 지키고, 우리의 시체로 발등장을 삼아서 우리의 자손을 높이고, 우리의 시체로 거름을 삼아서 우리 문화의 꽃을 피우고 열매를 맺게 하여야 한다. 나는 나보다 앞서서 세상을 떠나간 동지들이 다 이 일을 하고 간 것을 만족하게 생각하고 감사하게 생각한다. 비록 늙었으나 이 몸뚱이를 헛되이 썩히지 아니할 것이다.

나라는 내 나라요, 남들의 나라가 아니다. 독립은 내가 하는 것이지 따로 어떤 사람이 하는 것이 아니다. 우리 민족 삼천만이 저마다 이 이치를 깨달아 이대로 행한다면 우리 나라가 독립이 아니 될 수도 없고, 또 좋은 나라, 큰 나라로 이 나라를 보전하지 아니할 수도 없는 것이다. 나 김구가 평생에 생각하고 행한 일이 이 것이다. 나는 내가 못난 줄을 잘 알았다.

그러나 아무리 못났더라도 국민의 하나, 민족의 하나라는 사실을 믿음으로 내가 할 수 있는 일을 쉬지 않고 하여온 것이다. 이것이 내 생애요, 이 생애의 기록이 이 책이다.

그러므로 내가 이 책을 발행하기에 동의한 것은 내가 잘난 사람으로서가 아니라, 못난 한 사람이 민족의 한 분자로 살아간 기록으로서이다. 백범(白凡)이라는 내 호가 이것을 의미한다. 내가 만일 민족독립운동에 조금이라도 공헌한 것이 있다고 하면, 그만한 것은 대한 사람이면, 하기만 하면 누구나 할 수 있는 것이다.

　　나는 우리 젊은 남자와 여자들 속에서 참으로 크고 훌륭한 애국자와 엄청나게 빛나는 일을 하는 큰 인물이 쏟아져 나오기를 믿거니와, 그와 동시에 그보다도 더 간절히 바라는 것은 저마다 이 나라를 제 나라로 알고 평생에 이 나라를 위하여 있는 힘을 다하게 되는 것이다. 나는 이러한 뜻을 가진 동포에게 이 '범인의 자서전'을 보내는 것이다.

　　　　　　　　　단군기원 4280년 11월 15일 개천절 날
　　　　　　　　　김 구

인(仁)·신(信) 두 아들에게 주는 글

    아비는 이제 너희가 있는 고향에서 수륙(水陸) 5천 리를 떠난 먼 나라에서 이 글을 쓰고 있다. 어린 너희를 앞에 놓고 말하여 들릴 수 없으매 그동안 나의 지난 일을 대략 기록하여서 몇몇 동지에게 남겨 장래 너희가 자라서 아비의 경력을 알고 싶은 때가 되거든 너희에게 보여주라고 부탁하였거니와, 너희가 아직 나이 어리기 때문에 직접으로 말하지 못하는 것이 유감이지만 어디 세상사가 뜻과 같이 되느냐.

    내 나이는 벌써 쉰셋이건만 너희들은 이제 겨우 열 살, 일곱 살밖에 안 되었으니 너희의 나이와 지식이 자라질 때에는 내 정신과 기력은 벌써 쇠할 것일 뿐 아니라, 이 몸은 이미 왜놈 원수들에게 선전포고를 내리고 지금 사선(死線)에 서 있으니 내 목숨을 어찌 믿어 너희가 자라서 면대하여 말할 수 있을 날을 기다리겠느냐. 이러하기 때문에 지금에 이 글을 써 두려는 것이다.

내가 내 경력을 기록하여 너희에게 남기는 것은 결코 너희더러 나를 본받으라는 뜻은 아니다. 내가 진심으로 바라는 바는 너희도 대한민국의 국민인 만큼, 동서고금의 많은 위인 중에서 가장 존경할 만한 이를 택하여 스승으로 섬기라는 것이다. 너희가 자라더라도 아비의 경력을 알 길이 없겠기로 내가 이 글을 쓰는 것이다. 다만 유감 되는 것은 이 책에 적는 것이 모두 오랜 일이므로 잊어버린 것이 많은 것은 사실이나, 하나도 보태거나 지어 넣은 것이 없는 것도 사실이니 믿어주기 바란다.

대한민국 11년(1929) 5월 3일
중국 상해에서 아버지가

차례

제 1 편

내 어릴 적 이야기

우리는 안동 김 씨 경순왕(敬順王)의 자손으로 대대로 서울에 살면서 글과 벼슬로 가업을 삼고 있었다. 그러다가 우리 방계 김자점이 역적으로 몰려서 멸문지화를 당하게 되었는데, 내게 11대 조 되시는 어른이 처자를 이끌고 서울을 도망하여 일시 고향에 망명하시더니, 그곳도 서울에서 가까워 안전하지 못하므로 해주 부중에서 서쪽으로 80리 백운방 텃골인 팔봉산 양가봉 밑에 숨을 자리를 구하게 되었다. 그곳 뒷개(後浦)에 있는 선산에는 11대 조부모의 산소를 비롯하여 역대 선산이 계시고 조모님도 이 선영에 모셨다.

그때에 우리 집이 멸문지화를 피하는 길은 양반의 행색을 감추고 상놈 행세를 하는 일이었다.

텃골에 처음 와서 조상님네는 농부의 행색으로 묵은장이를 일구어 농사를 짓다가 군역전(軍役田)이라는 땅을 짓게 되면서부터 아주 상놈의 패를 차게 되었다. 이 땅을 부치는 사람은 나라에서 부를 때에는 언제나 군사로 나서는 법이니 그 때에는 나라에서 문(文)을 높이고 무(武)를 낮추어 군사라면 천역, 즉 천한 일이었다.

이것이 우리 나라를 쇠약하게 한 큰 원인인 것은 말할 것도 없다. 이리하여서 우리는 판에 박힌 상놈으로, 텃골 근동에서 양반 행세하는 진주 강 씨, 덕수 이 씨들에게 대대로 천대와 압제를 받아왔다. 우리 문중의 딸들이 저들에게 시집을 가는 일은 있어도 우리가 저들의 딸에게 장가든 일은 없었다. 그러나 중년에는 우리 가문이 꽤 창성하였던 모양이어서 텃골 우리 터에는 기와집이 즐비하였고, 또 선산에는 석물(石物)도 크고 많았으며, 내가 여남은 살까지도 우리 문중에 혼상대사(婚喪大事)가 있을 때에는 이정길이란 사람이 언제나 와서 일을 보았는데, 이 사람은 본래 우리 집 종으로서 속량 받은 사람이라 하니, 그는 우리 같은 상놈의 집에 종으로 태어났던 것이라 참으로 흉악한 팔자라고 아니할 수 없다.

내 증조부는 가어사(假御使) 노릇을 하다가 해주 영문에 갇혔는데 서울 어느 양반의 청편지(淸片紙)를 얻어다 대고 겨우 형벌을 면하였다는 말을 집안 어른들께 들었다. 암행어사라는 것은 임금이 시골 사정을 알기 위하여 신임하는 젊은 관원에게 큰 권세를 주어서 순회시키는 벼슬인데, 허름한 과객의 행색으로 차리고 다니는 것이 상례다.

증조 항렬 네 분 중의 한 분은 내가 대여섯 살까지 생존하셨고, 조부 형제는 모두 살아 계셨으며, 아버지 4형제는 다 살아 계시다가 백부 백영(伯永)은 얼마 아니하여 돌아가셔서 나는 다섯 살 적에 종형들과 함께 곡하던 것이 기억된다.

　아버지 휘 순영은 4형제 중에 둘째로서 집이 가난하여 장가 못가고 노총각으로 계시다가, 24세 때에 장련에 사는 현풍 곽 씨의 딸, 14살 된 이와 성혼하여 증조부 댁에 부쳐 살다가 2, 3년 후에 독립한 살림을 하시게 된 때에 내가 태어났다. 그때 어머님의 나이는 열일곱이요, 푸른 밤송이 속에서 붉은 밤 한 개를 얻어서 감추어 둔 것이 태몽이라고 어머니는 늘 말씀하셨다.

　병자년 7월 11일 자시(子時) ─ 이날은 조모님 기일이었다 ─ 에 텃골에 있는 웅덩이 큰댁이라고 해서 조부와 백부가 사시는 집에서 태어난 것이 나다. 내 일생이 기구할 조짐이었던지 그것은 유례가 없는 난산이었다. 진통이 일어난 지 6, 7일이 지나도 아이는 태어나지 않고, 어머니의 생명이 위태로울 정도였다. 혹은 약으로, 혹은 예방으로 온갖 시험을 다했지만 효험이 없었다. 그래서 어른들의 강제로 아버지가 소의 길마를 머리에 쓰고 지붕에 올라가서 소 울음소리를 냈더니 비로소 내가 나왔다고 한다. 겨우 열일곱 되시는 어머니는 내가 귀찮아서 어서 죽었으면 좋겠다고 짜증을 내셨다고 한다. 젖이 말라서 암죽을 먹이고, 아버지가 나를 품속에 품고 다니시며 동네 아기 있는 어머니의 젖을 얻어 먹이셨다.

먼 촌 족대모 팟개댁(稷浦宅)이 밤중이라도 싫은 내색 없이 내게 젖을 물리셨다는 말을 듣고 내가 열 살 갓 넘어 그 어른이 작고하신 뒤에는 나는 그 산소 앞을 지날 때마다 경의를 표하였다. 내가 마마를 치른 것이 세 살 아니면 네 살 적인데, 몸에 돋은 것을 어머니가 예사 부스럼 다스리듯이 죽침으로 따서 고름을 짜내는 바람에 내 얼굴에 굵은 벼슬자국이 생긴 것이다.

내가 다섯 살 적에 부모님은 나를 데리고 강령 삼거리로 이사하셨다. 거기는 뒤에는 산이요, 앞은 바다였다. 종조·재종조·삼종조 여러 댁이 그리로 가시기 때문에 우리 집도 따라간 것이었다. 거기서 두 해를 살았는데, 우리 집은 얼마나 멀리 떨어져 있었는지 호랑이가 사람을 물고 우리 집 문전으로 지나간 일도 있었다. 산 어귀 호랑이 길목에 우리 집이 있었던 것이다. 그러므로 밤이면 한 걸음도 문 밖에는 나서지 못하였다. 낮이면 부모님은 농사하러 나가시거나 혹은 바다에 무엇을 잡으러 가시고, 나는 거기서 그 중 가까운 신풍(新豊) 이 생원 댁에 가서 그 집 아이들과 놀다가 오는 것이 일과였다.

그 집 아이들 중에는 나와 동갑인 아이도 있었고, 두세 살 위인 아이들도 있었다. 하루는 그 애들이 이놈 해줏놈 때려주자고 공모하여 나는 억울하게도 한 차례 매를 맞았다. 나는 곧 집으로 와서 부엌에서 큰 식칼을 가지고 다시 이 생원 집으로 가서 기습으로 그놈들을 다 찔러 죽일 생

각이었다. 울타리를 뜯고 안으로 들어가는데, 마
침 안마당에 있던 17,8세 된 그 집 딸이 보고 소
리소리 질러 오라비들을 불렀기 때문에 나는 목
적을 달하지 못하고, 오히려 그놈들에게 붙들려
실컷 얻어맞고 칼만 빼앗긴 채 집으로 돌아왔다.
식칼을 잃은 죄로 부모님께 매 맞을 것이 두려워
서 어머님께서 식칼이 없다고 찾으실 때에도 나
는 시치미를 떼고 있었다.

　또 하루는 집에 혼자 있노라니까 엿장수가 문
전으로 지나가면서,

　"헌 유기나 부러진 수저로 엿들 사시오."

　하고 외치는 소리가 들려왔다.

　나는 엿은 먹고 싶으나 엿장수가 아이들의 자
지를 잘라간다는 말을 어른들께 들은 일이 있으
므로 방문을 꽉 닫아걸고 엿장수를 부른 뒤에 아
버지의 성한 숟가락을 발로 짓밟아 분질러서 반
은 두고 반만 창구멍으로 내밀었다. 헌 숟가락이

어야 엿을 주는 줄 알았기 때문이다. 엿장수는 내가 내미는 반동강의 숟갈을 받고 엿을 한 주먹 뭉쳐서 창구멍으로 들이밀었다. 내가 반 동강 숟가락을 옆에 놓고 한참 맛있게 엿을 먹고 있을 때에 아버지께서 돌아오셨다. 나는 사실대로 아뢰었다. 아버님은 다시 그런 일을 하면 경을 친다고 꾸중만 하시고 때리지는 아니하였다.

역시 그때의 일로, 아버지께서 엽전 스무 냥을 방 아랫목 이부자리 속에 두시는 것을 보았다. 아버지가 나가시고 나 혼자만 있을 때에 심심하기도 하고 해서, 동구 밖 거릿집에 가서 떡이나 사먹으리라 하고 그 스무 냥 꾸러미를 모두 꺼내어 허리에 감고 문을 나섰다. 얼마를 가다가 마침, 우리 집으로 오시는 삼종조(三從祖)를 만났다.

"네 이 녀석, 돈은 가지고 어디로 가느냐?"

하고 내 앞을 막아서신다.

"떡 사먹으러 가요."

하고 나는 천연덕스럽게 대답하였다.

"네 아비가 보면 이 녀석 매 맞는다. 어서 집으로 돌아가거라."

삼종조는 내 몸에 감은 돈을 빼앗아 아버지에게로 가셨다.

먹고 싶은 떡도 못 사먹고 마음이 자못 불편하여 집에 와 있노라니, 뒤따라 아버지께서 돌아오셔서 아무 말씀도 없이 빨랫줄로 나를 꽁꽁 동여서 들보 위에 매어 달고 회초리로 후려갈기기 시작했다. 아파서 죽을 지경이었다. 어머니도 밭에서 안 돌아오신 때라 말려줄 이도 없었다. 이때 마침 장련(長連) 할아버지인 재종조께서 들어오셨다. 이 어른은 의술을 하는 이로서 나를 귀여워하시던 어른이다. 내게는 정말 천행으로, 이 어른이 우리 집 앞을 지나시다가 내가 악을 쓰고 우는 소리를 듣고 달려 들어오신 것이었다.

장련 할아버지는 들어오시는 길로 불문곡직하고 들보에 달린 나를 끌러 내려놓으신 뒤에야 아버지께 까닭을 물으셨다. 아버지가 내 죄를 고하시는 말씀을 다 듣지도 아니하시고 장련 할아버지는, 나이는 아버지와 동갑이시지만 아저씨의 위엄으로 아버지께서 나를 치시던 회초리를 빼앗아서 아버지의 머리와 다리를 마구 때리시는 것이었다. 그리고 나서야 비로소,

"어린 것을 그렇게 무지하게 때리느냐?"

하고 책망하셨다.

나는 아버지께서 매를 맞으시는 것도 퍽도 고소하고, 장련 할아버지가 퍽도 고마웠다. 장련 할아버지는 나를 업고 들로 나가서 참외와 수박을 실컷 사 먹이고 또 그 할아버지 댁으로 업고 가셨다. 장련 할아버지의 어머니 되시는 종증조모께서도 그 아드님으로부터 내가 아버지한테 매 맞은 연유를 들으시고,

"네 아비 밉다. 집에 가지 말고 우리 집에서 살
자."

하고, 아버지의 잘못을 누누이 책망하시고 밥
과 반찬을 맛있게 하여 주셨다. 나는 마냥 즐거
웠고, 아버지가 그 할아버지한테 맞던 것을 생각
하니 후련하기 짝이 없었다. 이 모양으로 이 댁
에서 여러 날을 묵은 후에야 집에 돌아왔다.

한번은 장맛비가 많이 와서 근처에 샘들이 솟
아서 여러 갈래 작은 시내를 이루었다. 나는 빨
강, 파랑 물감 통을 집에서 꺼내다가, 한 시내에
는 빨강이를 풀고, 또 한 시내에는 파랑이를 풀
어서 붉은 시내, 푸른 시내가 한데 모여서 어우
러지는 양을 재미있게 구경하다가 어머니께 몹시
매를 맞기도 했다.

종조께서 이곳에서 작고하셔서 백여 리나 되는
해주 본향으로 힘들여 행상(行喪)한 것이 빌미가
된 것인지, 내가 일곱 살 되던 해에 이르러는, 여

기 와서 살던 가까운 일가들이 한 집, 두 집 해주 본향으로 돌아갔다. 우리 집도 이 통에 텃골로 돌아올 때에 나는 어른들의 등에 업혀오던 것이 기억난다.

고향에 돌아와서도 우리 집은 농사로 살아가게 되었다. 아버지께서 비록 학식은 기성명 정도지만, 허우대가 좋고 성정이 호방하고, 술이 한량이 없으셔서 강 씨, 이 씨라면 만나는 대로 때려 주고는 해주 감영에 잡혀 갇히기를 한 해에도 몇 번씩 하셔서 문중에 소동을 일으키셨다.

인근 양반들이 아버지를 미워하지만 어찌할 도리가 없는 모양이었다. 그때 시골 관습은 누가 사람을 때려서 상처를 내면, 맞은 사람을 때린 사람의 집에 떠메다가 눕혀두고 그가 죽나 살아 나나를 기다리는 것이었다. 그래서 우리 집에는 한 달에도 몇 번씩 피투성이가 되어서 다 죽게 된 사람을 메어다가 사랑에 누이는 일도 있었

(휘 준영)가 아버지와 같이 별난 데가 있으셨
. 계부는 국문을 배우는 데도 한 겨울 동안에
역자도 못 깨우쳤으나 술은 무량으로 마시고,
주사가 대단하여서 취하기만 하면 꼭 풍파를
으키는데, 아버지는 양반에게만 주정을 하셨지
준영 계부는 아무리 취하여도 양반에게는 감
손을 못 대고 일가 사람에게만 시비를 걸었
그러다가 조부님께 매를 맞으시던 것을 나는
여한다.
가 아홉 살 적에 조부님 상사가 났는데, 장
살에 이 삼촌이 상여꾼들에게 심한 행패를 부
는 바람에 결국은 그를 결박지어놓고야 장례를
다. 장례를 지낸 뒤에 증종조의 발의로 문회
會)를 열고 이러한 패류(悖類)는 그대로 둘
없으니, 단단히 징치해 후환을 막아야 한다
준영 삼촌을 앉은뱅이를 만들기로 작정하였
그래서 발뒤꿈치를 베었으나 분김에 한 일이

다.

아버지가 이렇게 사람을 때리시는 것은 비록
취중에 한 일이라 하더라도 다 무슨 불평에서 나
온 것이었다. 아버지는 당신께 아무 상관도 없는
일이라도, 양반이나 강한 자들이 약한 자를 능멸
하는 것을 보시면 참지 못하여서 『수호지』에 나
오는 호걸들처럼 친불친을 막론하고 패주었다.
이렇게 아버지가 불같은 성정이신 줄을 알므로,
인근 상놈들은 두려워 공경하고 양반들은 무서워
서 피하였다.

해마다 세말(歲末)이 되면 아버지는 달걀, 담
배 같은 것을 넉넉히 장만하여서 감영의 영리청,
사령청에 선사를 하였다. 그러면 그 답례로 책력
이며, 해주 먹 같은 것이 왔다. 이것은 강 씨, 이
씨 같은 양반들이 감사나 판관에게 가 붙는 것에
대응하는 수였다. 영리청이나 사령청에 친하게
하는 것을 계방(楔房)이라고 하는데, 이렇게 계

방이 되어두면 감사의 영문이나 본아에 잡혀가서 영청이나 옥에 갇히는 일이 있더라도 영리와 사령들이 사정을 두기 때문에 갇히는 것은 명색뿐이요, 기실은 영리·사령들과 같은 방에서 같은 밥을 먹고 편히 지내는 것이다. 또 설사 태장이나 곤장을 맞는 일이 있더라도 사령들은 매우 치는 시늉을 하고, 맞는 편에서는 죽어가는 엄살만 하면 그만인 것이다.

그뿐만이 아니라 만일 아버지께서 되잡아 양반들을 걸어서 소송을 하여서 그들이 잡혀 오게 되면, 제아무리 감사나 판관에게 뇌물을 써서 모면한다 하더라도 아버지의 편인 범 같은 영속들에게 호되게 경을 치고, 많은 재물을 허비하게 된다. 이렇게 망한 부자가 1년 동안에 10여 명이나 되었다는 말을 들었다.

아버지를 무서워하는 인근 양반들은 회유책으로 아버지를 도존위(都尊位)에 천거했다. 그러나

아버지는 도존위 행공을 할 때에 다[른] 반대로 양반에게 용서 없이 엄하고, [백성]들에게는 후하였다. 세금을 받는 데[도] [사]람의 것은 자담하여 내는 수가 있었[으나] [백성에]게 가혹히 하는 일은 없었다. 이 때문[에] 되어서 아버지는 공금유용(公錢欠浦) [혐의] 을 당하셨다. 그래서 아버지는 인근 [양반] 들의 꺼림과 미움을 받아, 그들의 [자손] 들까지도 김순영이라는 이름만 들[어도] 정도였다.

아버지의 어릴 적 별명은 '효자[였다.] 할머니께서 돌아가실 때에 아버지[가 손가] 지를 칼로 잘라서 할머니의 입에 [넣으] 셨기 때문에 소생하셔서 사흘이나 [더 살아] 있었기 때문이다.

아버지 4형제 중 백부(휘 백영) [는 일찍 돌아가] 셨고, 셋째 숙부도 특기할 일이 [없으]

라 힘줄은 다 끊어지지 않아 병신까지는 안 되었다.

그러나 그가 조부댁 사랑에 누워서 호랑이처럼 영각을 하는 바람에 나는 무서워서 그 근처에도 못 가던 것이 생각난다. 지금 생각하니 상놈의 짓이라고 아니할 수 없다. 그때 어머니는 내게 이런 말씀을 하셨다.

"너의 집의 허다한 풍파가 모두 술 때문이니 두고 보아서 네가 또 술을 먹는다면 나는 자살을 하여서 네 꼴을 안 보겠다."

나는 이 말씀을 깊이 새겨들었다.

이때쯤에는 나는 국문을 배워서 이야기책은 읽을 줄 알았고, 천자문도 이 사람 저 사람에게 얻어 배워서 다 떼었다. 그러나 내가 글공부를 하리라고 결심한 데는 동기가 있었다.

하루는 어른들에게서 이러한 말씀을 들었다. 몇 해 전 일이다. 문중에 새로 혼인한 집이 있었는데, 어느 할아버지가 서울 갔던 길에 사다가 두셨던 관을 쓰고, 새 사돈을 대하였던 것이 양반들에게 발각이 되어서 그 관은 찢겨졌다. 그로부터 우리 김 씨는 두 번 다시 관을 못 쓰게 되었다는 것이다.

나는 이 말을 듣고 몹시 울었다. 그리고 그 사람들은 어찌해서 양반이 되고, 우리는 어찌해서 상놈이 되었는가 물었다. 어른들이 하는 말은 이러하였다. 방아메 강 씨도 그 조상은 우리 조상만 못하였지만 일문(一門)에 진사가 셋이나 살아 있고, 자라소 이 씨도 그러하다는 것이다. 나는 어떻게 하면 진사가 되느냐고 물었다. 진사나 대과(大科)나 다 글을 공부하여서 큰 선비가 되어 과거에 급제하면 된다는 대답이었다.

이 말을 들은 뒤로 나는 부쩍 공부할 마음이 생겨서 아버지께 글방에 보내달라고 졸랐다. 그러나 아버지도 주저하지 않을 수 없었다. 우리 동네에는 서당이 없으니 이웃 동네의 양반네 서당으로 갈 수 밖에 없다. 그런데 양반네 서당에서 나를 받아줄지 말지도 알 수 없는 일이거니와, 또 거기 들어간다 하더라도 양반의 자식들의 등쌀에 견뎌낼 것 같지 아니하였다.

그래서 얼른 결단을 못 내리다가 마침내 우리 동네 아이들과 이웃 동네 상놈의 아이들을 모아서 새로 서당을 하나 만들고, 청수리 이 생원이라는 양반 한 분을 선생으로 모셔오기로 했다. 이 생원은 지체는 양반이지만 글이 밭아서 양반 서당에서는 데려가는 데가 없기 때문에 우리 서당으로 오신 것이었다.

이 선생이 오신다는 날 나는 머리를 빗고 새 옷을 갈아입고 아버지를 따라 마중을 나갔다. 저쪽에서 나이가 쉰 남짓 되어 보이고 키가 후리후리한 노인 한 분이 오시는데 아버지께서 먼저 인사를 하시고 나서 날더러,

"창암아, 선생께 절하여라."

하셨다. 나는 공손하게 너붓이 절을 하고 나서, 그 선생을 우러러보니 신인(神人)이라 할지 하느님이라 할지, 어떻게나 거룩해 보이는지 몰랐다.

우선 우리 사랑을 글방으로 정하고, 우리 집에서 선생의 식사를 받기로 하였다. 그때 내 나이가 열 두 살이었다.

개학하던 첫날 나는 '마상봉한식(馬上逢寒食)'이란 다섯 자를 배웠는데, 뜻은 알든 모르든 기쁜 맛에 자꾸 읽었다. 밤에도 어머니께서 밀매갈이 하시는 것을 도와드리면서 자꾸 외었다. 새벽에는 일찍 일어나 선생님 방에 가서 누구보다도 먼저 배웠고, 밥그릇 망태기를 메고 먼 데서 오는 동무들을 내가 가르쳐 주었다.

이렇게 우리 집에서 석 달을 지내고는 산골 신존위 집 사랑으로 글방을 옮기게 되어 나는 밥그

룻 망태기를 메고 고개를 넘어서 다녔다. 집에서
서당에 가기까지, 서당에서 집에 오기까지 내 입
에서는 글소리가 끊어지는 일이 없었다. 글동무
들 중에는 나보다 정도가 높은 아이도 있었으나
배운 것을 강(講:시험 치기)하는 데는 언제나 내
가 최우등이었다.

　이러한 지 반 년 만에 선생과 신존위 사이에
반목이 생겨서 결국 이 선생을 내보내게 되었는
데, 신존위가 말하는 이유는 이 선생이 밥을 너
무 많이 자신다는 것이었다. 그러나 사실은 그
아들이 둔재여서 공부를 잘 못하는데, 내 공부가
일취월장하는 것을 시기한 때문이었다.

　한 번은 월강(月講:한 달에 한 번 하는 시험)
때에 선생이 내게 조용히 부탁하셨다. 내가 늘
우등을 하였으니 이번에는 선생이 뜻을 물어도
일부러 모른 척 하라는 것이었다. 나는 그러하오
리다 약속을 하고 그대로 하였다. 이리하여서 이

날 신존위의 아들이 처음으로 장원을 하였다. 신
존위는 대단히 기뻐하며 닭을 잡고 한 턱을 잘
내었다. 그러나 번번이 신존위의 아들을 장원시
키지 못한 죄로 이 선생이 해고되었으니 참으로
몰상식한 일이 아닐 수 없다.

하루는 내가 아침밥을 먹기 전에 선생님이 우
리 집에 오셔서 나를 불러 작별 인사를 하실 때
에 나는 정신이 아득하여서 그만 선생님의 품에
뛰어들어 소리 내어 울었다. 선생님도 눈물이 비
오듯 하셨다. 나는 며칠 동안 밥도 안 먹고 울기
만 하였다.

그 후에도 어떤 돌림 선생 한 분을 모셔다가
공부를 계속하게 되었으나, 이번에는 아버지께서
갑자기 전신불수가 되셔서 자리에 누우셨기 때문
에 나는 공부를 전폐하고 아버지 심부름을 하지
않으면 안 되었다. 워낙 가난한 살림에 의원이야
약이야 하고 가산을 탕진한 끝에 겨우 아버지는

반신불수로 변하였는데, 한편 팔과 다리를 쓰시게 된 것도 천행이라고 생각하였다. 그러나 아버지가 반신불수시고는 살 수가 없으니, 어떻게 해서라도 병은 고쳐야겠다하여 어머니는 병드신 아버지를 모시고 무전여행을 나서게 되었다. 문전걸식을 하면서 고명한 의원을 찾아서 남편의 병을 고치자는 것이었다. 집도 가마솥도 다 팔아치우고, 나는 백모님 댁에 맡긴 몸이 되어서 종형들과 송아지 고삐나 끌고 산과 들로 다니며 세월을 보내었다.

부모님이 안악, 신천, 장련 등지로 유리표박하시는 동안에 아버지 병환이 신기하게도 차도가 계셔서 못쓰던 팔, 다리도 잘은 못해도 쓰게 되셨다. 그래서 내 공부를 시키실 목적으로 다시 본향으로 돌아오셨다. 일가들이 얼마씩 추렴을 내어서 의지(義肢)를 장만하고, 나는 또 서당에 다니게 되었다. 책은 남의 것을 빌어서 읽는다고 하더라도 붓이나 먹 같은 것은 살 돈이 없었다. 어머님이 김 품과 길쌈 품을 팔아서 먹과 붓을 사주실 때는 어찌나 고마운지 이루 말로 다 형용할 수 없었다.

내 나이 열네 살이 되매, 선생이라는 이가 모두 고루해서 내 마음에 차지 아니하였다. 벼 열 섬짜리, 닷 섬짜리 하고 훈료가 많고 적은 것으로 선생의 학력을 평가하였다. 그들은 다만 글만 부족할 뿐 아니라, 그 마음씨나 일하는 것에 남의 스승이 될 자격이 보이지 아니하였다.

그때 아버지는 내게 이런 말씀을 하셨다. 밥 벌어먹기는 장타령이 제일이라고 큰 글 하려고 애쓰지 말고, 행문이나 배우라는 것이었다. '우명문사단(右明文事段)' 하는 토지 문서 쓰기, '우근진소지단(右謹陳訴指段)' 하는 소장 쓰기, '유세차감소략고(維歲次敢昭略告)' 하는 축문 쓰기, '복지제기자미유항려(僕之第機子未有抗儷)' 하는 혼서문(婚書文) 쓰기, '복미심차시(伏未審此時)' 하는 편지 쓰기를 배우라 하시므로 나는 틈틈이 이 공부를 하여서 무식촌 중에 문장이 되어서 문중에서는 내가 장차 존위 하나는 하리라고 촉망하게 되었다.

그러나 내 글은 이제 겨우 속문 정도에 지나지 못하지만 뜻은 한 동네의 존위에는 있지 아니하였다. 『통감(通鑑)』, 『사략(史略)』을 읽을 때에 '왕후재상의 씨가 따로 있으랴(王侯將相寧有種乎)' 하는 진승(陳勝)의 말이나, 칼을 빼어서 뱀을 베었다는 유방(劉邦)의 일이나, 빨래하는 아낙네에게 밥을 빌어먹은 한신(韓信)의 사적을 볼 때에는 나도 모르게 어깨에서 신바람이 나는 것이었다.

그러나 우리 가세로는 고명한 스승을 찾아갈 수 없어 아버지께서도 무척 걱정을 하셨다. 그런데 마침 공부할 길이 하나 열리게 되었다. 우리 동네에서 동북으로 10리쯤 되는 학명동(鶴鳴洞)에 정문재라는 이가 글을 가르치고 계셨다. 그분은 우리 집과 마찬가지로 상인(常人)이나, 과문(과거하는 글)으로는 당시에 굴지되는 큰 선비여서 그 문하에는 사처에서 선비들이 모여들었다.

이 정 선생이 내 백모와 재종간이므로 아버지께서 그에게 간청하여 훈료(訓料)없이 통학하며 배우는 면비학동(免費學童)으로 통학해도 좋다는 승낙을 얻어냈던 것이다. 이에 나는 날마다 밥 망태기를 메고 험한 산길을 십 리나 걸어서 기숙하는 학생들이 일어나기도 전에 도착하는 일이 많았다.

제작(制作:시문을 읽음)으로 과문의 초보인 대고풍십팔구(大古風十八句)요, 학과로는 한·당시와『대학』,『통감』 등이요, 습자로는 분판(紛版)을 주로 썼다.

이때 임진경과(壬辰慶科)를 해주에서 거행한

다는 공포가 났으니 이것이 우리 나라의 마지막 과거였다. 어느 날 정 선생은 아버지께 이런 말씀을 하시고 나도 과거를 보기 위하여 명지(名紙:과거에 글 지어 바치는 종이)를 쓰는 연습으로 장지 다섯 장을 구해 오셨다. 나는 그 다섯 장 종이가 까맣게 되도록 글씨를 익혔다.

과것날이 가까워 왔지만 우리 부자는 돈이 없으므로 과거 중에 먹을 만큼 좁쌀을 지고 정 선생을 따라 해주로 갔다. 여관에 들 형편이 못되므로 전에 아버지께서 친해 두셨던 계방에 사처를 정하였다.

선화당 옆에 있는 관풍각(觀風閣) 주위에는 새끼줄을 둘러 늘였다. 정각에 부문(赴門)을 한다는데 선비들이 접을 따라서 제 접 이름을 쓴 백포기를 장대 끝에 높이 들고 모여들었다. 산동접(山洞接), 석담접(石潭接) 등 그 접의 이름을 써서 장대 끝에 매달고 선비들은 검은 베로 만든

45

유건(儒巾)을 머리에 쓰고, 도포를 입고 접기를 따라 꾸역꾸역 밀려들어 좋은 자리를 먼저 잡으려고 앞장선 용사패들이 아우성을 하는 것도 볼 만하였다. 원래 과장에는 노소도 없고, 귀천도 없이 무질서한 것이 유풍이라 한다.

또 가관인 것은 늙은 선비들의 걸과(乞科)라는 것인데, 관풍각을 향해 새끼그물에 머리들을 들이밀고 큰 소리로 외치는 것이다.

"소생의 성명은 아무개이옵는데, 먼 시골에 거생하면서 과거마다 참예하였던 바, 금년이 일흔 몇 살이올시다. 요 다음은 다시 참과 못하겠사오니 이번에 초시라도 한번 합격이 되오면 죽어도 한이 없겠습니다."

이 모양으로 혹은 큰 소리로 부르짖고, 혹은 방성대곡도 하니 한편 비루도 하거니와 또 한편 가련도 하였다.

내 글은 짓기는 정 선생이 하시고 쓰기만 내가

쓰기로 하였으나 내가 과거를 내 이름으로 아니
보고 아버지의 이름으로 명지(名紙)를 드린다는
말에 감복하여서 접장 한 분이 내 명지를 써 주
기로 하였다. 나보다는 글씨가 낫기 때문이었다.
제 글과 제 글씨로 못하는 것이 유감이었으나 차
작(借作)으로라도 아버지가 급제를 하셨으면 좋
을 것 같았다.

차작으로 말하면 누구나 차작 아닌 것이 없었
다. 세력 있고 재산 있는 사람들은 모두 글 잘하
는 사람에게 글을 빌고 글씨 잘 쓰는 사람에게
글씨를 빌어서 과거를 하였다. 그러나 이것도 좋
은 편이었다. 글은 어찌 되었든지 서울 권문세가
의 청편지 한 장이나 시관의 수청 기생에게 주는
명주 한 필이 진사나 급제가 되기에는 글 잘하는
큰 선비의 글보다 빨랐다. 물론 우리 글 따위는
통인의 집 식지(食紙)감이나 되었을 것이오, 시
관의 눈에도 띄지 아니하였을 것이다. 진사 급제

47

는 미리 정해놓고 과거는 나중 보는 것이었다.

이번 과거에 나는 크게 실망하였다. 아무리 글 공부를 한댔자, 그것으로 발천(發闡)하여 양반이 되기는 그른 세상인 줄을 깨달았다. 모처럼 글을 잘해서 세도 있는 자제들의 대서인 되는 것이 상 지상(上之上)일 것이었다. 나는 집에 돌아와서 과거에 실망한 뜻을 아뢰었더니 아버지도 내가 바로 깨달았다고 옳게 여기시고 이렇게 말씀하셨 다.

"너 그러면 풍수 공부나 관상 공부를 하여 보 아라. 풍수를 잘 배우면 명당을 얻어서 조상님네 산소를 잘 쓰면 자손이 복록을 누릴 것이요, 관 상에 능하면 사람을 잘 알아보아서 선인 군자를 만날 수 있는 것이다."

나는 이 말씀을 매우 유리하게 여겨서 아버님 께 청하여 『마의상서(麻衣相書)』를 빌어다가 독 방에서 석 달 동안 꼼짝 아니 하고 공부하였다.

그 방법은 면경을 앞에 놓고 내 얼굴을 보면서
일변 얼굴의 여러 부분의 이름을 익히고, 일변
내 상의 길흉을 연구하는 것이었다. 아무리 내
얼굴을 관찰해 보아도 귀격이나 부격과 같은 좋
은 상은 없고, 천격·빈격·흉격 뿐이었다. 전자
에 과장에서 실망 하였던 것을 상서에서나 회복
하려 하였더니, 제 상을 보니 그보다도 더욱 낙
심이 되었다. 짐승 모양으로 그저 살기나 위해서
살다가 죽을까, 세상에 살아 있을 마음이 조금도
없었다.

이렇게 절망에 빠진 나에게 오직 한 가지 희망
을 준 것은 『마의상서』중에 있는 다음의 구절이
었다.

'얼굴 좋음이 몸 좋음만 못하고, 몸 좋음이 마
음 좋음만 못하다(相好不如身好 身好不如心
好).'

이것을 보고 나는 마음 좋은 사람이 되기로 굳

게 결심하였다. 그러나 마음이 좋지 못하던 사람
으로 마음이 좋은 사람이 되는 법이 무엇인가.
여기에 대하여서 『마의상서』는 아무 대답도 주지
못하였다. 『상서』는 그만 덮어 버리고 『지가서
(地家書)』를 좀 보았으나 거기도 취미를 얻지 못
하고, 이번에는 『병서』를 읽기 시작하였다. 『손
무자(孫武子)』, 『오기자(吳起子)』, 『삼략(三略)』,
『육도(六韜)』 등을 읽어 보았다. 알지 못할 것도
많으나, 장수의 재목을 말한 곳에,

　'태산이 무너지더라도 마음이 동치 말고, 사졸
로 더불어 달고 씀을 같이 하며, 나아가고 물러
남을 법과 같이 하며, 남을 알고 저를 알면 백 번
싸워도 지지 아니하리라(泰山覆於前 心不妄動
與士卒同甘苦 進退如虎 知彼知己 百戰不敗).'

　이 구절이 내 마음을 끌었다. 이때에 내 나이
가 열일곱 살, 나는 일가 아이들을 모아서 훈장
노릇을 하면서 잘 알지도 못하는 병서를 읽고 1

년의 세월을 보내었다.

동학접주(東學接主)가 되다

이러는 동안에 사방에는 여러 가지 괴질이 돌았다. 어디서는 이인(異人)이 나타나서 바다에 떠다니는 화륜선(火輪船)을 못 가게 딱 붙여놓고 세금을 받고야 놓아주었다는 둥, 머지않아 계룡산에 정 도령이 도읍을 할 터이니 바른 목에 가 있어야 새 나라의 양반이 된다 하여 세간을 팔아 가지고 아무개는 계룡산으로 이사를 하였다는 둥, 이러한 소문 이었다.

그런데 우리 동네에서 남쪽으로 20리쯤 가서 갯골이란 곳에 사는 오응선과 그 이웃 동네에 사는 최유현이라는 사람이 충청도 최도명이라는 동학(東學) 선생에게서 도를 받아 가지고 공부를 하고 있는데 방에 들고 나기에 문을 열지 아니하며, 문득 있다가 문득 없어지며, 능히 공중으로 걸어 다니므로 충청도 그 선생 최도명한테 밤 동안 다녀온다고 하였다. 나는 이 동학이라는 것에 호기심이 생겨서 이 사람들을 찾아보기로 결심하였다.

나는 남에게 들은 말대로 누린 것, 비린 것을 끊고 목욕하고 새 옷을 입고 나섰다. 이렇게 하여야 받아준다는 것이었다. 내 행색으로 말하면 머리는 빗어서 땋아 늘이고 옥색 도포에 끈목 띠를 띠었다. 때는 내가 열여덟 살 되던 정초였다.

갯골 오 씨 집 문전에 다다르니 안으로부터 무슨 글을 읽는 소리가 나오는데, 그것은 보통 경전이나 시를 읽는 소리와는 달라서 마치 노래를 합창하는 것과 같았다. 공문(拱門)에 나아가 주인을 찾았더니 통천관(通天冠)을 쓴 말쑥한 젊은 선비 한 사람이 나와서 나를 맞는다.

내가 공손히 절을 하니 그도 공손히 맞절을 하

기로 나는 황공하여서 내 성명과 문벌을 말하고 내가 비록 성관(成冠)을 하였더라도 양반 댁 서방님인 주인의 맞절을 받을 수 없거늘, 하물며 편발인 아이에게 이런 대우가 과도한 것을 말하였다. 그랬더니 선비는 감동하는 빛을 보이면서 그는 동학 도인이라 선생의 훈계를 지켜 빈부귀천에 차별이 없고, 누구나 평등으로 대접하는 것이니, 미안해 할것 없다고 말하고 내가 찾아온 뜻을 물었다.

나는 이 말을 들으매 별세계에 온 것 같았다. 내가 도를 들으러 온 뜻을 고하니 그는 쾌히 동학의 내력과 도리의 요령을 설명하였다. 이 도는 용담 최수운 선생께서 천명하신 것이나, 그 어른은 이미 순교하셨고 지금은 그 조카님 최해월 선생이 대도주(大道主)가 되셔서 포교를 하신다는 것이며, 이 도의 종지(宗指)로 말하면 말세의 간사한 인류로 하여금 개과천선하여서 새 백성이

되어 장래에 진주(참 임금)를 모시어 계룡산에
새 나라를 세우는 것이라는 것 등을 말하였다.

나는 이런 설명에 금방 마음이 끌렸다. 상격
(相格)에 낙제하고 마음 좋은 사람이 되기로 맹
세한 나에게는 하느님을 몸에 모시고 하늘도를
행하는 것이 가장 요긴한 일일뿐더러, 상놈된 한
이 골수에 사무친 나로서는 동학의 평등주의가
더할 수 없이 고마웠고, 또 이 씨의 운수가 끝났
으니 새 나라를 세운다는 말도 해주의 과거에서
본 바와 같이 정치의 부패함에 실망한 나에게는
적절하게 들리지 아니할 수가 없었다.

나도 입도할 마음이 불같이 일어나서 입도 절
차를 물었더니, 쌀 한 말, 백지 세 권, 황초 한 쌍
을 가지고 오면 입도식을 행하여 준다고 하였다.
나는 『성경대전(聖經大全)』 등 동학서적들을 두
루 연람한 뒤에 집으로 돌아왔다. 아버지께 오
씨에게서 들은 말을 여쭙고 입도할 의사를 품하

였더니 아버지께서는 곧 허락하시고 입도식에 쓸
예물들을 준비 하여 주셨다. 이렇게 하여서 내가
동학에 입도한 것이다.

동학에 입도한 나는 열심히 공부를 하는 동시
에 포덕(전도)에 힘을 썼다. 아버지께서도 입도
하셨다. 이때의 형편으로 말하면 양반은 동학에
오는 이가 적고, 나와 같은 상놈들이 많이 모여
들었다. 내가 입도한 지 불과 수월에 연비(蓮臂:
포덕 하여 얻은 신자라는 뜻)가 수백 명에 달하
였다. 이렇게 하여 내 이름이 널리 소문이 나서
도를 물으러 찾아오는 이도 있고 내게 대한 무근
지설(無根之說)을 전파하는 사람도 있었다.

"그대가 동학을 하여 보니 무슨 조화가 나던
가?"

하는 것이 가장 흔히 내게 와서 묻는 말이었
다.

사람들은 도를 구하지 아니 하고 요술과 같은

조화를 구하는 것이었다. 그런 질문을 받으면 나는 이렇게 대답하였다.

"악을 짓지 말고, 선을 행하는 것이 이 도의 조화이니라."

이것이 나의 솔직하고 정당한 대답이었건만 듣는 이는 내가 조화를 감추고 자기네에게 아니 보여주는 것이라고 생각하는 모양이었다. 김창수(창암이라던 아이 명을 버리고 이때부터 이 이름을 썼다)는 한 길이나 떠서 걸어 다니는 것을 보았노라고 말하는 사람도 있었다.

이 모양으로 있는 소리, 없는 소리 섞어 전하여서 내 명성이 황해도 일대 뿐만 아니라, 멀리 평안남북도에까지 현자하여서 당년에 내 밑에 연비가 무려 수천이나 달하였다. 당시 황평 양서 동학당 중에서 내가 나이가 어린 사람으로서 많은 연비를 가졌다 하여 나를 애기 접주라고 별명 지었다. 접주라는 것은 한 접의 수령이란 말로서 위에서 내리는 직함이다.

이듬해인 계사년(癸巳年) 가을에 해월 대도주로부터 오응선, 최유현 등에게 각기 연비의 성명단자(명부)를 보고하라는 경통(敬通:공함이라는 뜻)이 왔으므로 황해도 내에서 직접 대도주를 찾아갈 인망 높은 도유(道濡) 열다섯 명을 뽑을 때에 나도 하나로 뽑혔다.

편발로는 불편하다 하여 성관하고 떠나게 되었다. 연비들이 내 노자를 모아 내고, 또 도주님께 올릴 예물로는 해주 향목도 특제로 맞추어 가지고 육로, 수로를 거쳐서 충청도 보은군(報恩郡) 장안(長安)이라는 해월 선생 계신 곳에 다다랐다. 동네에 쑥 들어서니 이 집에서도 저 집에서도,

'지기금지원위대강 시천주조화정 영세불망만사지(至氣今至願爲大降 時天主造化定 永世不忘萬事知)'

하는 주문을 외는 소리가 들리고 또 일변으로는 해월 대도주를 찾아서 오는 무리, 일변으로는 뵈옵고 가는 무리가 연락부절하고 집이란 집은 어디나 사람으로 꽉꽉 찼었다. 우리는 접대인에게 우리 일행 15명의 명단을 부탁하여 대도주께 우리가 온 것을 통하였더니, 한 시간이나 지나서 황해도에서 온 도인을 부르신다는 통지가 왔다.

우리 일행 열다섯은 인도자를 따라서 해월 선생의 처소에 이르러 선생 앞에 한꺼번에 절을 드리니, 선생은 앉으신 채로 상체를 굽히고 두 손을 방바닥에 짚어 답배를 하시고 먼 길에 수고로이 왔다고 간단히 위로하는 말씀을 하셨다.

우리는 가지고 온 예물과 도인의 명단을 드리니, 선생은 소임을 부르셔서 처리하라고 명하셨다. 우리가 불원천리하고 온 뜻은 선생의 선풍도골도 뵈오려니와, 선생께 무슨 신통한 조화 줌치(신비한 재주)나 받을까 함이었으나 그런 것은

59

없었다. 선생은 연기(年紀)가 육십은 되어 보였
고 구레나룻이 보기 좋게 났는데, 약간 검은 터
럭이 보이고 얼굴은 여위었으나 맑은 기운이 풍
겼다.

큰 검은 갓을 쓰시고, 동저고리 바람으로 일을
보고 계셨다. 방문 앞에 놓인 무쇠 화로의 약탕
관에서 김이 나고 끓고 있는데 독삼탕 냄새가 났
다. 선생이 잡수시는 것이라고 한다. 방 내외에
는 여러 제자들이 옹위하고 있다.

그 중에도 가장 친근하게 모시는 이는 손응
구·김연국·박인호 같은 이들인데, 손응구는 장
차 해월 선생의 후계자로 대도주가 될 의암 손병
희로서 깨끗한 청년이었고, 김 씨는 연기가 사십
은 되어 보이는데 순실한 농부와 같았다. 이 두
사람은 다 해월 선생의 사위라고 들었다. 손 씨
는 유식해 보이고 '천을천수(天乙天水)'라고 쓴
부적을 보건대 글씨재주도 있는 모양이었다.

우리 일행이 해월 선생 앞에 있을 때에 놀라운 보고가 들어왔다. 전라도 고부(古阜)에서 전봉준이가 벌써 군사를 일으켰다는 것이었다. 뒤이어 또 후보(後報)가 들어왔다. 어떤 군수는 도유(동학도를 닦는 선비)의 전 가족을 잡아 가두고 가산을 강탈하였다는 것이었다. 이 보고를 들으신 선생은 진노하는 낯빛을 띠고 순 경상도 사투리로,

"호랑이가 물러 들어오면 가만히 앉아서 죽을까, 참나무 몽둥이라도 들고 나서서 싸우자!"

하시니 선생의 이 말씀이 곧 동원령이었다. 각지에서 와서 대령하던 대접주(大接主)들이 물 끓듯 물러가기 시작하였다.

우리 황해도에서 온 일행도 각각 접주라는 첩지를 받았다. 거기에는 두건 속에 해월인(海月印)이라고 전자로 새긴 인이 찍혀 있었다. 선생께 하직하는 절을 하고 물러나와 잠시 속리산을

구경하고 고향으로 돌아오는 길에 들어섰다.

벌써 곳곳에 사람들이 떼를 지어 모이고 평복에 칼 찬 사람을 가끔 만나게 되었다. 광혜원(廣惠院) 장거리에 오니 수만의 동학군이 진을 치고 행인을 검사하고 있었다. 가관인 것은 평시에 동학당을 학대하던 양반들을 잡아다가 길가에 앉히고 짚신을 삼게 하는 것이었다.

우리 일행은 증거를 보이고 무사히 통과하였다. 부근 촌락에서 밥을 짐으로 지어 가지고 도소(都所), 이를테면 사령부로 날라오는 것을 무수히 길에서 만났다. 논에서 벼를 베던 농민들이 동학군이 물밀 듯 모여드는 것을 보고 낫을 버리고 달아나는 것도 보았다.

서울에 이르니 경군(서울 군사)이 삼남(三南)을 향하여서 떠나가고 있는 중이었다. 9월에 해주에 돌아왔다.

황해도 동학당들도 들먹들먹하고 있었다.

첫째로는 양반과 관리의 압박으로 도인들의 생활이 불안하였고, 둘째로는 삼남(충청도, 전라도, 경상도)으로부터 향응하라는 경통이 빗발치듯 왔다. 그래서 15접주를 위시하여 여러 두목들이 회의한 결과 거사하기로 작정하고 제1회 총소집의 위치를 해주 죽천장(竹川場)으로 정하고 각처 도인에게 경통을 발하였다.

나는 팔봉산 밑에 산다고 하여서 접 이름을 팔봉이라고 짓고 푸른 갑사에 '팔봉도소(八峰都所)'라고 크게 쓴 기를 만들고 표어로는 '척양척왜(斥洋斥倭)' 넉 자를 써서 높이 달았다. 그리고는 서울서 토벌하러 내려올 경군과 왜병과 싸우기 위하여 연비 중에서 총기를 가진 이를 모아서 군대를 편제하기로 하였다.

나는 본시 산협장생이요, 또 상놈인 까닭에 산포수 연비가 많아서 다 모아보니 총을 가진 군사가 7백 명이나 되어 무력으로는 누구의 접도다도

나왔다. 인근 부호의 집에 간직하였던 야간의 호
신용 무기도 모아 들였다.

최고회의에서 작정한 전략으로는 우선 황해도
의 수부인 해주성을 빼앗아 탐관오리와 왜놈을
다 잡아 죽이기로 하고, 팔봉 접주 김창수로 선
봉장을 삼는다는 것이었다. 이것은 내가 평소에
병서에 소양이 있고 또 내 부대에 산포수가 많은
것도 이유이겠지만 자기네가 앞장을 서서 총알받
이가 되기 싫은 것이 아마 가장 큰 이유일 것이
다.

그러나 나는 쾌히 선봉이 되기를 허락하고 다
른 부대더러 뒤에 따라오라 하고 나는 '선봉(先
鋒)'이라고 쓴 사령기를 들고 말을 타고 선두에
서서 해주성을 향하여 전진하여서 해주성 서문
밖 선녀산에 진을 치고 총 공격령이 내리기를 기
다리며 대기하고 있었다.

이윽고 총 지휘부에서 총 공격령이 내리고 작

전계획은 선봉장인 나에게 일임한다는 명령이 왔다. 나는 계획을 세워서 본부에 알리고 곧 작전을 개시하였다. 지금 성내에 아직 경군은 도착하지 아니 하고 오합지중(烏合之衆)으로 된 수성군(守成軍) 2백 명과 왜병 일곱 명이 있을 뿐이니 선발대로 하여금 먼저 남문을 엄습케 하여 수성군의 힘을 그리로 끌게 한 후에 나는 서문을 깨뜨릴 터인 즉 총소(總所:도소에 대한 말이니 총사령부라는 뜻)에서 형세를 보아서 허약한 편을 도우라는 것이었다. 총소에서는 내 계획을 채용하여 한 부대를 남문으로 향하여 행진케 하였다.

이때에 수 명의 왜병이 성 위에 올라 대여섯 방이나 시험 사격을 하는 바람에 남문으로 향하던 선발대는 도망하기 시작하였다. 왜병은 이것을 보고 돌아와서 달아나는 무리에게 총을 연발하였다. 나는 이에 전군을 지휘하여서 서문을 향하여 맹렬한 공격을 개시하였는데 돌연 총소에서 퇴각하라는 명령이 내리고 우리 선봉대는 머리도 돌리기 전에 뒤에 따르던 군사가 산으로 들로 달아나는 것이 보였다. 한 군사를 붙들어 퇴각하는 까닭을 물으니 남문 밖에 도유 서너 명이 총에 맞아 죽은 까닭이라고 한다.

이렇게 되니 선봉대만 혼자 머물 수도 없어서 비교적 질서 있게 퇴각하여 해주에서 서쪽으로 80리 되는 회학동(回鶴東) 곽 감역(郭監役) 댁에 유진하기로 하였다. 무장한 군사는 축이 안 나고 거의 전부 따라와 있는 것이 대견하였다.

나는 이번의 실패에 분개하여서 잘 훈련된 군대를 만들기에 힘을 다하기로 하였다. 좋은 군대를 만드는 것이 싸움에 이기는 비결이라고 믿은 것이었다.

하루는 어떤 사람 둘이 내게 면회를 청하였다. 구월산 밑에 사는 정덕현·우종서라는 사람들이었다. 찾아온 까닭을 물었더니 그 대답이 놀라웠다. 동학군이란 한 놈도 쓸 것이 없는데, 들으니 그대가 좀 낫단 말을 듣고 한번 보러 왔다는 것이다. 옆에 있던 내 부하들이 두 사람의 말이 심히 불공함을 분개하였다. 나는 도리어 부하를 책망하여 밖으로 내어보내고 나서 이상한 손님과 셋이서 마주앉았다.

나는 공손히 두 사람을 향하여 '선생'이라고 존칭하고, 이처럼 찾아와 주셨으니 무슨 좋은 계책을 가르쳐 주시기를 바란다고 하였다. 그런 즉 정 씨가 더욱 교만한 태도로 말하기를, 비록 계책을 말하기로니 네가 알아듣기나 할까, 실행할 자격이 없으리라고 비웃은 뒤에 더욱 호기 있는 어성으로, 동학 접주나 하는 자들은 어줍지 않게 호기가 충천하여 선비를 초개(草芥)와 같이 보니 너도 그런 사람이 아니냐고 나를 노려보았다. 나는 더욱 공손한 태도로,

"이 접주가 다른 접주와 어떻게 다를지 선생께

67

서 한 번 가르쳐 보시면 알 것이 아닙니까?"

그러자 정 씨는 기쁘게 웃으며 악수를 하고 방
책을 말하기 시작했다.

첫째, 군기를 정숙히 하되 비록 병졸을 대하더
라도 하대하지 아니 하고 경어를 쓸 것.

둘째, 민심을 얻어야 하니 동학군이 총을 가지
고 민가로 다니며 집곡이니 집전이니 하고 강도
적 행위를 하는 것을 엄금할 것.

셋째, 어진 현사(賢士)를 모시겠다는 글을 발
표하여 경륜 있는 인물을 많이 얻을 것.

넷째, 전군을 구월산에 모으고 훈련할 것.

다섯째, 재령·신천 두 고을에 왜(倭)가 사서
쌓아 둔 쌀 수천 석을 몰수하여 구월산 패엽사
(貝葉寺)에 쌓아두고 군량으로 쓸 것.

나는 곧 이 계획을 실시하기로 하고 즉시 전군
을 집합장에 모아 정 씨를 모주(謀主), 우 씨를
종사(從事)라고 공포하고 전군을 지휘하여 두 사

람에게 최대의 경례(敬禮)를 시켰다.

그리고는 구월산으로 진을 옮길 준비를 하던 차에 어떤 날 밤에 신천 청계동 안 진사로부터 밀사가 왔다. 안 진사의 이름은 태훈이니, 그의 맏아들 중근은 나중에 이토 히로부미 죽인 안중근이다. 그는 글 잘하고 글 잘 쓰기로 이름이 서울에까지 떨치고 또 지략도 있어 당시 조정의 대관들까지도 그를 크게 대우하였다.

동학당이 일어나매 안 진사는 이를 토벌하기 위하여 그의 고향인 청계동 자택에 의려소(義旅所)를 두고 그의 자제들로 하여금 모두 의병이 되게 하고 포수 백여 명을 모집하여서 벌써 신천 지경 안에 있는 동학당을 토벌하기에 많은 성공을 하여서 각 접이 다 이를 두려워하고 경계하던 터였다.

나는 정 모주로 하여금 이 밀사를 만나게 하였다. 그의 보고에 의하면 나의 본진이 있는 회학

동과 안 진사의 청계동이 불과 20리 거리이니 만
일 내가 무모하게 청계동을 치려다가 패하면 내
생명과 명성을 보장하기 어려울 것이니 그러하면
좋은 인재 하나 잃어버리게 될 것인 즉 안 진사
가 나를 위하는 호의로 이 밀사를 보냈었다는 것
이었다. 이에 곧 나는 참모회의를 열어서 의논한
결과, 저편에서 나를 치지 아니하면 나도 저편을
치지 아니할 것과 피차에 어려운 지경에 빠질 경
우에는 서로 도울 것이라는 밀약이 성립되었다.

예정대로 나의 군사는 구월산으로 집결하였다.
재령·신천에 있던 쌀도 패엽사로 옮겨왔다. 한
섬을 져 오면 서 말을 준다고 하였더니 당일로
다 옮겨졌다. 날마다 군사 훈련도 여행(勵行)하
였다. 또 인근 각동에 훈령하여 동학당이라고 자
칭하고 민간에 행패하는 자를 적발하여서 엄벌하
였더니 며칠이 안 지나서 질서가 회복되고 백성
이 안도하였다.

이러는 동안에 경군과 왜병이 해주를 점령하고
옹진·강령 등지를 평정하고 학령을 넘어온다는
기별이 들렸다. 그들의 목표는 구월산이었다. 그
러나 화근은 경군이나 왜병에 있지 아니 하고 나
와 같은 동학당인 이동엽의 군사에 있었다.

이동엽은 구월산 부근 이대에서 가장 큰 세력
을 잡은 접주로서 그의 부하는 나의 본진 가까이
까지 침입하여 노략질을 함부로 하였다. 우리 군
에서는 사정없이 그들을 체포하여 체벌하였기 때
문에 피차간에 반목이 깊어진데다가 우리 군사들
중에 군율에 의한 형벌을 받고 앙심을 품은 자와
노략질을 마음대로 하고 싶은 자들이 이동엽의
군대로 달아나는 일이 날로 늘었다.

이리하여 이동엽의 세력은 날로 커지고 내 세
력은 날로 줄었다. 이에 나는 최고회의를 열고
의논한 결과 동학 접주의 칭호를 버리기로 하고
군대를 허곤에게 맡기기로 하였다. 이는 나의 병

권을 빼앗으려 함이 아니오, 나를 살려내고자 하는 계책이었다. 이에 허곤은 송종호로 하여금 평양에 있는 장호민에게 보내는 소개 편지를 가지고 평양으로 떠나게 하였으니 이것은 황주 병사의 양해를 얻어서 일을 정치적으로 해결하려 함이었다.

이때는 내 나이가 열아홉, 갑오년(甲午年) 섣달이었다. 나는 몸에 열이 나고 두통이 심하여서 자리에 눕게 되었다. 하은당 대사는 나를 그의 사처인 조실에 혼자 있게 하고 몸소 병구완을 하였다.

수일 만에 내 병이 홍역인 것이 판명되었다. 하은당은,

"아직 홍역도 못처렀구만."

하고 웃었다. 그러고는 홍역을 다스린 경험이 있는 늙은 승수자(承受者) 한 분을 가려 내 조리를 맡게 하였다.

이렇게 병석에 누워 있노라니 하루는 이동엽이 전군을 이끌고 패엽사로 쳐들어온다는 급보가 있고 뒤이어 어지러이 총소리가 나며 순식간에 절 경내에는 양군의 육박전이 벌어졌다. 그러나 원래 사기가 저상한데다가 장수를 잃은 나의 군사들은 불의의 습격을 받아서 일패도지(一敗塗地)하고 나의 본진은 적에게 제압되고 말았다. 나의 군사들은 보기에도 흉하게 도망하여 흩어지는 모양이었다.

　이윽고 이동엽의 호령이 들렸다.

　"김 접주에게 손을 대는 자는 사형(死刑)에 처한다. 영장 이용선 이놈만 잡아 죽여라."

　이 말을 듣고 나는 이불을 차고 마루 끝에 뛰어나가서,

　"이용선은 내 명령을 받아서 무슨 일이나 한 사람이니 만일 이용선이가 죽을죄를 지었거든 나를 죽여라!"

하고 외쳤다.

그러나 이동엽은 부하에게 명하여서 나를 수족을 놀리지 못하게 하고 이용선만을 끌고 나갔다. 이윽고 동구에서 총소리가 들리자, 이동엽의 부하는 다 물러가고 말았다.

이용선이 죽었다는 말을 듣고 나는 동구로 달려 내려갔다. 과연 그는 총을 맞아 쓰러지고 그의 몸에 입은 옷은 아직도 불에 타고 있었다. 나는 그의 머리를 안고 통곡하다가 내 저고리를 벗어 그의 머리를 싸주었다. 이 저고리는 내가 남의 윗사람이 되었다 하여 어머니께서 지어 보내주신 평생 처음 입어보는 명주저고리였다. 동민들은 백설 위에서 내가 벌거벗고 통곡하고 앉아 있는 것을 보고 의복을 가져다가 입혀 주었다. 나는 동민들을 지휘하여 이용선의 시체를 매장하였다.

이용선은 함경도 정평 사람으로서 장사차 황해

도에 와서 살던 사람이다. 총사냥을 잘하고 비록 무식하나 사람을 거느리는 재주가 있으므로 내가 그를 화포영장(火砲領將)으로 삼았던 것이다.

이용선을 매장한 나는 패엽사로 돌아가지 아니하고 부상동 정덕현 집으로 갔다. 내게서 그동안 지낸 일을 들은 정 씨는 태연한 태도로,

"이제 형은 할 일 다 한 사람이니 편안히 쉬고서 유람이나 떠나자."

하고 내가 이용선의 원수 갚을 말까지도 눌러 버리고 말았다. 이동엽이가 패엽사를 친 것은 제 손으로 저를 친 것과 마찬가지다. 경군과 왜병이 이동엽을 치기를 재촉한 것이라고 하던 정 씨의 말이 그대로 맞아서 정 씨와 내가 몽금포 근처에 숨어있는 동안에 이동엽은 잡혀가서 사형을 당하였다. 구월산의 내 군사와 이동엽의 군사가 소탕되니 황해도의 동학당은 전멸이 된 셈이었다.

몽금포 근동에서 석 달을 숨어 있다가 나는 정

씨와 작반(作伴)하여 텃골에 부모를 찾아뵈옵고
정 씨의 의견을 좇아 청계동 안 진사를 찾아 몸
을 의탁하기로 하였다. 나는 패군지장으로 일찍
적군이던 안 진사의 밑에 들어가 포로의 대우를
받은 것을 불쾌히 생각하였으나 정 씨는 안 진사
의 위인이 그렇지 아니하여 심히 인재를 사랑한
다는 말과 전에 안 진사가 밀사를 보낸 것도 이
런 경우를 당하면 자기에게 오라는 뜻이라고 역
설하므로 나는 그 말대로 한 것이었다.

청계동시대

　텃골 본향에서 부모님을 뵈온 이튿날 정 씨와
나는 곧 천봉산(千峰山)을 넘어 청계동에 다다랐
다. 청계동은 사면이 험준하고 수려한 봉란으로
에워있고 동네에는 띄엄띄엄 40, 50호의 인가가
있으며, 동구 앞으로 한 줄기 개울이 흐르고 그
곳 바위 위에는 '청계동천(淸溪洞天)'이라는 안
진사의 자필 각자가 있었다. 동구를 막는 듯이
작은 봉우리 하나가 있는데 그 위에는 포대가 있
고 길 어귀에 파수병이 있어서 우리를 보고 누구
냐고 물었다.

　명함을 드리고 얼마 있노라니 의려장(義旅長)
의 허가가 있다 하여 한 군사가 우리를 안내하여
의려소인 안 진사 댁으로 갔다. 문전에는 연당이

있고, 그 가운데는 작은 정자가 있는데, 이것은 안 진사 6형제가 평일에 술을 마시고 시를 읊는 곳이라고 한다. 대청 벽상에는 의려소 석 자를 횡액으로 써 붙였다. 안 진사는 우리를 정청에 영접하여 수인사를 한 후에 제일 첫 말이,

"김 석사가 패엽사에서 위험을 면하신 줄을 알았으나 그 후 사람을 놓아서 수탐하여도 계신 곳을 몰라서 우려하였더니 오늘 이처럼 찾아주시니 감사하외다."

하시고 다시,

"들으니 구경하(俱慶下:두 어버이 시하) 하라 하시던데 양위분은 안접하실 곳이 있으시오?"

하고 내 부모에 관한 것을 물으신다.

내가 별로 안접하실 곳이 없는 뜻을 말하였더니 안 진사는 즉시로 오일선에게 총 가진 군사30명을 맡기며,

"오늘 안으로 텃골로 가서 김 석사 양위를 모

시고, 근동에 있는 우마를 징발하여 그 댁 가산 전부를 옮겨오게 하여라!"

하고 영을 내렸다. 이리하여 우리 집이 청계동에 우접하게 되니 내가 스무 살 되던 을미년 2월의 일이었다.

내가 청계동에 머문 것은 불과 4, 5개월이지만 이 동안은 내게는 심히 중요한 시기였다. 그것은 첫째로는 내가 안 진사와 같은 큰 인격에 접한 것이요, 둘째로는 고산림과 같은 의기 있는 학자의 훈도를 받게 된 것이었다.

안 진사는 해주 부중에 10여 대나 살아오던 구가의 자제였다. 그 조부 인수가 진해 현감을 지내고는 세상이 차차 어지러워짐을 보고 세상에서 숨을 뜻을 두어 많은 재산을 가난한 일가에게 나우어 주고 약 3백 석 추수하는 재산을 가지고 청계동으로 들어오니 이는 그곳이 산천이 수려함과 족히 피난처가 될 만한 것을 취함이었다. 이때는

79

장손인 중근이 두 살 적이었다.

안 진사는 과거를 하려고 서울 김종한의 문객이 되어 다년 유경(留京)하다가 진사가 되고는 벼슬 할 뜻을 버리고 집으로 돌아와서 형제 여섯 사람이 술과 시로 세월을 보내고 뜻 있는 벗을 사귀기로 낙을 삼고 있었다. 안 씨 6형제가 다 문장 재사(文章才士)라 할 만하지만 그 중에서도 셋째인 안 진사가 눈에 정기가 있어 사람을 누르는 힘이 있고, 기상이 뇌락(磊落)하여 비록 조정의 대관이라도 그와 면대하면 자연 경외(敬畏)하는 마음이 일어났다.

내가 보기에 그는 퍽 소탈하였고 비록 무식한 하류들에게까지도 조금도 교만하지 않으며 친절하고 정녕하여서 상류나 하류나 다 그에게 호감을 가졌었다. 얼굴이 매우 청수하나 술이 과하여 코끝이 붉은 것이 흠이었다. 그는 율을 잘하여서 당시에도 그의 시가 많이 전송되었고, 내게도 그가 득의의 작을 흥 있게 읊어주는 일이 있었다.
그는 '황석공소서(黃石公素書)'를 자필로 써서
벽장문에 붙이고 취흥이 나면 소리를 높여서 그
것을 낭독하였다.

그때에 안 진사의 맏아들 중근은 열여섯 살로
서 상투를 틀고 있었는데 머리를 자주 수건으로
질끈 동이고 돔방총이라는 총을 메고 날마다 사
냥을 일삼고 있어 보기에도 영기가 발발하고 청
계동 군사들 중에 사격술이 제일이어서 짐승이나
새나 그가 겨눈 것은 놓치는 일이 없기로 유명하
였다.

그의 계부 태건과 언제나 함께 사냥을 다니고
있었다. 그들이 잡아오는 노루와 고라니로는 군
사들을 먹이고 또 진사 6형제의 주연의 안주를
삼았다. 진사의 둘째 아들 정근과 셋째 공근은
다 붉은 두루마기를 입고 머리를 땋아 늘인 도련
님들로 글을 읽고 있었는데, 진사는 이 두 아들

에게 대하여서는 글을 아니 읽는다고 걱정도 하
였으나 증근에 대하여서는 아무 간섭도 아니하는
모양이었다.

　고산림의 이름은 능선인데 그는 해주 서문 밖
비동에 세거하던 사람으로서 중암 유중교의 제자
요, 의암 유인석과 동문으로서 해서에서는 행검
으로 굴지되는 학자였다. 이도 안 진사의 초청으
로 이 청계동에 들어와 살고 있었다.

　내가 고산림을 처음 대한 것은 안 진사의 사랑
에서였는데, 그는 날더러 자기의 사랑방에 놀러
오라는 말을 하므로 나는 크게 감복하여서 이튿
날 그의 집에 찾아갔다. 선생은 늙으신 낯에 기
쁨을 띠시고 친절하게 나를 영접하시고 아드님
원명을 불러 나와 상면케 하였다.

　고 선생이 거처하시는 사랑은 작은 방 하나인
데 사람들의 좌우명과 선생 자신의 글 같은 것을
둘러 붙였으며, 선생은 가만히 꿇어 앉아서 마음

을 잡는 공부를 하시며 간간이 『손무자(孫武子)』, 『삼략(三略)』같은 병서도 읽으셨다.

고 선생은 날더러, 내가 매일 안 진사 집 사랑에 가서 놀더라도 정신 수양에는 효과가 적을 듯하니, 매일 선생의 사랑에 와서 같이 세상사도 말하고 학문도 토론함이 어떠냐고 하였다. 나는 이러한 대선생이 내게 대하여 이처럼 특별한 지우(知遇)를 주시는 것을 황송하고 감사하게 생각하고, 좋은 마음 가진 사람이 되려던 소원을 말씀드리고 모든 것을 고 선생의 지도에 맡긴다는 성의를 표하였다. 그때 나는 과거에 낙심하고 관상에 낙심하고 동학에 실패한 자포자기에 가까운 심리를 가지게 되었다. 나 같은 것도 고 선생과 같으신 큰 학자의 지도로 한 사람 구실을 할 수가 있을까 스스로 의심하지 아니할 수 없었다. 이런 말씀을 아뢰었더니 고 선생은 이렇게 말씀하셨다.

"사람이 저를 알기도 쉬운 일이 아니어든 하물며 남의 일을 어찌 알랴. 그러므로 내가 그대의 장래를 판단할 힘은 없으나 내가 한 가지 그대에게 확실히 말할 것이 있으니 그것은 성현을 목표로 하고 성현의 자취를 밟으라는 것이다. 이렇게 힘써가노라면 성현의 지경에 달하는 자도 있고 못 미치는 자도 있거니와 이왕 그대가 마음 좋은 사람이 될 뜻을 가졌으니 몇 번 길을 잘못 들더라도 본심만 변치 말고 고치고 또 고치고 나아가고 또 나아가면 목적지에 달할 날이 반드시 있을 것이니 괴로워하지 말고 행하기만 힘쓰라."

이로부터 나는 매일 고 선생 사랑에 갔다. 선생은 내게 고금의 위인을 비평하여 주고 당신의 연구하여 깨달은 바를 가르쳐 주고『화서아언(華西雅言)』이며,『주자백선(朱子百選)』에서 긴요한 절구를 보여 주셨다. 선생이 특히 역설하시는 바는 의리에 관해서였다. 비록 뛰어난 재능이 있더라도 의리에서 벗어나면 그 재능이 도리어 화단이 된다고 하셨다.

선생은 경서를 차례로 가르치는 방법을 취하지 아니 하고 내 정신과 재질을 보셔서 뚫어진 곳은 깁고 빈 구석을 채워주는 구전심수(口傳心受)의 첩경을 택하심이었다. 선생은 내게 결단력이 부족하다고 보셨음인지, 아무리 밝히 보고 잘 판단하였더라도 실행할 과단력이 없으면 다 쓸데없단 말씀을 하시고, '나뭇가지를 잡아도 발에는 힘주지 않고 언덕에 매달려도 손에 힘주지 않는 것이 장부이다(得樹攀枝不足奇 懸崖撒手丈夫兒)' 라는 글귀를 힘 있게 설명하셨다.

가끔 안 진사가 고 선생을 찾아오셔서 두 분이 고금의 일을 강론하심을 옆에서 듣는 것은 참으로 비할 데 없이 취미 있는 일이었다. 나는 가끔 고 선생 댁에서 놀다가 저녁밥을 선생과 같이 먹고 밤이 깊고 인적이 고요할 때까지 국사를 논하는 일이 있었다.

고 선생은 이런 말씀도 하셨다.

"예로부터 천하에 흥하여 보지 아니한 나라도 없고 망해 보지 아니한 나라도 없다. 그런데 나라가 망하는 데도 갸륵하게 망하는 것이 있고 더럽게 망하는 것이 있다.

어느 나라 국민이 의로써 싸우다가 힘이 다하여 망하는 것은 거룩하게 망하는 것이요, 그와 달라서 백성이 여러 패로 갈려서 한 편은 이 나라에 붙고 한 편은 저 나라에 붙어서 외국에는 아첨하고 제 동포와는 싸워서 망하는 것은 더럽게 망하는 것이다.

이제 왜의 세력이 전국에 충만하여 궐내에까지 침입하여서 대신도 저의 마음대로 내고들이게 되었으니 우리 나라가 제2의 왜국이 아니고 무엇인가. 만고에 망하지 아니한 나라가 없고 천하에 죽지 아니한 사람이 있던가. 이제 우리에게 남은

것은 일사보국(一死報國)의 일건사가 남아 있을
뿐이다."

이 말씀을 하시고 선생은 비감한 낯으로 나를
보시고 나는 비분을 못 이겨서 울었다.

망하는 우리 나라를 망하지 않도록 붙들 도리
는 없는가 하는 내 물음에 대하여서는 선생은 청
국과 서로 맺는 것이 좋다 하시고 그 이유로는
이렇게 말씀하셨다.

"청국이 갑오년 싸움에 진 원수를 반드시 갚으
려 할 것이니 우리 중에서 상당한 사람이 그 나
라에 가서 그 국정도 조사하고 그 나라 인물과도
교의를 맺어 두었다가 후일에 기회가 오거든 서
로 응할 준비를 하여 두는 것이 필요하다."

나는 선생의 이 말씀에 감동하여 청국으로 갈
마음이 일어났다. 그러나 나와 같이 어린 것이
하나 가기로 무슨 일이 되랴 하는 뜻을 말씀드리
니, 선생은 그렇게 생각하는 것을 책망하시고 누

구나 제가 옳다고 믿는 것을 혼자만이라도 실행하는 것이 필요하니 저마다 남이 하기를 바랄 것이 아니라 저마다 제 일을 하면 자연 그 일을 하는 사람이 많아지는 것이라. 어떤 사람은 정계에, 또 어떤 사람은 학계나 상계에, 이처럼 제가 합당한 방면으로 활동하여서 그 결과가 모이면 큰 일이 이루어지는 것이라고 하셨다.

이 말씀에 나는 청국으로 갈 결심을 하고 그 뜻을 고 선생께 아뢰었다. 선생은 크게 기뻐하셔서 내가 떠난 뒤에는 내 부모까지도 염려 말라 하셨다.

나는 의리로 보아 이 뜻을 안 진사에게 통함이 옳을까 하였으나 고 선생은 이에 반대하였다.

안 진사가 천주학(天主學)을 믿을 의향이 있는 모양인데 만일 그렇다면 이는 양이(洋夷:서양 오랑캐)를 의뢰하려 함이니 대의에 어그러지는 일인 즉 지금 이런 큰일을 의논할 수 없다. 그러나 안 진사는 확실히 인재니 내가 청국을 유력한 뒤에 좋은 일이 있을 때에 서로 의논하는 것도 늦지 아니하니 이번에는 말없이 떠나라는 것이었다. 나는 무엇이나 고 선생의 지시대로 하기로 결심하고 먼 길을 떠날 준비를 하였다.

강계 진공작전

내가 청국을 향하여 방랑의 길을 떠나기로 작정한 바로 전날, 나는 넌지시 안 진사를 마지막으로 한 번 보고 속으로 만이라도 하직하는 정을 표하려고 안 진사 집 사랑에를 갔다가 참빗장수한 사람을 만났다. 그 언어 동작이 아무리 보아도 예사 사람이 아닌 듯하여 인사를 청한 즉 그는 전라도 남원 귓골 사는 김형진이란 사람이요, 나와 같이 안동 김 씨요, 나이는 나보다 8, 9세 위였다. 나는 참빗을 사겠노라고 그를 내 집으로 데리고 와서 하룻밤을 같이 자면서 그의 인물을 떠보았다.

과연 그는 보통 참빗장수가 아니요, 안 진사가 당시에 대문장, 대영웅이라는 말을 듣고 한번 찾아보러 일부러 떠나온 것이라고 한다. 인격이 그리 뛰어나거나 학식이 도저한 인물은 못되나 시국에 대하여서 불평을 품고 무슨 일이나 하여 보자는 결심이 있어 보였다. 이튿날 그를 데리고 고 선생을 찾아가 선생에게 인물 감정을 청하였더니 선생은, 그가 비록 주뇌가 될 인물은 못되나 남을 도와서 일할 만한 소질은 있어 보인다는 판단을 내리셨다. 이에 나는 김 씨를 내 길동무로 삼기로 하고 집에서 먹이던 말 한 필을 팔아서 여비를 만들어 가지고 청국에 가는 길을 떠났다.

우리의 계획은 백두산을 보고 동삼성(만주)을 돌아서 북경으로 가자는 것이었다. 평양까지는 예사로 가서 거기서부터는 나도 김형진 모양으로 참빗과 황화장수로 차리기로 하고 참빗과 황화장수로 차리기로 하고 참빗과 붓, 먹과 기타 산읍에서 팔릴 만한 물건을 사서 둘이서 한 짐씩 나

누어 졌다. 그리고 평양을 떠나서 을밀대와 모란
봉을 잠시 구경하고 강동·양덕·맹산을 거쳐 함
경도로 넘어서서 고원·정평을 지나 함흥 감영에
도착하였다.

강동 어느 장거리에서 하룻밤을 자다가 칠십
늙은이 주정 장이한테 까닭모를 매를 얻어맞고
한신(韓信)이 회음(淮陰)의 어떤 젊은 놈에게 봉
변당하던 것을 이야기하고 웃은 일이 있었다.

함경도에 들어서서 가장 감복한 것은 교육제도
가 황해도나 평안도보다 발달된 것이었다. 아무
리 초가집만 있는 가난한 동네에도 서재와 도청
은 기와집이었다. 홍원 지경 어느 서재에는 선생
이 세 사람이 있어서 학과를 고등, 중등, 초등으
로 나눠서 각각 한 반씩 담당하여 가르치는 것을
보았다.

이것은 옛날 서당으로서는 드문 일이었다. 서
당 대청 좌우에는 북과 종을 달고 북을 치면 글

읽기를 시작하고 종을 치면 쉬었다. 더구나 북청
은 함경도 중에서도 글을 숭상하는 고을이어서
내가 그곳을 지날 때에도 살아 있는 진사가 30여
명이요, 대과에 급제한 조관이 일곱이나 있었다.
가위 문향(文鄕)이라고 나는 크게 탄복하였다.

도청이란 것은 동네에서 공용으로 쓰는 집이
다. 여염집보다 크기도 하고 화려도 하다. 사람
들은 밤이면 여기 모여서 동네일을 의논도 하고
새끼 꼬기, 신 삼기도 하고, 이야기책도 듣고, 놀
기도 하고, 또 동네 안에 뉘 집에나 손님이 오면
집에서 식사만 대접하고 잠은 도청에서 자게 하
니 이를테면 공동 사랑이요, 여관이요, 공회당이
다. 만일 돈이 없는 나그네가 오면 도청 예산 중
에서 식사를 공궤(供饋)하기로 되어 있다. 모두
본받을 미풍이라고 생각하였다.

우리가 단천 마운령을 넘어서 갑산 읍에 도착
한 것이 을미년 7월이었다. 여기 와서 놀란 것은

기와를 인 관청을 제외하고는 집집마다 지붕에 풀이 무성하여서 마치 사람이 안사는 빈터와 같은 것이었다. 그러나 뒤에 알고 보니, 이것은 지붕을 덮은 보껍질을 흙덩이로 눌러 놓으면 거기 풀이 무성하여서 아무리 악수가 퍼부어도 흙이 씻기지 아니하게 된 것이라고 한다. 보껍질은 희고 빤빤하고 단단하여서 기와보다도 오래 간다 하며, 사람이 죽어 보껍질로 싸서 묻으면 만 년이 가도 해골이 흩어지는 일이 없다고 한다.

혜산진(惠山鎭)에 이르니 압록강을 사이에 두고 만주를 바라보는 곳이라 건너편 중국 사람의 집에 개 짓는 소리가 들렸다. 압록강도 여기서는 걸어서 건널 만하였다.

혜산진에 있는 제천당(祭天堂)은 우리 나라 산맥의 조종이 되는 백두산 밑에 있어 예로부터 나라에서 재관을 보내어 하늘과 백두산 신께 제사를 드리는 곳이다. 그 주변에는 이렇게 씌어 있었다.

"눈 쌓인 유월의 백두산에 운무가 감돌고 만고에 끊이지 않고 흐르는 압록강이 또 용솟음친다 (六月雪色山 白頭而雲霧 萬古流聲水 鴨綠而洶湧)."

우리는 백두산 가는 길을 물어가면서 서대령을 넘어 삼수·장진·후창을 거쳐 자성의 중강을 건너서 중국 땅인 모아산(帽兒山)에 다다랐다. 지나온 길은 무비 험산 준령이요, 어떤 곳은 70, 80리나 무인지경도 있어서 밥을 싸 가지고 간 적도 있었다. 산은 심히 험하나 맹수는 별로 없었고, 수풀이 깊어서 지척을 분별치 못할 데가 많았다.

나무 하나를 벤 그루 위에 7, 8명이 모여 앉아서 밥을 먹을 만한 것도 드물지 않았다고 한다. 내가 본 것 중에도 통나무로 곡식 넣을 통을 파느라고 장정하나가 그 통 속에 들어가서 도끼질을 하는 것이 있었다. 장관인 것은 이 산봉우리

95

에 섰던 나무가 쓰러져 저 산봉우리에 걸쳐 있는 것을 우리는 다리삼아서 건너간 일이 있었다.

이 지경은 인심이 대단히 순후하고, 먹을 것도 넉넉하여서 나그네가 오면 극히 반가워하여 얼마든지 묵어 보내었다. 곡식은 대개 귀리와 감자요, 산 개천에는 이면수라는 물고기가 많이 나는데 대단히 맛이 좋았다. 옷감으로 짐승의 가죽을 쓰는 것이 퍽이나 원시적이었다. 삼수 읍내에는 민가가 겨우 30호밖에 없었다.

모아산에서 서북으로 노인치(老人峙)라는 영을 넘고 또 넘어, 서대령으로 가는 길에서 우리는 백리에 두어 사람이나 우리 동포를 만났는데, 대부분 금점꾼이었다. 만나는 사람마다 우리더러 백두산가는 것이 향적이란 중국인 산적떼 때문에 위험하니 가지 말라고 하므로 우리는 유감이나마 백두산 참배를 중지하였다. 그래서 우리는 방향을 돌려 만주 구경이나 하리라 하고 통화현성(通

化縣成)으로 갔다.

통화현성은 압록강 연변의 다른 현성과 마찬가지로 설립된 지 얼마 안 되어서 관사 성루의 서까래가 아직도 흰 빛을 잃지 아니하였다. 성내에 인가가 모두 5백 호라는데, 그 중에는 우리 나라 사람이 한 집 있었다. 남자는 변발을 하여서 중국 사람의 모양을 하고 현청의 통사로 있다는데, 그의 처자들은 우리 옷을 입고 있었다. 거기서 10리쯤 가서 심 생원이라는 동포가 산다 하기로 일부러 찾아갔더니, 정신없이 아편만 먹는 사람이었다.

만주로 돌아다니는 중에 가장 미운 것은 호통사였다. 몇 마디 한어(漢語)를 배워 불쌍한 동포의 등을 긁고 피를 빨아먹는 것이었다. 우리 동포들은 갑오년 난리를 피하여 생소한 이 땅에 건너와서 중국 사람이 살 수가 없어서 내버린 험한 산골을 택하여 화전을 일구어서 조나 강냉이를

97

지어 근근이 연명하고 있었다. 호통사라는 놈들은 중국 사람들에게 붙어서 무리한 평계를 만들어 가지고 혹은 동포의 전곡을 빼앗고, 혹은 부녀의 정조를 유린하는 것이었다.

한 곳에를 가노라니 어떤 중국인의 집에 한복을 한 처녀가 있기에 이웃 사람에게 물어보았더니, 그 역시 호통사의 농간으로 그 부모의 빚값으로 중국인의 집에 끌려온 것이라고 하였다. 통화(通化)·환인(桓仁)·관전(寬甸)·임강(臨江) 어디를 가도 호통사의 폐해는 마찬가지였다.

당시 어디서나 토지는 비옥하여서 한 사람이 지으면 열 사람이 먹을 만하였다. 오직 귀한 것은 소금이어서 이것은 의주로부터 배로 물을 거슬러 올라와서 사람의 등으로 져 나르는 것이라 한다.

동네들의 인심은 참으로 순후하여 본국 사람이 오면 '앞대 나그네(고국 사람이란 뜻)'가 왔다

하여 혈속과 같이 반가워하고, 집집이 다투어서 맛있는 것을 대접하려고 애를 쓰고 남녀노소가 모여와서 본국 이야기를 들려달라고 졸랐다.

그들의 대개는 일청 전쟁에 피난 간 이들이지만 간혹 본국서 죄를 짓고 도망해 온 사람도 있었다. 그 중에는 민요에 장두가 되었던 호걸도 있고, 공금을 흠포한 관속도 있었다.

집안(輯安)의 광개토대왕비는 아직 몰랐던 때라 보지 못한 것이 유감이거니와, 관전의 임경업 장군의 비각을 본 것이 기뻤다. '삼국충신 임경업지비(三國忠臣 林慶業之碑)'라고 비면에 새겨 있는데, 인근의 중국 사람들은 병이 나면 이 비각에 제사를 드리는 풍속이 있다고 한다.

이 지방으로 방랑하는 동안에 김이언이란 사람이 청국의 도움을 받아서 일본에 반항할 의병을 꾸미고 있다는 말을 들었다. 사람들이 전하는 바에 의하면 김이언은 벽동 사람으로서 기운이 있고 글도 잘하여 심양자사(瀋陽刺史)에게서 말 한 필과 『삼국지』한 벌을 상급으로 받았기 때문에 중국 사람들에게도 대접을 받는다고 하였다. 우리는 이 사람을 찾아보기로 작정하고, 먼저 그 인물이 참으로 지사인가 협잡꾼이나 아닌가를 염탐하기 위하여 김형진을 먼저 떠나보내고 나는 다른 길로 수소문을 하면서 뒤따라가기로 하였다.

하루는 압록강을 앞으로 한 백 리나 격한 노중(路中)에서 궁둥이에 관인을 찍은 말을 타고 오는 젊은 청국 장교 한 사람을 만났다. 그의 머리에 쓴 마라기(청국 군인의 모자)에는 옥로(玉鷺)가 빛나고 붉은 솔이 너풀거렸다. 나는 중국말을 모르므로 내가 여행하는 취지를 적은 글을 만들어서 품에 지니고 있었는데 이것을 그 장교에게 내어 보였다. 그는 내가 주는 글을 읽더니 다 읽기도 전에 소리를 내어서 울었다. 내가 놀라서

그가 우는 까닭을 물으니 그는 내 글 중에,

　'왜적과 더불어 평생을 같이 할 수 없음을 통탄한다(彼倭敵與我 不共戴天之讐).' 라는 구절을 가리키며 다시 나를 붙들고 울었다. 나는 필담을 하려고 필통을 꺼내었더니. 그가 먼저 붓을 들어서 왜(倭)가 어찌하여 그대의 원수냐고 도리어 내게 묻는다. 나는 일본이 임진으로부터 세세에 원수일 뿐만 아니라, 지난달에 왜가 우리 국모(國母)를 불살라 죽였다고 쓰고, 다음에 그대야말로 무슨 연유로 내 글을 보고 이토록 통곡하는가 하고 물었다.

　그의 대답을 듣건대, 그는 작년 평양 싸움에 전망함 청국 장수, 서옥생의 아들로서 강계 관찰사에게 그 부친의 시체를 찾아주기를 청하였던바 찾았다 하기로 와 보니 그것은 아버지의 시체가 아니므로 허행(虛行)을 하고 집으로 돌아가는 길이라고 한다.

그의 집은 금주(錦州)요, 집에는 1천 5백 명 군
사를 기르고 있었는데 그 아버지 옥생이 그 중에
서 천 명을 데리고 출정하여서 전멸하였고, 지금
집에는 5백 명이 남아 있으며, 재산은 넉넉하고
자기의 나이는 서른 살이요, 아내는 몇 살이며,
아들이 몇, 딸이 몇이라고 자세히 가르쳐 준 뒤
에 내 나이를 물었다. 내가 그보다 연하인 것을
알고는 그는 나를 아우라고 부를 터이니 그를 형
이라고 부르라 하여 피차에 형제의 의를 맺기를
청하고 우리 서로 같은 원수를 가졌으니 함께 살
면서 시기를 기다리자 하여 나더러 그와 같이 금
주로 가기를 청하고, 내가 대답도 할 사이 없이
내 등에 진 짐을 벗겨 말에게 달아매고 나를 붙
들어 말안장에 올려놓고 자기는 걸어서 뒤를 따
랐다.

나는 얼마를 가며 곰곰이 생각하였다. 기회는
썩 좋은 기회였다. 내가 원래 이 길을 떠난 것이

중국의 인사들과 교의를 맺자는 것이었는데, 이제 서 씨와 같은 명가와 인연을 맺는 것은 고소원(固所願)이라고 아니 할 수 없다. 그러나 한 가지 마음에 걸리는 것은 김형진에게 알릴 길이 없는 것이었다. 만일 김형진과만 같이 있었던들 나는 이때에 서를 따라갔을 것이다.

나는 근 1년이나 집을 떠나 있어 부모님 안부도 모르고 또 서울 형편도 못 들었으니, 이 길로 본국에 돌아가 근친도 하고, 나라일이 되어가는 양도 알아본 뒤에 금주로 형을 따라갈 것을 말하고 결연하게 그와 서로 작별하였다.

나는 참빗장수의 행세로 이 집, 저 집에서 김이언의 일을 물어가며 서와 작별한 지 5, 6일 만에 김이언의 근거지 삼도구(三道構)에 다다랐다. 김이언은 당년 50여 세에 심양에서 5백 근 되는 대포를 앉아서 두 손으로 들었다 놓았다 할 만큼 기운이 있는 사람이다. 내가 보기도 용기가 부족한 것 같고, 또 자신이 과하여 남의 의사를 용납하는 도량이 없는 것 같았다. 도리어 그의 동지인, 초산에서 이방을 지냈다는 김규현이란 사람이 의리도 있고 책략도 있어 보였다.

김이언은 제가 창의의 수령이 되어서 초산·강계·위원·벽동 등지의 포수와 강 건너 중국 땅에 사는 동포 중에 사냥총이 있는 사람을 모집하여서 한 3백 명 무장한 군사를 두고 있었다. 창의의 명의로는 국모가 왜적의 손에 죽었으니 국민전체의 욕이라 참을 수 없다는 것이요, 이 뜻으로 글 잘하는 김규현의 붓으로 격문을 지어서 사방에 산포하였다.

나와 김현진과 두 사람도 참가하기로 하여 나는 초산·위원 등지에 숨어 다니며 포수를 모으는 일과 강계 성중에 들어가서 화약을 사오는 일을 맡았다. 거사할 시가는 을미년(乙未年) 동짓달 초생 압록강이 얼어붙을 때로 하였다. 군사를

강 얼음 위로 몰아서 강계성을 정령하자는 것이
었다.

마침내 강계성을 습격할 날이 왔다. 우선 고산
진(高山鎭)을 쳐 거기 있는 무기를 빼앗아서 무
기 없는 군사에게 나누어 주었다. 이것이 첫 실
책이었다. 나는 고산리를 먼저 치지 말고 곧장
강계성을 엄습하자고 주장하였다.

우리가 고산리를 쳤다는 소문이 들어가면 강계
성의 수비가 더욱 엄중할 것이니, 고산리에서 약
간의 무기를 더 얻는 것보다는 출기불의(出基不
義)로 강계를 덮치는 것이 유리하다는 것이었다.
김규현·백진사 등 참모도 내 의견에 찬성하였으
나, 김이언은 유독 제 고집을 세우고 듣지 아니
하였다.

고산리에서 무기를 빼앗은 우리 군사는 이튿날
강계로 진군하여 야반에 독로강(禿魯江) 빙판으
로 전군을 몰아 선두가 인풍루(仁風樓)에서 10리

쯤 되는 곳에 다다랐을 때에, 강 남쪽 송림 속에
서 화승불이 번쩍번쩍하는 것이 보였다. 그때에
는 모두 화승총이었으므로 군사는 불붙은 화승을
들고 있었던 것이다.

그 송림 속으로부터 강계대 장교 몇이 마주 나
와 김이언을 찾아보고 첫말로 묻는 말이 이번에
오는 군사 중에 청병이 있느냐 하는 것이었다.
김이언은 이에 대하여 이번에는 청병은 아니 왔
다. 그러나 우리가 강계를 점령하였다고 기별하
는 대로 오기로 하였다고 말하였다.

이것이 정직한 말일는지는 모르거니와 전략적
인 대답은 아니었다. 여기에 대하여서도 작전 계
획에 김이언은 실수가 있었다. 애초에 나는 우리
중에 몇 사람이 청국 장교로 차리고 선두에 설
것을 주장하였으나, 김이언은 우리 국모의 원수
를 갚으려는 이 싸움에 청병의 위력을 가장하는
것이 옳지 아니하니 강계성 정령은 당당하게 흰

옷을 입은 우리가 할 것이요, 또 강계대의 장교도 이미 내응할 약속이 있으니 염려 없다고 고집하였다.

나는 이에 대하여 강계대의 장교라는 것이 애국심으로 움직이기보다 세력에 쏠릴 것이라 하여 청국 장교로 가장하는 것이 전략상 극히 필요하다고 하였으나, 김이언은 끝까지 듣지 아니하였던 것이다. 그랬던 차에 이제 강계대 장교가 머리를 흔들고 돌아가는 것을 보니, 나는 벌써 대세가 틀렸다고 생각하였다. 아니나 다를까, 그 장교들이 저의 진지에 돌아갈 때쯤 하여 화승 불들이 일제히 움직이더니 땅땅 하고 포성이 진동하고 탄알이 빗발같이 이리로 날아왔다. 잔뜩 믿고 마음을 놓고 있던 이편의 천여 명 군마는 얼음판 위에서 대혼란을 일으켜서 이리 뛰고 저리 뛰어 달아나기를 시작하고, 벌써 총에 맞아 쓰러지는 자, 죽는다고 아우성을 하고 우는 자가 여기 저기 있었다.

　나는 일이 다 틀렸음을 알고, 또 김이언으로
보면 이번에 여기서 패하고는 다시 회복 못할 것
으로 보고, 김형진과 함께 슬며시 떨어져서 몸을
피하기로 하였다. 그래서 우리는 군사들이 달아
나는 것과는 반대 방향으로 강계성에 가까운 쪽
으로 피하였다. 인풍루 바로 밑 동네로 갔더니
어느 집에도 사람이 없었다. 우리는 그 중에 큼
직한 집으로 갔다.

　밖에서 불러도 대답이 없고, 안에 들어가도 사
람이 없는데 빈 집에 큰 제상이 놓이고 그 위에
는 갖은 음식이 벌어져 있고, 상 밑에는 술병이
있었다. 우리는 우선 술과 안주를 한바탕 배불리
먹었다. 나중에 주인이 돌아와서 하는 말이 아버
지 대상제를 지내다가 총소리에 놀라서 식구들과
손님들이 모두 산으로 피난하였던 것이라 한다.

청계동을 떠나다

우리는 이튿날 강계를 떠나 되넘이 고개를 넘어 수일 만에 신천으로 돌아왔다. 청계동으로 가는 길에 나는 호열자(虎列剌)로 하여서 고 선생의 맏아들 원명의 부처가 구몰하였다는 말을 듣고 크게 놀랐다. 나는 집에도 가기 전에 먼저 고 선생 댁을 찾았더니, 선생은 도리어 태연자약하셨다. 나는 어색하여 말문이 막혔다. 내가 부모님 계신 집으로 가려고 하직을 할 때에 고 선생은 뜻 모를 말씀을 하셨다.

"곧 성례를 하도록 하세."

하시는 것이었다. 집에 와서 부모님의 말씀을 듣고서야 비로소 내가 없는 동안에 고 선생의 손녀, 즉 원명의 딸과 내가 약혼이 되었다는 것을 알았다. 부모님은 번갈아가며 약혼이 되던 경로를 말씀하셨다.

하루는 고 선생이 집에 찾아오셔서 아버지를 보시고, 요새에는 아들도 없고 고적할 터이니 선생의 사랑에 오셔서 담화나 하자는 것이었다. 그래서 어느 날 아버지께서 고 선생 댁 사랑에를 가셨더니, 고 선생은 아버지께 내가 어려서 자라던 일을 물으셨다.

아버지께서는 내가 어려서 공부를 열심히 하던일, 해주에서 과거보러 갔다가 비관하고 돌아오던 일, 상서(相書)를 보고는 제 상이 좋지 못하다고 낙심하던 일, 상이 좋지 못하니 마음이나 좋은 사람이 된다고 동학에 들어가 도를 닦던 일, 이웃 동네에 사는 강 씨와 이 씨들은 조상의 뼈를 파는 양반이지만 저는 마음을 닦고 몸으로 행하여 산 양반이 되겠다던 일들이었다.

어머님은 내가 어렸을 때에 강령에서 살적에

칼을 가지고 그 집 식구들을 모두 찔러 죽인다고 신풍 이 생원 집에 갔다가 칼만 빼앗기고 매만 맞고 돌아왔다는 것, 돈 스무 냥을 허리에 두르고 떡을 사먹으러 가다가 아버지께 되게 매를 맞은 것, 푸른 물감, 붉은 물감을 꺼내다가 온통 개천에 풀어놓은 것을 어머니가 단단히 때려주셨다는 것 같은 것이었다.

이랬더니 하루는 고 선생이 아버지께 나와 고 선생의 장손녀와 혼인하면 어떠냐고 말을 내시고, 아버지께서는 문벌로 보거나 덕행으로 보거나, 또 내 외모로 보거나 어찌 감히 선생의 가문을 욕되게 하랴 하여 사양하셨다. 그런 즉 고 선생은 아버지를 보시고 내가 못생긴 것을 한탄 말라 하시고, 창수는 범의 상이니 장차 범의 냄새를 피우는 범의 소리를 내어서 천하를 놀라게 할 날이 있을 것이라고 말씀하셨다. 이리하여서 내 약혼이 된 것이었다.

나는 부모님의 말씀을 듣고 고 선생께서 나 같은 것을 그처럼 촉망하셔서 사랑하시는 손녀를 허하심에 대하여 큰 책임을 감당키 어렵게 생각하였다.

더구나 선생께서,

"내가 청계동에 와서 청년을 많이 대하여 보았으나 창수만한 남는 없었소."

하셨다는 말씀을 듣자올 때에는 더욱 몸 둘 곳이 없었다. 그 규수로 보더라도 그 얼굴이나 마음이나 가정교훈을 받은 점으로나 나는 만족하였다.

이 약혼에 대하여 부모님이 기뻐하심은 말할 것도 없었다. 외아들을 장가들인다는 것만도 기쁜 일이어든, 하물며 이름 높은 학자요, 양반의 집과 혼인을 하게 된 것을 더욱 영광으로 생각하시는 모양이었다. 그래서 비록 없는 살림이라도 혼인 준비에 두 집이 다 바빴다.

아직 성례 전이지만 고 선생 댁에서는 나를 사위로 보는 모양이어서 혹시 선생 댁에서 저녁을 먹게 되면 그 처녀가 상을 들고 나오고 6, 7세 되는 그의 어린 동생은 나를 아제라고까지 부르며 반가워하였다. 이를테면 내 장인 장모인 원명 부처의 장례도 내가 조력하여서 지냈다.

　　나는 선생께 이번 여행에서 본 바를 보고하였다. 두만강·압록강 건너편의 땅이 비옥하고 또 지세도 요해로 되어 족히 동포를 이식하고 양병도 할 수 있다는 것이며, 그곳 인심이 순후한 것이며, 또 서옥생의 아들과 결의형제가 되었다는 등을 낱낱이 아뢰었다.

　　때는 마침 김홍집 일파가 일본의 후원으로 우리 나라 정권을 잡아서 신장정(新章程)이라는 법령을 발하여 급진적으로 모든 제도를 개혁하던 무렵으로서, 그 새 법의 하나로 나온 것이 단발령(斷髮令)이었다. 대군주 폐하라고 부르는 상감께서 먼저 머리를 깎고 양복을 입으시고는 관리로부터 서민에 이르기까지 모두 깎자는 것이었다.

이 단발령이 팔도에 내렸으나 백성들이 응종하지 아니하기 때문에 서울을 비롯하여 감영, 병영 같은 관아가 있는 큰 도회지에서는 목목에 군사가 지켜 서서 행인을 막 붙들고 상투를 잘랐다. 이것을 늑삭(勒削:억지로 깎는 것)이라고 하여 늑삭을 당한 사람은 큰일이나 난 것처럼 통곡을 하였다. 이 단발령은 크게 민원(民怨)을 일으켜서 어떤 선비는 도끼를 메고, '이 목은 자를지언정 이 머리는 깎지 못하리이다.' 하는 뜻으로 상소를 올렸다.

'차라리 지하에 목 없는 귀신이 될지언정, 살아서 머리 깎은 사람은 아니 되리라(寧爲地下無頭鬼 不作人間無髮人)'는 글귀가 마치 격서 모양으로 입에서 입으로 전파하여 민심을 선동하였다.

군대와 경찰관은 이미 단발이 끝나고 문관도 공리에 이르기까지 실시하는 중이었다.

나는 고 선생께 안 진사와 상의하여 의병을 일으킬 것을 진언하였다. 이를테면 단발 반대의 의병이거니와 단발 반대는 곧 일본 배척으로 생각하였던 것이다.

회의는 열렸으나 안 진사의 뜻은 우리와 달랐다. 이길 가망이 없는 일을 일으킨다면 실패할 것밖에 없으니 천주교나 믿고 있다가 시기를 보아서 일어나자는 것이 안 진사의 의사였다. 그는 머리를 깎이게 되면 깎아도 좋다고까지 말하였다.

안 진사의 말에 고 선생은 두 말을 아니 하시고, "진사, 오늘부터 자네와 끊네."

하고 자리를 차고 일어나 나갔다. 끊는다는 것은 우리 나라에서 예로부터 선비가 절교를 선언하는 말이다.

안 진사의 태도에 실망한 고 선생과 나는 얼른 혼인이나 하고는 청계동을 떠나기로 작정하였다. 나는 금주 서옥생의 아들을 찾아갈 생각이었다.

그런데 불행한 일이 또 하나 생겼다. 어느 날 아침 일찍이 고 선생이 나를 찾아오셔서 대단히 낙심한 얼굴로 이런 말씀을 하셨다.

"어제 내가 사랑에 앉았노라니 웬 김 가라는 자가 찾아와서 당신이 고 아무요 하기로 그렇다 한 즉 그자가 내 앞에다가 칼을 내어 놓으며 하는 말이, 들으니 당신이 손녀를 감창수에게 허혼을 하였다 하니 그러면 첩으로 준다면 모르되 정실로는 아니 되리라. 김창수는 벌써 내 딸과 약혼한 지가 오래오."

그러기에 고 선생은

"김창수가 정혼한 데가 없는 줄 알고 내 손녀를 허한 것이지 만일 약혼한 데가 있다면야 그러할 리가 있는가. 내가 김창수를 만나서 해결할 터이니 돌아가라."

해서 돌려보내기는 했으나 집안에서는 큰 소동이 났다는 것이다.

나는 이 말을 듣고 출발이 재미없이 될 줄을 알았다. 그래서 선생께 뚝 잘라 이렇게 여쭈었다.

"제가 선생님을 사모하옵기는 높으신 가르침을 받잡고자 함이옵지 손서(孫壻)가 되는 것이 본의는 아니오니 혼인하고 못하는 것에 무슨 큰 상관이 있사오리까. 저는 혼인은 단념하고 사제의 의리로만 평생에 선생님을 받들겠습니다."

내 말을 들으시고 고 선생은 눈물을 흘리시고, 장래에 몸과 마음을 의탁할 사람을 찾으려고 많은 심력을 허비하여서 나를 얻어 손서를 삼으려다가 이 괴변이 났다는 것을 자탄하시고 끝으로,

"그러면 혼인 일사는 갱무거론(更無擧論)일세,

그런데 지금 관리의 단발이 끝나고는 백성들에게
도 단발을 실시할 모양이니 시급히 피신하여 단
발화(머리 깎이는 화란)를 면하게, 나는 단발화
가 미치면 죽기로 작정했네."

하셨다. 나는 마음을 지어먹고 고 선생의 손녀
와 혼인을 아니하여도 좋다고 장담은 하였으나
내심으로는 여간 섭섭하지 아니하였다. 나는 그
처녀를 깊이 사랑하고 정이 들었던 것이다.

이 혼사에 훼사를 놓은 김 가라는 사람은 함경
도 정평에 본적을 둔 김치경이다. 10여 년 전에
아버지께서 술집에서 그를 만나 술을 같이 자시
다가 김에게 8, 9세 되는 딸이 있단 말을 들으시
고 취담으로, '내 아들과 혼사하자' 하여 서로 언
약을 하고 그 후에 아버지는 그 언약을 지키셔서
내사주도 보내시고 또 그 계집애를 가끔 우리 집
에 데려다 두기도 하였는데, 서당 동무들이, '함
지박 장수 사위'라고 나를 놀려먹는 것도 싫었

고, 또 한 번은 얼음판에 핑구를 돌리고 있는데
그 계집애가 따라와서 제게도 핑구를 하나 만들
어 달라고 나를 조르는 것이 싫고 미워서, 집에
돌아와 어머니께 떼를 써서 그 애를 제 집으로
돌려보내고 말았다. 그러나 약혼을 깨뜨린 것은
아니었다.

그 후 여러 해를 지내서 갑오년 청일전쟁(淸日
戰爭)이 일어나자 사람들은 아들딸을 혼인시켜
야 한다고 어린 것들까지도 부랴부랴 성례를 하
는 것이 유행하였다. 그때 동학 접주로 동분서주
하던 내가 하루는 여행을 하고 돌아오니 집에서
는 그 여자와 나와 성례를 한다고 떡과 술을 마
련하고 모든 혼구를 다 차려 놓고 나를 기다리고
있었다.

그러나 나는 한사코 싫다고 버티어서 마침내
김치경도 도리어 무방하게 생각하여 아주 이 혼
인은 파혼이 되고, 김은 그 딸을 돈을 받고 다른

사람에게 정혼까지 한 것이었다. 그런데 내가 고 씨 집에 장가든다는 소문을 듣고 돈이라도 좀 얻어먹을 생각으로 나섰던 것이다.

아버지께서는 크게 분노하여 김치경을 찾아가서 한바탕 싸우셨으나 이미 엎질러진 물이라 다시 주워 담을 수는 없었다. 이리하여 내 혼인 문제는 불행한 끝을 맺고 고 선생도 청계동에 더 계실 뜻이 없어 해주 비동의 고향으로 돌아가시고 나는 금주 서 씨의 집으로 가노라고 역시 청계동을 떠났다. 이리하여 내 방랑의 길은 다시 계속되었다.

왜놈 군인을 때려죽이다

평양 감영에 다다르니 관찰사 이하로 관리 전부가 벌써 단발을 하였고, 이제는 길목을 막고 행인을 막 붙들어서 상투를 자르고 있었다. 사람들은 머리를 안 깎이려고 평양을 빠져나와 촌으로 산 고을로 피난을 가고 백성의 원망하는 소리가 길에 찼다.

안주(安州)에 도착하니 게시판에 단발 정지령이 붙어 있었다. 소문을 들으니, 경성의 종로에서 주민들을 단발하려다가 대소동이 일어나, 일인(日人)의 가옥을 때려 부수고, 일인을 무수히 타살하는 등 변란이 나고, 당시 정부 당국에 큰 변동이 났다는 얘기들이었다.

나는 시세를 관망하기로 마음을 정하고 치하포

나룻배에 올랐다. 때는 병신년(丙申年) 2월 하순
이라 대동강 하류인 이 물길에는 얼음산이 수없
이 흘러내렸다. 남녀 15, 6명을 태운 우리 나룻배
는 얼음산에 포위되어 진남포 아래까지 밀려 내
려갔다가 조수를 따라서 다시 상류로 올라오고,
상류에서 하류, 하류에서 상류로 오르락내리락하
기만 하였다. 선객들은 말할 것도 없고 선부들까
지 이제는 죽었다고 울고불고 하였다.

　해마다 이때쯤 나주에서 이런 참변이 생기는
일이 많았는데 우리가 지금 그것을 당하게 된 것
이다. 배에는 식량이 없기 때문에 비록 파선하기
를 면하더라도 얼어 죽거나 굶어 죽을 것이다.
다행히 나귀 한 마리가 있으니 이 모양으로 여러
날이 가게 될 경우에는 잔인하나마 잡아먹기로
하고 한갓 울고만 있어도 쓸데없으니 선객들도
선부들과 함께 힘을 써 보자고 내가 발론하였다.
여럿이 힘을 합하여 얼음산을 떠밀어 보자는 것

이다.

나는 몸을 날려 성큼 얼음산에 뛰어올라서 형세를 돌아보았다. 그리고는 큰 산을 의지하여 작은 산을 떠밀고, 이러한 방법을 반복하여서 간신히 한 줄기 살 길을 찾았다. 이리하여 치하포에서 5리쯤 떨어진 강 언덕에 내리니 강 건너 서쪽 산에 지는 달이 아직 빛을 남기고 있었다. 찬바람 속에 밤길을 걸어서 치하포 배주인 집에 드니 풍랑으로 길이 막혀서 묵는 손님이 방 세 칸에 나뉘어 가득히 누워서 코를 골고 있었다.

우리 일행도 그 틈에 끼여 막 잠이 들려 할 즈음에 벌써 먼저 들었던 사람들이 일어나서 오늘 일기가 좋으니 새벽 물에 배를 건너게 해달라고 야단들이다. 이윽고 아랫방에서부터 아침식사가 시작되었다.

나도 일어나 앉아서 내 상이 오기를 기다리면서 방안을 휘 둘러보았다. 가운데 방에 단발한 사람 하나가 눈에 띄었다. 그가 어떤 행객과 인사하는 것을 들으니 그의 성은 정 씨요, 장연에 산다고 한다. 장연에서는 일찍 단발령이 실시되어서 민간에도 머리를 깎은 사람이 많았었다. 그러나 그 말씨가 장연 사투리가 아니요, 서울말이었다. 조선말이 썩 능숙하지만 내 눈에는 그는 분명히 왜놈이었다. 자세히 살펴보니 그의 흰 두루마기 밑으로 군도집이 보였다. 어디로 가느냐 한즉 그는 진남포로 가는 길이라고 한다.

보통 장사나 공업을 하는 일인(日人)은 아닌 것 같았다. 이곳은 진남포인 대안인만큼 그런 왜놈이라면 모두가 변상하지 않고 통행하는 곳이다. 혹시 국모를 죽인 미우라(三浦梧樓) 놈이거나 그렇지 않으면 그의 일당일 것이요, 설사 이도 저도 아니라 하더라도 우리 국가와 민족에 독균이 되기는 분명한 일이니 저 한 놈을 죽여서라도 나라의 수치를 씻어보리라고 나는 결심하였다.

그리고 나는 내 힘과 환경을 헤아려 보았다. 방 세 칸에 있는 40여 명 손님 중에 그놈의 패가 몇이나 더 있는지는 알 수 없으나 열일곱, 여덟 살 되어 보이는 총각 하나가 그의 곁에서 수종을 들고 있었다.

　나는 궁리하였다. 저놈은 둘이요, 또 칼이 있고 나는 혼자요, 또 적수공권(赤手空拳)이다. 게다가 내가 저놈에게 손을 대면 필시 방안에 있는 사람들이 달려들어 말릴 것이요, 사람들이 나를 붙잡고 있는 틈을 타서 저놈의 칼은 내 목에 떨어질 것이다. 이렇게 망설일 때에 내 가슴은 심히 울렁거리고 심신이 혼란하여 진정할 수가 없어 심히 마음에 고민하였다. 그때에 문득 고 선생의 교훈 중에,

　'나뭇가지를 잡아도 발에는 힘주지 않고 언덕에 매달려도 손에 힘주지 않는 것이 장부이다(得樹攀枝無足奇 懸崖撤手大夫兒).' 라는 글귀가 생

각이 났다. 벌레를 잡은 손을 탁 놓아라, 그것이 대장부이다. 나는 가슴 속에 한 줄기 광명이 비침을 깨달았다. 그리고 자문자답하였다.

'저 왜놈을 죽이는 것이 옳으냐?'

'옳다'

'내가 어려서부터 마음 좋은 사람이 되기를 원하였느냐?'

'그렇다'

'의를 보았거든 할 것이요, 일의 성불성을 교계(教誡)하고 망설이는 것은 몸을 좋아하고 이름을 좋아하는 자의 일이 아니냐?'

'그렇다, 나는 의를 위하는 자요, 몸이나 이름을 위하는 자는 아니다.'

이렇게 자문자답하고 나니 내 마음의 바다에 바람은 자고 물결은 고요하여 모든 계교(計巧)가 저절로 솟아오른다.

나는 40여 명 길손들과 수백 명 동민을 눈에 안

보이는 줄로 꽁꽁 동여 수족을 못 놀리게 하여 놓고, 저 왜놈에게도 불안한 상태를 보여선 안 된다. 그러면 대비를 해야 할 것이다. 저놈은 절대로 안심시켜야 한다.

나는 네댓 숟가락에 한 그릇 밥을 다 먹고 일어나서 주인을 불러 내가 오늘 해전으로 7백 리 길을 걸어야 하겠으니, 밥 일곱 상을 더 차려오라고 하였다. 37, 8세 됨직한 골격이 준수한 주인은 내말에 대답은 아니 하고, 방안에 있는 다른 손님들을 둘러보며,

"젊은 사람이 불쌍하다, 미친놈이로군!"

하고 들어가 버렸다.

나는 목침을 베고 한편에 드러누워서 방안의 물의와 그 왜놈의 동정을 살피고 있었다. 어떤 유식한 듯한 청년은 주인의 말을 받아 나를 미친놈이라고 하고, 또 어떤 담뱃대를 붙여 문 노인은 그 젊은 사람을 책하는 말로,

"여보게, 말을 함부로 말게, 지금인들 이인(異人)이 없으란 법이 있겠나, 이러한 말세에 이인이 나는 법일세."

하고 슬쩍 나를 바라보았다. 그 젊은 사람도 노인의 눈을 따라 나를 흘낏 보더니, 입을 삐죽하고 비웃는 어조로 말했다.

"이인이 없을 리 없겠지만 저 사람 생긴 꼴을 보십시오. 무슨 이인이 저렇겠습니까!"

그러나 그 왜놈은 별로 내게 주목하는 기색도 없이 식사를 필하고는 밖으로 나가 문기둥에 몸을 기대고 서서, 총각이 연가(밥값) 회계하는 것을 보고 있었다.

나는 때가 왔다 하고 서서히 일어나

"이놈!"

소리를 치면서 발길로 왜놈의 복장(腹臟)을 차니, 그는 거의 한길이나 되는 댓돌 밑으로 나가 떨어졌다. 나는 곧장 쫓아 내려가 그놈의 목을 짓밟았다. 세 칸 방문 네 짝이 일제히 열리며, 그리로 사람들의 모가지가 쑥쑥 내밀어졌다. 나는 몰려나오는 무리를 향하여 소리쳤다.

"누구든 이 왜놈을 위하여 감히 내게 범접하는 놈이 있다면 모조리 죽일 테니 그리 알아라!"

이 말이 끝나기도 전에 내 발에 채이고 눌렸던 왜놈이 몸을 빼쳐서 칼을 빼어 번쩍거리며 내게로 덤볐다. 나는 내 면상에 떨어지는 그의 칼날을 피하면서 발길을 들어 그의 옆구리를 차서 거꾸러뜨리고 칼을 잡은 손목을 힘껏 밟은 즉 칼이 저절로 언 땅에 소리를 내고 떨어졌다. 나는 그 칼을 들어 왜놈의 머리에서부터 발끝까지 점점이 난도를 쳤다.

2월 추운 새벽이라 빙판이 진 땅 위에 피가 샘솟듯 흘렀다. 나는 손으로 그 피를 움켜 마시고 또 왜의 피를 내 낯에 바르고 피가 뚝뚝 떨어지는 장검을 들고 방으로 들어가면서,

"아까 왜놈을 위해 내게 덤비던 놈이 누구냐?"

하고 호령하였다.

미처 도망하지 못한 행객들은 모조리 방바닥에 넓적 엎드려 어떤 이는,

"장군님, 살려줍시오, 나는 그놈이 왜놈인 줄 모르고 말리려고 나갔던 것입니다."

하고 또 어떤 이는,

"저는 어제 바다에서 장군님과 함께 공생하던 장사꾼입니다. 왜놈과 같이 오지도 않았습니다."

하고 모두 겁이 나서 벌벌 떨고 있는 사람들 중에 아까 청년들을 꾸짖으며 나를 변호해주던 노인만이 가슴을 떡 내밀고 나를 정면으로 바라보면서,

"장군님, 아직 지각없는 젊은 것들이니 용서하십시오."

하였다. 이러는 가운데 주인 이화보가 감히 방 안에는 들어오지도 못하고 문 밖에 끓어앉아서,

"소인이 눈은 있어도 눈알이 없어 뉘신 줄을 몰라 뵈옵고 장군님을 멸시하였사오니, 죽어도 한이 없사옵니다. 그러하오나 그 왜놈과는 다만 밥을 팔아먹은 죄밖에 없사옵니다."

하고 땅바닥에 머리를 조아린다.

나는 주인에게 그 왜놈이 누구냐고 물어서 얻은 바에 의하면, 황주에서 조선배 하나를 얻어 타고 진남포로 가는 길이라고 한다. 나는 주인에게 명하여 그 배의 선원을 부르고 그 배에 있는 그 왜놈의 소지품을 조속히 들이라 하였다.

소지품을 살펴보니 그 왜놈은 육군 중위 쓰지다(土田讓亮)란 자요, 엽전 8백 냥이 짐에 들어 있었다. 나는 그 돈에서 선인들의 선가를 떼어주고 나머지는 이 동네 가난한 사람을 구제하라고 분부하였다. 주인 이화보가 곧 동장이었다.

시체의 처치에 대하여 나는 이렇게 분부하였다. 왜놈은 다만 우리 나라와 국민의 원수만 될

뿐 아니라 물속에 있는 어별(漁鼈)에게도 원수인
즉 이 왜놈의 시체를 강에 넣어 고기들로 하여금
나라의 원수의 살을 먹게 하였다.

주인 이화보는 매우 능간하게 일변 세수 제구
를 들이고, 일변 밥 일곱 그릇을 한 상에 놓고 다
른 상 하나에는 국수와 찬수를 놓아서 들였다.
나는 세수를 하여 얼굴과 손에 묻은 피를 씻고,
밥상을 당기어서 먹기 시작하였다. 밥 한 그릇을
다 먹은 지 10분밖에 안 되었지만 과격한 운동을
한 탓으로 한두 그릇은 더 먹어도 일곱 그릇을
다 먹을 수는 없었다.

그러나 아까 한 말을 거짓말로 돌리기도 창피
하여 양푼을 하나 올리라 하여 밥과 식찬을 한데
쏟아 비비고 숟가락을 하나 더 청하여 두 숟가락
을 포개어 가지고 한 숟가락 밥이 사발통만 하도
록 보기 좋게 큼직큼직하게 떠서 두어 그릇 턱이
나 먹은 뒤에 숟가락을 던지고 혼잣말로,

"오늘은 먹고 싶은 왜놈의 피를 많이 먹었더니 밥이 아니 들어가는구나."

하고 시치미를 뗐다.

식후에 토전의 시체와 그의 돈 처치를 다 분별하고 나서, 주인 이화보를 불러 필구(筆具)를 갖고 오게 하여 '국모의 원수를 갚으려고 이 왜놈을 죽였노라' 하는 뜻의 포고문을 한 장 쓰고 그 끝에 '海州 白雲坊 基洞 錙沬' 라고 서명하여서 큰길가 벽상에 붙이게 하고 동장인 이화보더러 이 사실을 안악 군수에게 보고하라고 명한 후에 유유히 그곳을 떠났다.

신천읍에 오니 이 날이 마침 장날이라 장꾼들이 많이 모였는데, 여기저기서 치하포 이야기를 하는 것이 들렸다. 어떤 장사가 나타나서 한 주먹으로 일인을 때려 죽였다는 둥, 나룻배가 빙산에 끼인 것을 그 장사가 강에 뛰어 들어서 손으로 얼음을 밀어서 그 배에 탄 사람을 살렸다는

둥, 밥 일곱 그릇을 눈 깜짝할 새에 다 먹더라는
둥, 말들을 하고 있었다.

집에 돌아와 부모님께 지난 일을 낱낱이 아뢰
었더니, 부모님은 날더러 어디로 피하라고 하셨
으나 나는 나라를 위하여서 정정당당한 일을 한
것이니 비겁하게 피하기를 원치 않을뿐더러, 만
일 내가 잡혀가 목이 떨어지더라도 이로서 만민
에게 교훈을 준다 하면 죽어도 영광이라 하여 태
연히 집에 있어서 잡으러 오기를 기다렸다.

그로부터 석 달이 지나서 병신년 5월 열 하룻
날 새벽에 내가 아직 자리에 누워 일어나기도 전
에 어머님이 사랑문을 여시고,

"애야, 못 보던 사람들이 집을 둘러싸고 있구
나."

하시는 말씀이 끝나자, 철편과 철퇴를 든 수십
명이

"네가 김창수냐?"

하고 덤벼든다. 나는,

"그렇소만, 그대들은 무엇하는 사람이관대 요란하게 남의 집에 들어오느냐?"

그랬더니 그제야 그 중의 한 사람이 '내부훈령등인(內部訓令等因)'이라 한 체포장을 내어 보이고 나를 묶어 앞세운다. 순검과 사령이 모두 30여 명이요, 내 몸은 쇠사슬로 여러 겹을 동여매고 한 사람씩 앞뒤에서 나를 결박한 쇠사슬 끝을 잡고 나머지 사람들은 전후좌우로 나를 옹위하고 해주로 향하여 길을 재촉한다.

동네 30여 호 전부가 일가이지만 모두 겁을 내어 하나도 감히 문을 열고 내다보는 이도 없다. 이웃 동네 강 씨, 이 씨네 사람들은 김창수가 동학을 한 죄로 저렇게 잡혀간다고 수군거리는 것이 보였다.

이틀 만에 나는 해주 옥에 갇힌 몸이 되었다. 어머니는 밥을 빌어다가 내 옥바라지를 하시고

아버지는 영리청, 사령청, 계방을 찾아 예전 낯
으로 내 석방 운동을 하셨으나, 사건이 워낙 중
대한지라 아무 효과도 없었다.

옥에 갇힌 지 한 달이나 넘어서 목에 큰 칼을
쓴 채로 선화당 뜰에 끌려 들어가서 감사 민영철
에게 첫 심문을 받았다. 민영철은,

"네가 안악 치하포에서 일인을 살해하고 도적
질을 하였다지?"

하는 말에 나는,

"그런 일이 없소."

"이놈, 네 행적에 증거가 소연하거든 그래도
모른다 할까? 이봐라, 저 놈 단단히 다루렷다!"

감사의 호령에 사령들이 달려들어 내 두 발목
과 무릎을 칭칭 동이고, 붉은 칠을 한 몽둥이 두
개를 다리 새에 들이밀고 한 놈이 한 개씩 몽둥
이를 잡고, 힘껏 눌러서 주리를 튼다. 단번에 내
정강이의 살이 터져서 뼈가 허옇게 드러난다. 지

금 내 외편정강이 마루에 있는 큰 허물이 그때에 상한 자리다. 나는 입을 다물고 대답을 아니 하다가 마침내 기절하였다.

그러자 형을 중지하고 얼굴에 냉수를 뿌려 회생시킨 뒤에 감사는 같은 소리를 묻는다. 나는 소리를 가다듬어서,

"민의 체포장을 본 즉, '내부훈령등인'이라 하였는데 이것은 관찰부에서 처리할 안건이 아니오니 내부로 보고하여 주시오."

하였다. 내 말을 듣고 민 감사는 아무 말 없이 나를 다시 가두었다.

그로부터 두 달을 지낸 7월 초에 나는 인천으로 이수가 되었다. 인천 감리영(監理營)으로부터 4, 5명의 순검이 해주로 와서 나를 데리고 가는 것이었다. 일이 이렇게 되니, 내가 집에 돌아올 기약이 망연하여서, 아버지는 집을 비롯하여 모든 가산을 정리해서 서울이든 인천이든 내가 끌

려가는 대로 따라가기로 작정하시고 일단 집으로 돌아가시고, 어머니만 나를 따라오셨다.

해주를 떠난 첫날은 연안읍에서 하룻밤을 자고, 이튿날 나진포로 가는 길에 읍에서 5리쯤 가서 길가 어느 무덤 곁에서 쉬게 되었다. 이 날은 일기가 대단히 더워서 순검들도 참외를 사먹으며 다리쉼을 하였다. 우리가 쉬고 있는 곁 무덤 앞에는 비석 하나가 서 있었다. 앞에는 '효자 이창매지묘(孝子 李昌梅之墓)'라 하고, 비의 뒷면 각자(刻字)를 보니, 이창매는 본래 연안부의 통인(通引:하급 구실아치)으로, 그 아버지가 죽으매, 춥거나 덥거나 비가 오거나 바람이 불거나 한결같이 그 아버지의 산소를 모셨다 하여 나라에서 효자 정문을 내렸다 하였고, 또 이창매의 산소 옆의 그 아버지의 묘소 앞에는 그가 신을 벗어 놓고 계절(階節) 앞으로 걸어 들어간 발자국과 무릎을 꿇었던 자리와 향로와 향합을 놓았던 자리에는 영영 풀이 나지 못하였고, 혹시 사람들이 그 움푹 파인 자리를 메우는 일이 있으면 곧 뇌성이 진동하며 큰 비가 퍼부어 메운 흙을 씻어내고야 만다고 한다.

그 근처 사람들과 순검들이 이런 이야기를 하는 것을 귀로 듣고 돌비에 새긴 사적을 눈으로 보매 나는 순검들이 알세라 어머님이 알세라 하고 피 섞인 눈물을 흘렸다. 이창매는 죽은 부모에 대하여서도 저처럼 효성이 지극하였거늘 부모의 생전에야 오죽하였으랴. 그런데 거의 넋을 잃으시고 허둥지둥 나를 따라오시는 내 어머니를 보라. 나는 얼마나 불효한 자식인가. 나는 쇠사슬에 끌려서 그 자리를 떠나면서 다시금 이 효자의 무덤을 돌아보고 수없이 마음으로 절을 하였다.

내가 나진포에서 인천으로 가는 배를 탄 것이 병신 7월 25일, 달빛도 없이 캄캄한 밤이었다. 바닻물조차 보이지 않고 파도소리만 들려올 뿐이었다. 배가 강화도를 지날 때쯤 하여 나를 호송하는 순검들이 여름 더위 길에 몸이 곤하여 마음 놓고 잠든 것을 보시고 어머니는 뱃사공께도 안 들릴 만한 나직한 말로 나에게 말씀하셨다.

"얘야, 네가 이제 가면 왜놈의 손에 죽을 터이니 차라리 맑고 맑은 물에 너와 나와 같이 죽어서 귀신이라도 모자가 같이 다니자."

하시고 내 손을 이끄시고 뱃전으로 가까이 나가신다. 나는 황공하여 어찌할 바를 모르면서 이렇게 여쭈었다.

"제가 이번 가서 죽을 줄 아십니까, 결코 안 죽습니다. 제가 나라를 위하여 하늘에 사무친 정성으로 한 일이니, 하늘이 도우실 것입니다. 분명히 안 죽습니다."

어머니는 그래도 바다에 빠져 죽자고 손을 끄시므로 나는 더욱 자신 있게,

"어머니, 저는 분명히 안 죽습니다."

하고 어머니를 위로하였다. 그제야 어머니도 죽을 결심을 버리시고,

"나는 네 아버지하고 약속했다. 네가 죽는 날이면 양주(兩主) 같이 죽자고…."

하시고 하늘을 우러러 두 손을 비비시면서 알아듣지 못할 낮은 음성으로 축원을 올리신다.

사형집행 직전에 생명을 구하다

나는 인천 옥에 수감되었다. 내가 인천으로 옮겨진 이유는 갑오경장에 외국 사람과 관련된 사건을 심리하는 특별재판소를 인천에 둔 까닭이었다.

내가 들어 있는 감옥은 내리(內里)에 있었다. 마루터기에 감리서(監理署)가 있고, 그 왼쪽은 경무청, 오른쪽이 순검청인데, 감옥은 순검청 앞에 있고 그 앞에 이 모든 관아로 들어오는 2층 문루가 있었다. 높이 둘러쌓은 담 안의 나지막한 건물이 옥인데 이것을 반으로 갈라서 한편에는 징역 하는 전중아와 강도·절도·살인 등의 큰 죄를 지은 미결수를 가두고, 다른 편에는 잡수(雜囚)를 수용하였다.

미결수는 평복이지만 징역 하는 죄수들은 퍼런 옷을 입었고, 저고리 등에는 강도·살인·도 등의 죄명을 먹글씨로 썼다. 이 죄수들이 일하러 옥 밖에 끌려 나갈 때에는 좌우 어깨를 아울러 쇠사슬로 동여서 이런 것을 둘씩 한 쇠사슬에 잡아매어 짝패를 만들고, 쇠사슬 끝 매듭이 죄수의 등에 가게 하였는데, 여기를 자물쇠로 채웠다. 이렇게 한 죄수들을 압뢰(간수)가 인솔하고 다녔다.

처음 인천 옥에 갇힐 때에 나는 도적으로 취급되어서 아홉 사람을 함께 채우는 기다란 차꼬에 다른 여덟 명의 한 복판에 발목을 잠갔다. 한 달 전에 잡혀왔다는 치하포 주인 이화보가 내가 옥에 들어오는 것을 보고 반가워하였다. 그는 이제 자기의 무죄가 밝혀져 풀려날 줄 아는 모양이었다. 이화보는 왜놈이 가서 조사할 때 내가 벽 위에 붙여둔 포고문을 떼어서 감추고 순전히 살인

강도 사건이었다고 말했던 것이다.

어머니는 옥문 밖까지 따라오셔서 눈물을 흘리고 서 계신 것을 나는 잠깐 고개를 돌려서 뵈었다.

어머니는 향촌에서 생장하셨으나, 무슨 일에나 과감하시고 특히 바느질에 능하시므로 감리서 삼문 밖에 있는 개성 사람 박영문의 집에 가서 사정을 말씀하시고, 그 집 식모로 들어가셔서 이 자식의 목숨을 살리시려 하셨다.

그 집은 당시 인천항에서 유명한 물상객주(物商客主)로 살림이 크기 때문에 식모·침모의 일이 많았다. 어머니가 이런 일을 하시는 값으로 하루 삼시 내게 밥을 들이게 한 것이었다.

하루는 옥사장이 나를 불러서 어머니도 의접할 곳을 얻으셨고, 밥도 하루 삼시 들어오게 되었으니 안심하라고 일러주었다. 다른 죄수들이 나를 무척 부러워하였다. 나는 옛 사람이,

'부모님께서 나를 낳으시고 기르신 고생하심이 커서 그 은혜에 보답하고자 하나 하늘처럼 높아 다 할 길이 없어 슬프구나(哀哀父母 生我劬勞 欲報其恩 昊天罔極)'라 한 것을 다시금 생각하지 아니 할 수 없었다. 어머니께서는 나를 먹여 살리시느라고 천겹만겹의 고생을 하셨다.

옥 속은 더할 수 없이 불결하고 무더웠다. 나는 장질부사가 들어서 고통이 극도에 달하였다. 한 번은 나는 자살을 할 생각으로 다른 죄수들이 잠이든 틈을 타서 이마에 손톱으로 '충(忠)'를 새기고 허리띠로 목을 매어 숨이 끊어지고 말았다. 숨이 끊어진 동안의 일이었다. 숨이 끊길 즈음 나는 잠시 동안 고향에 가서 내가 평소에 친애하던 재종제 창학(昌學:지금은 태운(泰運))과 놀았다.

문득 정신이 드니 옆에 죄수들이 죽겠다고 고함을 치고 야단들을 하고 있다. 내가 죽은 것을

145

걱정하여 그 자들이 그러는 것이 아니라 아마 인
사불성 중에 내가 몹시 요동을 하여서 차꼬가 흔
들려서 그 자들의 발목이 아팠던 모양이었다.

이런 뒤로는 여러 사람의 주의로 자살할 기회
도 없었다. 또 그 후로는 병마로 죽든지 원수에
게 죽든지, 죽는 것은 어쩔 수 없는 노릇이지만
자살은 옳지 않다고 생각하게 되었다.

그러는 동안에 병은 나았으나 보름 동안 음식
을 입에 넣을 수조차 없었다. 그런 때에 나를 심
문한다는 기별이 왔다. 나는 생각하였다. 해주에
서 다리뼈가 드러나는 악형을 겪으면서도 함구불
언한 뜻은 내부에 가서 대관들을 대하여 한번 크
게 말하려 함이었지만 이제는 불행히 병으로 인
하여 언제 죽을지 모르니 부득불 이곳에서라도
왜놈을 죽인 취지를 다 말하리라고.

나는 옥사정의 등에 업혀서 경무청으로 들어갔
다. 들어가면서 도적을 신문하는 형구가 삼엄하

게 벌려놓은 것을 보았다.

옥사정이가 업어다가 내려놓은 내 꼴을 보고
경무관 김윤정은 어찌하여 내 형용이 저렇게 되
었냐고 물은 즉, 옥사정은 열병을 앓아서 그리
되었다고 아뢰었다.

김윤정은 나를 향하여 물었다.

"네가 정신이 있어 족히 묻는 말을 대답할 수
있느냐?"

"정신은 있으나 목이 말라붙어서 말이 잘 나오
지 아니하니, 물을 한 잔 주면 마시고 말하겠소."

하고 대답하였다. 그러자 그는 곧 청지기에게
물을 가져오게 해서 먹여주는 것이었다.

김 경무관은 정상(庭上)에 앉아 차례대로 성
명·주소·연령 등을 묻고 사실심리에 들어갔다.
모월 모일 일인을 살해한 일이 있느냐고 묻기로
나는,

"있소."

하고 분명히 대답하였다.

"그 일인을 왜 죽였어? 그 재물을 강탈할 목적으로 죽였다지?"

하고 경무관이 묻는다. 나는 이때로다 하고 없는 기운이지만 소리를 가다듬어,

"나는 국모 폐하의 원수를 갚으려고 왜구(倭仇) 한 명을 때려죽인 사실이 있으나 재물을 강탈한 일은 없소."

하였다. 그런 즉 청상에 늘어앉은 경무관·총순·권임 등이 서로 맥맥히 돌아볼 뿐이요, 정내는 고요하였다.

옆 의자에 걸터앉아서 방청인지 감시인지 하고 있던 일본 순사—뒤에 들으니 와타나베라고 한다—가 신문 벽두에 정내(庭內)가 조용해진 것을 의아하게 여겨 그 까닭을 묻는 것 같았다. 나는 있는 힘을 다해,

"이놈!"

하고 한 소리 호령을 하고 말을 이어서,

"소위 만국공법(萬國公法) 어느 조문에 통상, 화친하는 조약을 맺고서 그 나라 임금이나 왕후를 죽이라고 하였더냐, 이 개 같은 왜놈아! 너희는 어찌하여 감히 우리 국모를 살해하였느냐! 내가 살아서는 이 몸을 가지고, 죽으면 귀신이 되어서 맹세코 너희 임금을 죽이고 너희 왜놈들을 씨도 없이 다 죽여서 우리 나라의 치욕을 씻고 말 것이다!"

하고 소리를 높여 꾸짖었더니, 와타나베 순사는 그것이 무서웠던지

"칙쇼!(짐승이라는 뜻의 욕)"

하면서 대청 뒤로 사라져 버리고 말았다. 정내의 공기는 더욱 긴장하여졌다.

총순인지 주사(主事)인지가 경무관 김윤정에게 이 사건이 심히 중대하니 감리 영감께 말씀드려 직접 심문하게 함이 마땅하다는 뜻을 진언하

니, 김 경무관이 고개를 끄덕여 그 의견에 동의
한다.

이윽고 감리사 이재정이 들어와서 경무관이 물
러난 주석에 앉고, 경무관은 이재정 감리사에게
지금까지의 심문 경과를 보고한다. 정내에 있는
관속들은 상관의 분부가 없는데도 내게 물을 갖
다가 먹여준다.

나는 정상의 주석인 이재정에게 말하기 시작했
다.

"나 김창수는 시골의 한낱 천한 몸이나 국모
폐하께옵서 왜적의 손에 돌아가신 국가의 수치를
당하고는 백일청천하에 제 그림자가 부끄러워서
왜구 한 놈이라도 죽였거니와, 아직 우리 사람으
로서 왜황(倭皇)을 죽여 국모 폐하의 원수를 갚
았다는 말을 듣지 못하였거늘, 이제 보니 당신네
가 몽백(蒙白:국상으로 백립을 쓰고 소복을 입는
것)을 하였으니, 춘추대의에 군부(君父)의 원수

를 갚지 못하고는 몽백을 아니 한다는 구절은 잊어버리고 한갓 영귀와 작록만을 도둑질하려는 더러운 마음으로 인군(人君)을 섬긴단 말이오?"

감리사 이재정·경무관 김윤정·기타 청상에 있는 관원들이 내 말을 듣는 기색을 살피건대 모두 낯이 붉어지고 고개가 수그러졌다.

이재정 감리사가 마치 내게 하소연이라도 하는 것과 같은 음성으로,

"창수가 지금 하는 말을 들으니, 그 충의와 용감을 흠모하는 반면에 황송하고 참괴한 마음이 비길 데 없소이다. 그러나 상부의 명령대로 심문하여 올려야 하겠으니, 사실을 상세히 공술해 주시오."

하고 말에도 경어를 쓴다.

이때 김윤정이 내 병이 아직 위험 상태에 있다는 뜻으로 이재정 감리사에게 수군수군하더니, 옥사정을 명하여 나를 옥으로 데려가라고 명한

151

다. 내가 옥사정의 등에 업혀 나가노라니 많은 군중 속에서 어머니의 얼굴이 눈에 띄었다. 그 얼굴이 희색이 있는 것을 보고 나는 아마 군중이나 관속들에게 내가 관정에서 한 일을 듣고 약간 안심하신 것이라고 생각하였다.

나중에 어머님께 들은 말씀이거니와, 그날 내가 심문을 당한다는 말을 들으시고, 어머님은 옥문 밖에 와서 기다리시다가 내가 업혀 나오는 꼴을 보시고, 저것이 병 중에 정신없이 잘못 대답하다가 당장에 맞아 죽지나 않나 하고 무척 근심하셨다고 한다. 그러나 사람들이 내가 감리사를 책망하는데 감리사는 아무 대답도 못하였다는 둥, 내가 일본 순사를 호령하여 내어 쫓았다는 둥, 김창수는 해주 사는 소년인데 민 중전마마의 원수를 갚노라고 왜놈을 때려죽였다는 둥 하는 말을 듣고 안심이 되셨다고 하셨다.

나는 감방에 돌아오는 길로 한바탕 소동을 일

으켰다. 나를 전과 같이 다른 도적들과 함께 차
꼬를 채워두는 데 대하여 나는 크게 분개하여 벽
력같은 소리로,

"내가 아무 의사도 발표하기 전에는 나를 강도
로 대우하거나 무엇으로 하거나 잠자코 있었다
만, 이왕 내가 할 말을 다 한 오늘날에도 나를 이
렇게 홀대한단 말이냐! 땅에 금을 그어놓고 이것
이 옥이라 하더라도 그 금을 넘을 내가 아니다.
내가 당초에 도망갈 마음이 있었다면 그 왜놈을
죽인 자리에 내 주소와 성명을 갖추어서 포고문
을 붙이고 집에 와서 석 달이나 잡으러 오기를
기다리겠느냐? 너희 관리들은 왜놈들을 기쁘게
하기 위하여 내게 이런 나쁜 대우를 한단 말이
냐?"

하면서 어떻게나 내가 몸을 요동하였던지 한
차꼬 구멍에 발목을 넣고 있던 여덟 명 죄수가
말을 더 보태어서 내가 한 다리로 차꼬를 들고

일어나는 바람에 자기네 발목이 다 부러졌노라고 떠들었다. 이 소동을 듣고 경무관 김윤정이 들어와서,

"이 사람은 다른 죄수와 다르거늘 왜 도적 죄수와 같이 둔단 말이냐, 하물며 중병이 있지 않으냐, 즉시 이 사람을 좋은 방으로 옮기고 일체 몸은 구속치 말고 너희들이 잘 보호하렷다!"

하고 옥사정을 한편 책망하고 한편 명령하였다. 이로부터 나는 옥중에서 왕이 되었다.

이런지 얼마 아니하여서 어머님이 면회를 오셨다. 어머님 말씀이, 아까 내가 신문을 받고 나온 뒤에 김 경무관이 돈 1백 쉰 냥(30원)을 보내며 내게 보약을 사 먹이라 하였다 하며, 어머니께서 우접하시는 집 주인 내외는 말할 것도 없고, 사랑손님들까지도 매우 나를 존경하여서 '옥중에 있는 아드님이 무엇을 자시고 싶어 하거든 말만 하면 해드리다.' 하더라고 말씀하셨다.

이튿날부터는 내게 면회를 구하는 사람이 밀려오기 시작하였다. 감리서·경무청·순검청·사령청의 수백 명 관속들이 내게 대한 선전을 한 것이었다. 인천항에서 세력 있는 사람 중에도 또 막벌이꾼 중에도 다음 번 내 심문 날에는 미리 알려달라고 아는 관속들에게 부탁을 하였다고 한다.

두 번째 심문 날에도 나는 전번과 같이 옥사정의 등에 업혀서 나갔는데, 옥문 밖에 나오면서 둘러보니 길에는 사람이 가득 찼고, 경무청에는 각 관아의 관리와 항내(港內)의 유력자들이 모인 모양이요, 담장이나 지붕이나 내가 심문을 받을 경무청 뜰이 보이는 곳에는 사람들이 하얗게 올라가 있었다.

정내에 들어가 앉으니, 김윤정이 슬쩍 내 곁으로 지나가며,

"오늘도 왜놈이 왔으니 기운껏 호령하시오."

한다. 김윤정은 지금은 경기도 참여관이라는 왜의 벼슬을 하고 있으나 그때에는 나는 그가 의기 있는 사람으로 생각하였었다. 설마 관청을 연극장으로 알고 나를 한 배우로 삼아서 구경거리를 만든 것일 리는 없으니, 필시 항심 없는 무리의 일이라 그때에는 참으로 의기가 생겼다가 날이 감에 따라서 변한 것이라고 보는 것이 옳을 것이다.

둘째 날 신문에 나는 전번에 할 말은 다 하였으니 더 할 말은 없다고 한 마디로 끝막고 뒷방에 앉아서 나를 넘겨다보고 있는 와타나베를 향하여 또 일본을 꾸짖는 말을 퍼부었다.

그 이튿날부터는 더더욱 면회하러 오는 사람이 많았다. 그들은 대개 내 의기를 사모하여 왔노라, 어디 사는 아무개니 내가 출옥하거든 만나자, 설마 내 고생이 오래랴, 안심하라, 이런 말을 하였다.

이렇게 찾아오는 사람들은 거의 다 음식을 한 상씩 차려 가지고 와서 나더러 먹으라고 권하였다. 나는 가져온 사람이 보는 데서 한두 젓가락 먹고는 나머지는 죄수들에게 차례로 나누어 주었다.

그때의 감옥 제도는 제대로 자리 잡히지 못해 옥에서 하루 삼시 밥을 주는 것이 아니라, 죄수가 짚신을 삼아서 거리에 내다가 팔아서 쌀을 사다가 죽이나 끓여 먹게 되어 있었다. 그러므로 내게 들어온 좋은 음식을 얻어먹는 것은 그들의 큰 낙이었다.

제3차 신문은 경무청에서가 아니요, 감리서에서 감리 이재정 자신이 하였는데, 인천 인사가 많이 모인 모양이었다. 요샛말로 하면 방청이다. 감리는 내게 대하여 매우 친절히 말을 묻고, 다 묻고 나서는 심문서를 내게 보여 읽게 하고 고칠 것은 나더러 고치라 하여 수정이 끝난 뒤에 나는

'백(白)' 자에 이름을 두었다. 이날은 일인이 없었다.

수일 후에 일인이 내 사진을 박는다 하여 나는 또 경무청으로 업혀 들어갔다. 이 날도 사람이 많이 모여 있었다. 김윤정이 내 귀에 들리라고,

"오늘 저 사람들이 창수의 사진을 박으러 왔으니, 주먹을 불끈 쥐고 눈을 딱 부릅뜨고 박히시오."

한다. 그러나 우리 관원과 일인과의 사이에 사진을 박히리, 못 박히리 하는 문제가 일어나서 한참 동안 옥신각신하다가 필경은 청사 내에서 사진을 박는 것을 허할 수 없으니, 노상에서나 박으라 하여서 나를 노상에 앉혔다. 일인이 나를 수갑을 채우든지, 포승으로 얽든지 하여 죄인 모양을 하여 달라고 요구한 데 대하여 김윤정은,

"이 사람은 계하죄인(啓下罪人:임금이 친히 알아 하시는 죄인이라는 뜻)이니 대군주 폐하께서

분구가 있기 전에는 그 몸을 형구를 대일 수 없다."

하여서 딱 거절하였다.

그러자 일인이 다시 말하기를,

"형법이 곧 대군주 폐하의 명령이 아니오? 그런 즉 김창수를 수갑을 채우고 포승으로 얽는 것이 옳지 않소?"

하고 기어이 나를 결박하여 놓고 사진을 박기를 주장하였다. 이에 대하여 김윤정은,

"갑오경장 이후에 우리 나라에서는 형구를 폐하였소."

하고 잡아뗀다. 그런 즉 왜는 또,

"귀국 감옥 죄수를 보니, 다 쇠사슬을 차고 다니는데…"

하고 깐깐하게 대들었다.

이제 김 경무관은 와락 성을 내며,

"죄수의 사진을 찍는 것은 조약에 정한 의무는

아니오, 참고 자료에 불과한 세세한 일에 내정간
섭은 받을 수 없소."

하고 소리를 높여서 꾸짖는다. 둘러섰던 관중
들은 경무관이 명관이라고 칭찬하고 있었다.

이리하여서 나는 자유로운 몸으로 길에 앉은
대로 사진을 박게 되었는데, 일인은 다시 경무관
에게 애걸하여 겨우 내 옆에 포승을 놓고 사진을
박는 허가를 얻었다.

나는 며칠 전보다는 기운이 회복되었으므로 모
여 선 사람들을 향하여 한바탕 연설을 하였다.

"여러분! 왜군들이 우리 국모 민 중전마마를
죽였으니, 우리 국민에게 이런 수치와 원한이 또
어디 있소. 왜놈의 독이 궐내에만 그칠 줄 아시
오? 바로 당신들의 아들과 딸들이 필경은 왜놈들
의 손에 다 죽을 것이오, 그러니 여러분! 당신들
도 나를 본받아서 왜놈을 만나는 대로 다 때려죽
이시오, 왜놈을 죽여야 우리가 사오."

하고 나는 고함을 하였다. 와타나베 놈이 내 곁에 와서,

"네가 그렇게 충의가 있으면 왜 벼슬을 못하였나?"

하고 직접 내게 말을 붙인다.

"나는 벼슬을 못할 상놈이니까 조그마한 왜놈이나 죽였다만, 벼슬을 하는 양반들은 너희 황제의 모가지를 베어서 원수를 갚을 것이다."

하고 나는 와타나베에게 대답하였다.

나는 이날 김윤정에게 이화보를 놓아 달라고 청하였더니 이화보는 그날로 석방되어서 좋아라고 돌아갔다. 이로부터 나는 심문은 끝나고 판결만을 기다리는 한가한 몸이 되었다. 내가 이 동안에 한 일은 독서, 죄수에게 글을 가르치는 것, 죄수들을 위하여 소장을 대서하는 것이었다.

나는 아버지께서 들여 주신 『대학』을 읽고 또 읽었다. 글도 좋거니와 다른 책도 없기 때문이었

다. 그런데 나는 감리서에 다니는 어떤 젊은 관리의 덕으로 천만 의외에 여기서 내 20평생에 꿈도 못 꾸던 새로운 책을 읽어서 새로운 문화에 접촉할 수가 있었다.

그 관리는 나를 찾아와서 여러 가지 새로운 말을 하여 주었다. 구미(歐美) 문명국의 이야기며, 우리 나라가 옛 사상, 옛 지식만 지키고 척양척왜로 외국을 배척만 하는 것으로는 도저히 나라를 건질 수 없다는 것이며, 널리 세계의 정치·문화·경제·과학 등을 연구하여서 좋은 것은 받아들여서 우리의 힘을 길러야 한다는 것을 말하고,

"창수와 같은 의기남아로는 마땅히 신학식을 구하여서 국가와 국민을 새롭게 할 것이니 이것이 영웅의 사업이지, 한갓 배외사상만을 가지고는 나라가 멸망하는 것을 막을 수 없지 아니한가."

하여 나를 일깨워 줄뿐더러 중국에서 발간된
『태서신사(泰西新史)』, 『세계지지(世界地誌)』 등
한문으로 된 책자와 국한문으로 번역된 조선 책
도 들여 주었다. 나는 언제 사형의 판결과 집행
을 받을지 모르는 몸인 줄 알면서도, 아침에 옳
은 길을 듣고 저녁에 죽어도 좋다는 생각으로 이
신서적을 수불석권(手不釋卷)하고 탐독하였다.
내가 이렇게 열심히 읽는 것을 보고 감리서 관리
도 매우 좋아하였다.

이런 책들을 읽는 동안 나는 서양이란 무엇이
며, 오늘날 세계의 형편이 어떠한 것을 아는 동
시에 나 자신과 우리 나라에 대한 비판도 하게
되었다. 나는 고 선생이 조상의 제사에 부르는
축문에 명나라의 연호인 영력 몇 년을 쓰는 것이
우리 민족으로서는 옳지 아니한 것도 깨달았고
안 진사가 서양 학문을 공부한다고 절교하던 것
이 고 선생의 달관이 아니라고 보게 되었다.

내가 청계동에 있을 때에는 고 선생의 학설을 그대로 받아 척양척왜가 나의 유일한 천직으로 알았고, 옳은 도가 한 줄기 살아 있는 데는 오직 우리 나라뿐이요, 저 머리를 깎고 양복을 입는 무리들은 모두 금수와 같은 오랑캐라고만 믿고 있었다.

　그러나 『태서신사』한 권만 보아도 저 눈이 움푹 들어가고 코가 우뚝 솟은 사람들이 결코 원숭이에서 얼마 멀지 아니한 오랑캐가 아니오. 오히려 나라를 세우고 백성을 다스리는 좋은 법과 아름다운 풍속을 가졌고, 저 큰 갓을 쓰고 넓은 띠를 띤 신선과 같은 우리 탐관오리야말로 오랑캐의 존호를 받을 것이라고 생각하였다.

　나는 이에 우리 나라에 가장 필요한 것은 저마다 배우고 사람마다 가르치는 것이라 깨달았다. 옥중에 있는 죄수들을 보니 글을 아는 이는 없고 또 그들의 생각이나 말이 모두 무지하기 짝이 없어서 이 백성을 이대로 두고는 결코 나라의 수치를 씻을 수도 없고, 다른 나라와 겨누어 나갈 부강한 힘을 얻을 수도 없다고 단정하였다.

이에 나는 내가 깨달은 바를 곧 실행하여서 내 목숨이 있는 날까지 같이 옥중에 있는 죄수들만이라도 가르쳐 보려 하였다. 죄수는 들락날락하는 자를 아울러 평균 백 명 가량인데 그 열에 아홉까지는 양서부지(兩書不知)였다. 내가 글을 가르쳐 주마 한 즉 그들은 마다 고는 아니 하고 배우는 체를 하였으나 그 중에 몇 사람을 제하고는 글에 뜻이 있는 것보다 내 눈에 들어서 맛있는 음식을 얻어먹으려는 목적인 것 같았다.

도적이나 살인으로 세상을 살아가는 그들에게는 글을 배워서 더 좋은 사람이 되어 보겠다는 생각조차 일어나지 아니하는 것 같았다.

때는 건양(建陽) 2년 즈음이라 『황성신문(皇城新聞)』이 창간되었다 하여 누가 내게 들여 주는 어느 날, 신문에 내 사건의 전말을 대강 적고 나서 김창수가 인천 감옥에서 죄수들에게 글을 가르치므로 감옥은 학교가 되었다고 씌어 있었다.

나는 죄수의 선생질을 하는 한편, 또 대서소도 벌인 셈이었다. 억울하게 잡혀온 죄수의 말을 듣고 내가 소장을 써주면 그것으로 놓여 나가는 이도 있어서 내 소장 대서가 소문이 나게 되었다. 더구나 옥에 갇혀 있으면서 밖에 있는 대서인에게 소장을 써 달래려면 매우 힘도 들고 돈도 들었다.

그런데 같은 감방에 앉아서 충분히 할 말을 다 하고 소장을 쓰는 것은 인찰지 사는 값밖에는 도무지 비용이 들지 아니하였다. 내가 소장을 쓰면 꼭 득송(得訟)한다고 사람들이 헛소문을 내어서 관리 중에 내게 소장을 지어달라는 자도 있고, 어느 관원에게 돈을 빼앗겼다 하는 사람의 원정(原情)을 지어서 상관에게 드려 그 관리를 파면

시킨 일도 있었다. 이러므로 옥리들도 나를 꺼려서 죄수를 함부로 학대하지 못하였다.

이렇게 글을 가르치고, 대서를 한 여가에 나는 죄수들에게 소리를 시키고 나도 소리를 배우고 놀았다. 나는 농촌 생장이지만 기실 노래 한 가락, 익살 한 마디도 할 줄을 몰랐다.

그때 옥의 규칙이 지금과는 달라서 낮잠을 재우고 밤에는 조금도 눈을 붙이지 못하게 하였으니, 이것은 다들 잠든 틈을 타서 죄수가 도망할 것을 염려함이었다. 그러므로 죄수들은 밤새도록 소리도 하고 이야기책도 읽기를 허하였던 것이다. 이 규칙은 내게는 적용되지 아니하였으나 다른 사람들이 그러하므로 나도 자연 늦도록 놀다가 자게 되었다.

이러고 있는 동안에 세월이 흘러서 7월도 거의 다 갔다. 하루는 『황성신문』에 다른 살인, 강도 죄인 몇과 함께 인천 감옥에 있는 살인강도 김창수를 아무 날 처교(處絞:목을 달아 죽임)한다는 기사가 난 것을 보았다. 그날이 7월 스무 이렛날 이던가 한다.

사람이 이런 일을 당하면 부러 태연한 태도를 꾸밀 법도 하지만 어찌된 일인지 내 마음은 조금 도 경동되지 아니하였다. 교수대에 오를 시간이 며칠도 안 남았지만 나는 음식이나 독서나 담화 나 평상스럽게 하고 있었다. 그것은 아마 고 선 생께 들은 말씀 중에 박태보가 보습으로 단근질 을 받을 때에,

"이 쇠가 식었으니 더 달구어 오너라!"

고 한 것이며, 심양에 잡혀갔던 삼학사의 사적 을 들은 영향이라고 생각한다.

내가 사형을 당한다는 신문 기사를 본 사람들 은 뒤를 이어 찾아와서 마지막 인사를 하고는 눈 물을 흘렸다. 이를테면 생조문(生弔問)이 옥문 밖에 줄을 이었다. 찾아온 사람들이 나를 면대하

면,

"마지막 인사를 드리러 왔소."

하고는 , 수없이 눈물을 흘리는 통에 나는 도리어 그 사람을 위로해 보내고『대학』을 외곤 했다. 그러고 있노라면 또 아무 나리가 오셨소, 아무 영감께서 오셨소 하여 나가보면 그 사람들 역시

"김 석사, 살아 나와서 상면할 줄 알았더니 이것이 웬일이오?"

하고 두 주먹으로 눈물을 씻고 갔다.

그런데 이상한 것은 밥을 손수 들고 오신 어머님이 평시와 조금도 다름이 없으심이었다. 주위의 사람들이 내가 죽는다는 사실을 모르게 한 모양이었다.

나는 이렇게 아무렇지도 아니하건만 다른 죄수들이 나를 위하여 슬퍼해 주는 정상(情狀)은 차마 볼 수가 없었다. 내게 음식을 얻어먹는 죄수

들이며, 글을 배운 제자들, 그리고 나한테 혹은
소장을 써 받고 혹은 송사에 대한 지도를 받아오
던 잡수들이 애통하는 양은 그들이 제 부모 죽었
을 때도 그렇게 애통해했을까 싶을 정도였다.

이윽고 끌려갈 시간이 되었다. 나는 내 목숨이
끊어질 순간까지 성현의 말씀에 잠심(潛心)하여
성현과 동행하리라 하고, 몸을 단정히 하고 앉아
서 『대학』을 읽고 있었다.

사람들은 내가 특수(特囚)이기 때문에 야간집
행을 하는 것으로 알고 있었다.

밤 초경(初更)이나 되었을 때, 밖에서 여러 사
람이 떠들썩하고 가까이 오는 인기척이 나더니
옥문이 열리는 소리가 들린다. 나는,

'옳지, 인제 때가 왔구나!'

하고 올 것을 가만히 기다리고 있었다. 나와
한방에 있는 죄수들은 자기가 죽으러 나가기나
하는 것처럼 모두 낯빛이 변하고 덜덜 떨고들 있

었다. 이때에 문 밖에서,

"창수, 어느 방에 있소?"

하는 소리가 들린다.

"이 방이오."

그리고 다시 소리가 들려왔다.

"아이구, 이제는 창수 살았소! 감리 영감과 전
서원과 각 청 직원이 아침부터 밥 한 술 못 먹고,
창수를 어찌 차마 우리 손으로 죽인단 말이냐 하
고 면면상고하면서 한탄했더니, 지금 대군주 폐
하께옵서 대청에서 감리 영감을 불러 계시며, 김
창수 사형은 정지하랍신 친칙(親勅)을 받잡고 밤
이라도 옥에 내려가 김창수에게 전지(傳旨)해주
라는 분부를 듣고 왔소, 오늘 얼마나 상심하였
소?"

하고 관속들은 친동기가 죽기를 면하거나 한
것처럼 기뻐하였다. 이것이 병신년 8월 26일이었
다. 뒤에 알고 보니 내가 사형을 면하고 살아난

데는 두 번 아슬아슬한 일이 있었으니, 그것은 이러하였다.

법부대신이 내 이름과 함께 몇 사형 죄인의 명부를 가지고 입궐하여 상감의 칙재를 받았다. 상감께서는 다 재가를 하였는데 그때에 입직하였던 승지 중에 하나가 내 죄명이 국모보수(國母報讐)인 것을 보고 이상하게 여겨서 이미 재가된 안건을 다시 가지고 어전에 나아가 임금께 뵈인 즉, 상감께서는 즉시 어전회의를 열고 내 사형을 정지하기로 결정하시고, 곧 인천 감리 이재정을 전화로 부르신 것이라 한다.

그러므로 그 승지의 눈에 '국모보수' 네 글자가 아니 띄었더라면 나는 예정대로 교수대의 이슬이 되었을 것이니, 이것이 첫째로 이상한 인연이었다.

둘째로는 전화가 인천에 통하게 된 것이 바로 내게 관한 전화가 오기 사흘 전이었다고 한다.

만일 서울과 인천 사이에 전화 개통이 아니 되었던들 아무리 나를 살리려 하셨더라도 그 은명(恩命)이 오기 전에 나는 벌써 죽었을 것이었다고 한다.

감리서 주사가 뒤이어 찾아와서 하는 말에 의하면 내가 사형을 당하기로 작정되었던 날 인천항 내 서른 두 물상객주들이 통문(通文)을 돌려서 매호에 한 사람 이상 우각동에 김창수 처형 구경을 가되 각기 엽전 한 냥씩을 가지고 와서 그것을 모아서 김창수의 몸값을 삼자, 만일 그것만으로 안 되거든 부족액은 서른 두 객주가 담당하자고 작정하였더라고 한다. 감리서 주사는 내게 이런 말을 들려주고 끝으로,

"아무려나 김 석사, 이제는 천행으로 살아났소. 며칠 안으로 궐내에서 은명이 계실 터이니 아무 염려 말고 계시오."

하고 갔다.

이제는 다들 내가 분명히 사형을 면한 것을 알게 되었다. 마치 상설(霜雪)이 날리다가 갑자기 춘풍이 부는 것과 같다. 옥문이 열리는 소리에 벌벌 떨고 있던 죄수들은 내게 전하는 이러한 소식들을 듣고 좋아서 죽을 지경인 모양이었다. 신골방망이로 차꼬를 두드리며 온갖 노래를 다 부르고, 청바지 저고리 차림으로 춤추며 하는 것이 마치 푸른 옷 배우들의 연극관을 보는 것 같았다.

죄수들은 내가 그날 아무 일도 없는 듯이 태연자약한 것은 이렇게 무사하게 될 줄을 미리 알았던 것이라고 제멋대로 해석하고, 나를 이인(異人)이라 하여 앞날 일을 내다보는 사람이라고들 떠들었다. 더구나 어머님은 갑곶 바다에서 내가 '안 죽습니다' 하던 말을 기억하시고 내가 무엇을 아는 사람인 것처럼 생각하시는 모양이요, 내외분이 다 그런 신념을 갖게 되셨다.

대군주(大君主)의 칙령으로 김창수의 사형이 정지되었다는 소문이 전파되자 전일에 영결하던 사람들이 이번에는 조상이 아니요, 치하하러 왔다. 하도 면회인이 많으므로 나는 옥문 안에 자리를 깔고 앉아서 몇 날 동안 응접을 하였다. 전에는 다만 나의 젊은 의기를 애석히 여기는 것뿐이었거니와, 칙명으로 사형이 정지되는 것을 보고는 미구에 우으로서 소명(召命)이 내려서 내가 영귀(榮貴)하게 되리라고 짐작하고 벌써부터 내게 아첨하는 사람조차 생기게 되었다. 이런 일은 일반 사람들만 아니라 관리 중에도 있었다.

탈옥의 길

하루는 감리서 주사가 의복 한 벌을 가지고 와서 내게 주고 말하기를, 이것은 병마우후 김주경이라는 강화 사람이 감리 사또에게 청하여 전하는 것인즉, 이 옷을 갈아입고 있다가 김주경이 오거든 만나라고 하였다.

이윽고 한 사람이 찾아왔는데, 나이는 사십이나 되어 보이고 면목이 단단하게 생겼다. 만나서 별말이 없고 다만,

"고생이나 잘 하시오, 나는 김주경이오."

하고는 돌아갔다.

어머니께서 저녁밥을 가지고 오셔서 하시는 말씀이 김우후가 아버님을 찾아서 부모님 양주의 옷감과 용처(用處)에 보태라고 돈 2백 냥을 두고

가며 열흘 후에 또 오마고 하였다 한다. 이 말 끝에 어머니는,

"네가 보니 그 양반이 어떻더냐? 밖에서 듣기에는 아주 훌륭한 사람이라 하더구나."

하시기로 나는,

"사람을 한 번 보고 어찌 잘 알 수가 있습니까만 그 사람이 하는 일은 감사한 일이지요."

하였다.

김주경에게 내 일을 알린 것은 인천옥에 사령 반수로 있는 최덕만이었다. 최덕만은 본래 김의 집 비부(婢夫)였다. 병인양요 뒤에 대원군이 강화에 3천 명의 무사를 양성하고 섬 주위를 두루 포루(砲樓)를 쌓아 국방 영문을 세울 때에 포량고 지기(군량을 둔 창고를 지키는 소임)가 된 것이 그의 출세의 시초였다. 그는 성품이 호방하여 초립동이 시절에도 글 읽기를 싫어하고 투전을 일삼았다.

한번은 그 부모가 그를 징계하기 위하여 며칠
동안 광 속에 가두었더니, 들어갈 때에 그는 투
전목 하나를 감추어 가지고 들어가서는 거기 갇
혀 있는 동안에 투전에 대한 여러 가지 묘법을
터득하여 가지고 나와서 투전을 몇 만 목을 만들
면서 눈표를 해서 다시 강화로 가져와 팔았다.
　이 투전목을 강화도 안에 있는 여러 포구에 분
배하여 뱃사람들에게 팔게 하고 자기는 이 배 저
배로 돌아다니면서 투전을 하였다. 어느 배에서
나 쓰는 투전목은 다 김주경이가 만든 것이라,
그는 투전 짝의 표를 보아 알기 때문에 얼마 아
니 하여서 수십 만 냥의 돈을 땄다.
　김주경은 이렇게 투전하여 얻은 돈으로 강화와
인천의 각 관청의 관속을 매수하여 그의 지휘에
복종케 하고 또 꾀 있고 용맹 있는 날탕패를 많
이 모아 제 식구를 만들어 놓고는 어떠한 세도
있는 양반이라도 비리(非理)의 일을 하는 자가

있으면 직접이거나 간접이거나 꼭 혼을 내고야
말았다.

당시에 강화에는 큰 인물 둘이 있으니 양반에
는 이건창이요, 상놈으로 김주경이라고 하였다.
대원군은 나름대로 김경득의 인격을 알아보고 포
량감(包糧監)의 중임을 맡겼다고 한다.

하루는 사령반수 최덕만이가 내게 와서 하는
말이, 김주경이가 어느 날 자기 집에 와서 밥을
먹으면서 말하기를, 김창수를 살려내야 할 터인
데, 요새에 정부의 대관 놈들이 모두 눈깔에 동
록이 슬어서 돈밖에는 아무것도 보이지 아니하
니, 이번에 집에 가서 가산을 모두 팔아 가지고
김창수의 부모 중에 한 분을 데리고 서울로 가서
무슨 짓을 해서라도 석방되도록 주선해야 하겠다
고 말하고 돌아갔다는 것이다. 최덕만이 이 말을
한 지 10여 일 후에 과연 김주경이가 인천에 와서
내 어머님을 모시고 서울로 갔다.

김주경은 먼저 당시 법부대신 한규설을 찾아서
내 말을 하고 이런 사람을 살려내어야 충의지사
(忠義志士)가 많이 나올 터이니 폐하께 입주하여
나를 놓아 주도록 하라고 하였다.

　한규설도 내심으로는 찬성이나 일본 공사 하야
시 곤스케(林權助)가 김창수 사건을 국제문제로
삼고, 대신 중에 이 사건으로 폐하께 상주하는
자만 있으면 별별 수단을 다 써 위협하는 판국이
라며 난색을 표하는 것이었다. 대관들을 무수히
졸욕하고 나와서 공식으로 법부에 김창수 석방을
요구하는 소지를 올렸더니 그제야 '그 뜻은 가상
하나 일이 중대하니 여기서 마음대로 할 수 없
다' 하였다.

　이렇게 김주경은 7, 8개월 동안이나 나를 위하
여 송사를 하는 통에 그 집 재산은 다 탕진되었
고, 아버지와 어머니도 번갈아서 인천에서 서울
로 오르락내리락하셨으나 필경 아무 효과도 없이

김주경도 마침내 나를 석방하는 운동을 중지하고 말았다.

김주경은 소송을 단념하고 집에 돌아와서 내게 편지를 하였는데, 보통으로 위문하는 말을 한 끝에 오언절구 한 수를 적었다.

'새는 조롱을 벗어나야 좋은 새이며, 고기가 통발(고기 잡는 기구)을 벗어나니 어찌 예사스러울까, 충신은 반드시 효(孝)있는 집에서 찾고 효자는 평민의 집에서 볼 수 있을 것이다(脫籠眞好 鳥 拔扈豈常鱗 求忠必於孝 請看依閭人).' 이라고 하였다.

이것은 내게 탈옥을 권하는 시였다. 나는 김주경이가 그간 나를 위하여 심력을 다한 것을 감사하고, 구차히 살 길을 위하여 생명보다 중한 광명을 버릴 뜻이 없으니 염려하지 말라고 답장하였다.

김주경은 그 후 동지를 규합하여 관용선 청룡

환(青龍丸) · 현익호(顯益號) · 해룡환(海龍丸)
세 척 중에서 하나를 탈취하여 해적이 될 준비를
하다가 강화 군수의 염탐한 바가 되어서 일이 틀
어지고 도망하였는데 중로에서 그 군수의 행차를
만나서 군수를 실컷 두들겨 주고 해삼위 방면으
로 갔다고도 하고 근방 어느 곳에 숨어 있다고도
하였다.

그 후에 아버지께서 경성에 가서 올렸던 소장
문서 전부를 가지고 강화의 이건창을 찾아서 나
를 구출할 방책을 물으셨으나, 그도 역시 탄식만
할 뿐이었다고 한다.

나는 그대로 옥중 생활을 계속하고 있었다. 나
는 신학문을 열심히 공부하였다. 나는 만사를 하
늘의 뜻에 맡기고 성현으로 더불어 동행하자는
생각은 변함이 없었으므로 탈옥 도주는 염두에
두지 아니 하고 있었다. 그러나 10년역 조덕근,
양봉구 3년, 김백석 10년, 그 밖의 종신수도 있어

서 그들은 조용할 때면 가끔 내게 탈옥하자는 뜻을 비추었다.

　그들이 눈물을 흘려가며 살려 달라고 조르는 바람에 내 마음도 조금씩 움직이기 시작하였다. 그들의 생각에는 나는 얼마 아니하여 위로부터 은명이 내려서 크게 귀하게 되겠지만 나마저 나가면 자기들은 어떻게 살려 하는 것이었다.

　나는 생각하였다. 상감께서 나는 죄인으로 알지 아니하심은 내 사형을 정지하라신 친칙으로 보아 분명하고, 동포들이 내가 살기를 원하는 것도 김주경을 비롯하여 인천항의 물주 객상들이 돈을 모아서 내 목숨을 사려고 한 것으로 알 수 있지 아니 하냐, 상하가 다 내가 살기를 원하나 나를 놓아 주지 못하는 것은 오직 왜놈 때문이다. 내가 옥중에서 죽어 버린다면 왜놈을 기쁘게 할 뿐인 즉, 내가 탈옥을 하더라도 의리에 어그러질 것은 없다고 생각하고 탈옥할 결심을 하였다. 내가 조덕근에게 내 결심을 말하니 그는 벌써 살아난 듯이 기뻐하면서 무엇이나 내가 시키는 대로 할 것을 맹세하였다.

나는 그에게 말하여 돈 2백 냥을 들여오라 하였더니 밥을 나르는 사람 편에 기별하여서 곧 가져왔다. 이것으로 탈옥의 한 가지 준비는 된 것이었다.

그 다음으로 강화 사람 황순용이라는 사람을 손에 넣는 것이었다. 황 가는 절도죄로 3년 징역을 거의 다 치르고 앞으로 나갈 날이 멀지 아니하므로, 감옥의 규례대로 다른 죄수를 감독하는 직책을 맡고 있었다. 이놈을 손에 넣지 아니 하고는 일이 될 수가 없었다.

그런데 이 황 가에게 한 약점이 있으니, 그것은 그가 김백석을 남색으로 지극히 사랑하는 것이었다. 김백석은 아직 17, 8세의 미소년으로서 절도 3범으로 10년 징역의 판결을 받고 복역한

지 한 달쯤 된 사람이었다. 나는 김백석을 이용
하여 황가를 손에 넣기로 계획을 정하였다.

나는 조덕근으로 하여금 김백석을 충동하여,
김백석으로 하여금 황가를 졸라서, 황가로 하여
금 내게 김백석을 탈옥시켜 주기를 빌게 하였다.
계교는 맞았다. 황 가는 날더러 김백석을 놓아달
라고 졸랐다. 나는 그를 준절히 책망하고 다시
그런 죄 될 말은 말라고 엄명하였다. 그러나 김
백석에게 자구 졸리우는 그는 하루에도 몇 번씩
눈물을 흘리면서 나를 졸랐다. 내가 뿌리치면 뿌
리칠수록 그의 청은 간절하여서 한 번은,

"제가 대신 징역을 져도 좋으니, 백석이만 살
려줍시오."

하고 황 가는 울었다. 비록 더러운 애정이라
하더라도 애정의 힘은 과연 컸다. 그제야 내가
황 가의 청을 듣는 것 같이, 그러면 그러마고 허
락하였다. 황은 백배 사례하고 기뻐하였다.

다음에 나는 아버님께 면회를 청하여 한 자 길이 되는 세모난 철창 하나를 들여 주십사고 여쭈었다. 아버지께서는 얼른 알아차리시고 그날 저녁에 새 옷 한 벌에 그 창을 싸서 들여 주셨다.

이제는 마지막으로 탈옥할 날을 정하였으니, 그것은 무술년 3월 초아흐렛날이었다.

이날 나는 당번하는 옥사정 김 가에게 돈 150냥을 주어, 오늘 밤에 내가 죄수들에게 한턱을 낼 터이니 쌀과 고기와 모주 한 통을 사 달라 하고 따로 돈 스물 닷 냥을 옥사정에게 주어 그것으로는 아편을 사먹으라고 하였다. 이 옥사정이 아편장인 줄을 내가 알았기 때문이다. 내가 죄수에게 턱을 낸 것은 전에도 한 두 번이 아니었기 때문에 옥사정도 예사로이 알았을 뿐더러, 아편 값 스물 닷 냥이 생긴 것이 무엇보다도 좋아서 두말없이 모든 것을 내 말대로 하였다.

관속(官屬)이나 죄수나, 나는 조만간 은명으로

귀히 되리라고 믿었기 때문에 아무도 내가 탈옥 도주를 하리라고는 꿈에도 생각할 리가 없었다. 조덕근·양봉구·황순용·김백석 네 사람도 나는 그냥 옥에 머물러 있고 자기네만을 빼어 놓을 줄로 믿고 있었다.

저녁밥을 들고 오신 어머님께, 자식은 오늘 밤으로 옥에서 나가겠으니 이 밤으로 배를 얻어 타고 고향으로 돌아가셔서 자식이 찾아갈 때를 기다리시라고 여쭈었다.

50명 징역수와 30명 미결수들은 주렸던 창자에 고깃국과 모주를 실컷 먹고 취흥이 도도하였다.

옥사정 김 가더러 이방 저방 돌아다니며 죄수들 소리나 시키고 놀자고 내가 청하였더니 김 가는 좋아라고,

"이놈들아, 김 서방님 들으시게 장기대로 소리들이나 해라."

하고 생색을 보이고, 저는 소리보다 좋은 아편

을 피우려고 제 방에 들어가 박혔다.

나는 적수 방에서 잡수 방으로, 잡수 방에서 적수 방으로 왔다 갔다 하다가 슬쩍 마루 밑으로 들어가서 바닥에 깐 박석(정방형으로 구운 옛날 벽돌)을 창끝으로 들추어내고 땅을 파서 옥 밖에 나섰다. 그리고 감옥 담을 넘어 줄사다리를 매어 놓고 나니 문득 딴 생각이 났다. 다른 사람들을 끌어내다가 무슨 일이 날지도 모르니, 이 길로 나 혼자만 나가 버리자 하는 것이었다.

그자들은 좋은 사람도 아니니 기어코 건져낸들 무엇 하랴. 그러나 얼른 돌려 생각하였다. 사람이 현인군자에게 죄를 지어도 부끄럽거늘, 하물며 저들과 같은 죄인에게 죄인이 되고서야 어찌 하늘을 이고 땅을 밟으랴. 종신토록 수치가 될 것이다.

나는 내가 나온 구멍으로 다시 들어가서 천연스럽게 내 자리에 돌아가 앉았다. 그들은 여전히

흥에 겨워 놀고 있었다. 나는 눈짓으로 조덕근의
무리를 하나씩 불러서 나가는 길을 일러주어서
다 내어보내고 마지막으로 내가 나가 보니 먼저
나온 네 녀석들은 담을 넘을 생각도 아니 하고
옥담 밑에서 쪼그리고 앉아서 벌벌 떨고 있었다.

나는 하나씩 궁둥이를 떠받쳐서 담을 넘겨 보
내고 마지막으로 내가 담을 넘으려 할 때 먼저
나간 녀석들이 용동 마루로 통하는 길에 면한 판
장을 넘느라고 왈가닥거리고 소리를 내어서 경무
청과 순검청에서 무슨 일이 난 줄 알고 비상소집
의 호각 소리가 나고 옥문 밖에서는 벌써 퉁탕퉁
탕하고 급히 달리는 발자국 소리가 들렸다.

나는 아직도 담 밑에 섰다. 이제는 내 방으로
돌아갈 수도 없는지라, 재빨리 달아나는 길밖에
없건만 남을 넘겨주기는 쉬워도 길 반이나 넘는
담을 혼자 넘기는 어려웠다. 줄사다리로 어름어
름 넘어갈 새도 없다. 옥문이 열리는 소리, 죄수

189

들이 떠들썩하는 소리까지 들려온다. 나는 죄수
들이 물통을 마주 메는 한 길이나 되는 몽둥이를
짚고 몸을 솟구쳐서 담 꼭대기에 손을 걸고 저편
으로 넘어 뛰었다.

이렇게 된 이상에는 내 길을 막는 자가 있으면
사생결단을 하고 결투를 할 결심으로 판장을 넘
지 아니 하고 내 쇠창을 손에 들고 바로 삼문을
나갔다. 삼문을 지키던 파수 순검들은 비상소집
에 들어간 모양이어서 거기는 아무도 없었다. 나
는 탄탄대로로 나왔다. 들어온 지 2년 만에 인천
옥을 나온 것이었다.

옥에서는 나왔으나 어디로 갈 바를 몰랐다. 늦
은 봄, 안개가 자욱한데다가 인천은 연전 서울구
경을 왔을 때에 한 번 지났을 뿐이라 길이 생소
하여 어디가 어딘지 알 수가 없었다. 나는 지척
을 분간할 수 없는 캄캄한 밤에 물결 소리를 더
듬어서 모래사장을 헤매다가 훤히 동이 틀 때에

보니 기껏 달아난다는 것이 감리서 바로 뒤 용동 마루턱에 와 있었다.

잠시 숨을 태우며 휘휘 둘러보노라니, 수십 보 밖에 순검 한 명이 칼 소리를 제그럭제그럭하고 내가 있는 데로 달려오고 있었다. 나는 길가 어떤 가겟집 함실아궁이를 덮은 널판자 밑에 몸을 숨겼다. 순검은 흔들이는 화도집이 바로 코끝을 스칠 듯이 지나갔다.

아궁이에서 나오니 벌써 훤하게 밝았는데, 천주교당의 뾰족집이 보였다. 그것이 동쪽인 줄 알고 걸어갔다.

나는 어떤 집에 가서 주인을 불렀다. 누구냐 하기로 '아저씨 나와 보세요' 하였더니, 그는 나와서 의심스러운 눈으로 나를 보았다. 나는 김창수인데 간밤에 인천 감리가 비밀히 석방하여 주었으나 이 꼴을 하고 대낮에 길을 갈 수가 없으니, 날이 저물 때까지 집에 묵게 해달라고 청하였다. 주인은 안된다고 거절하였다.

또 얼마를 가노라니까 모군꾼 하나가 상투바람에 두루마기를 걸치고 소리를 하며 내려왔다. 그는 식전에 막걸리 집으로 가는 모양이었다. 나는 또 사실을 말하고 빠져나갈 길을 물었더니, 그 사람은 대단히 친절하게 나를 이끌고 좁은 뒷골목 길로 요리조리 사람의 눈에 안 띄게 화개동(化開洞) 마루터기까지 가서 이리 가면 수원이요, 저리 가면 시흥으로 해서 서울이니, 마음대로 행로를 취해 가라고 일러주었다. 나는 시간이 급박하여 성명도 묻지 못한 채 그 사람과 헤어진 후 시흥 가는 길로 들어섰다.

내 행색을 보면 누가 보든지 참말로 도적놈이라고 할 정도로 엉망이었다.

인천 시가를 벗어나서 5리쯤 가니 해가 떴다. 바람결에 호각소리가 들리고 산에도 사람이 희끗희끗하였다. 내 이런 꼴로는 산에 숨더라도 수사

망에 걸릴 것 같아 허허실실로 차라리 대로변에 숨으리라 하고 길가 잔솔밭에 들어가서 솔포기 밑에 몸을 감추고 드러누웠다. 감추어지지 않는 얼굴을 솔가지를 꺾어서 덮어놓았다.

아니나 다를까, 칼 찬 순경과 벙거지 쓴 옥사정들이 지껄이며, 내가 누워 있는 곁으로 지나갔다. 그들의 주고받는 말에서 나는, 조덕근은 서울로, 양봉구는 배로 달아난 것을 알았고, 나에 대해서는,

"김창수는 장사니까 잡기 어려울 거야, 허기야 잘 달아났지, 옥에서 썩으면 무얼 하게…"

하는 소리를 들었다.

나는 온종일 솔포기 밑에서 누워 있다가 순검이 누구누구며, 옥사정 김장석 등이 바로 내 발부리를 지나서 인천으로 돌아가는 것을 보고야 누었던 자리에서 일어나 나오니, 벌써 황혼이었다. 나오기는 하였으나 어제 이른 저녁밥 이후로

193

는 물 한 방울 못 먹고 눈 한 번 못 붙인 나는 배는 고프고 몸이 곤하여 촌보를 옮기기가 어려웠다.

나는 가까운 동네 어떤 집에 가서, 황해도 연안에 가서 쌀을 사가지고 오다가 북성포에서 파선을 하고 서울로 돌아가는 서울 청파 사람이라고 말하고 밥을 좀 달라고 하였더니, 주인이 죽한 그릇을 내다 주었다. 나는 누구에게 정표(情表)로 받아서 몸에 지니고 있던 화류면경을 꺼내어 그 집 아이에게 뇌물로 주고 하룻밤 드새기를 청하였으나 거절을 당하였다. 결국 죽 한 그릇에 엽전 한 냥을 주고 사먹은 셈이 되었다. 그때 엽전 한 냥이면 쌀 한 말 값도 더 되었다.

나는 또 한 집 사랑에 들어갔으나 퇴짜를 맞고 하릴없이 방앗간에서 자기로 하였다. 나는 옆에 놓인 짚단을 날라다가 깔고 덮고 드러누웠으려니, 인천감옥 특별 방에서 2년 동안 지낸 연극의 제1막이 내리고, 지금은 방앗간 잠으로 제 2막이 열린 것이구나 하는 회포가 일었다. 나는 누운 채 『손무자』와 『삼략』을 독송했다. 바깥에서 동네 사람들이 몰려와 수군거리는 소리가 들렸다.

"거지가 글을 다 읽는다."

"예사 거지가 아니야, 아까 저 사랑에 온 것을 보니 수상한 사람이데…"

하는 말에 나는 미친 사람의 모양을 하느라고 마구 혼자 욕설을 퍼붓다가 잠이 들었다.

삼남(三南)을 떠돌아다니다

새벽 일찍 일어나서 경성으로 향했다. 벼리고 개 쪽으로 걷다가 밥을 빌어먹을 생각으로 어떤 집 문전에 섰다. 나는 거지들이 기운차게 밥을 내라고 떠들던 양을 생각하고,

"밥 좀 주시우."

하고 불러 보았으나, 내간에는 소리껏 외친다는 것이 개가 짖을 만한 소리밖에 안 나왔다. 주인은 밥은 없으나 숭늉이나 먹으라고 숭늉 한 그릇을 주었다. 그것을 얻어먹고 또 걸었다.

2, 3년 간 좁은 세계에서 살다가 넓은 천지에 나와서 가고 싶은 대로 활활 갈 수 있는 것이 참으로 신통하고 상쾌하였다. 옥에서 배운 시조와 타령을 하면서, 부평·시흥을 지나 그날 당일로

양화도 나루에 다다랐다. 날도 이미 저물고 배도 고프고 또 나룻배를 탈래야 선가(船價) 줄 돈이 없었다. 그래서 나는 동네 서당을 찾아 들어갔 다.

선생과 인사를 청한 즉, 그는 내가 나이 어리 고 의관을 제대로 갖추지 못한 것을 보고는 초면 에 하대를 하였다. 나는 정색하고,

"선생이 이렇게 교만무례하고 어찌 남을 가르 치겠소? 내가 일시 운수가 불길하여 길에서 도적 을 만나 의관과 행리를 다 빼앗기고 이 꼴로 선 생을 대하게 되었소만, 결코 선생에게 하대나 열 대를 받을 사람은 아니오."

선생은 곧 사과하고 다시 인사를 청하였다. 그 러고는 그날 밤을 글자 토론으로 지내고, 아침에 는 선생이 학도 2명에게 편지를 써주기에 나룻배 주인에게 전하여 나를 선가 없이 건너게 하였다.

나는 옥에서 사귀었던 진 오위장을 찾아갔다.

이 사람은 남영희궁에 청지기로 있는 사람으로서
배오개 유지강 5, 6명과 짜고 배를 타고 인천 바
다를 떠서 백동전을 사주(私鑄:동전을 위조하는
것)하다가 붙들려서 1년 동안 나와 함께 옥살이
를 하였다. 그들은 내게 생전 못 잊을 신세를 졌
노라하여 날더러 출옥하는 날에는 꼭 찾아달라는
말을 신신당부했던 것이다.

내가 남영희궁을 찾아간 것은 황혼이었다. 진
오위장은 마루 끝에 나와서 물끄러미 나를 바라
보더니,

"아니고! 이게 누구요?"

하고 버선발로 마당에 뛰어 내려와서 내게 매
달렸다. 그리고 내 손을 끌고 방으로 들어가서
내가 나온 곡절을 듣고는 식구들을 불러서 내게
인사를 시키고, 예전 공범들을 다 불러 모았다.

그들은 내 행색이 수상하다 하여 백립과 두루
마기 · 망건 등을 각기 하나씩 사와서 속히 관과

망건을 하라고 권했다. 이렇게 나는 날마다 진 오위장 일파와 모여 놀며 며칠을 유련하였다.

그러는 동안에 나는 조덕근을 두 번이나 찾아 갔으나, 이 핑계 저 핑계하고 나를 따로 만나주 지 아니하였다. 중죄인인 나를 아는 체하는 것이 이롭지 못하다고 생각하는 모양이었다.

진 오위장 집에서 잘 먹고, 잘 놀고 수일을 쉬 어서 여러 사람이 모아주는 노잣돈을 한 짐 잔뜩 걸머지고 삼남 구경을 떠나노라고 동작이 나루를 건넜다. 그때에 내 심회가 심히 울적하여 술 먹 기를 시작하여 매일 장취로 비틀거리며 걷는 길 이 수원, 오산(烏山) 장에 다다랐을 때에 벌써 한 짐 돈을 다 써 버리고 말았다.

나는 오산 장에서 서쪽에 위치한 김삼척의 집 을 찾기로 하였다. 주인은 삼척영장(三陟營將)을 지낸 사람으로서 아들이 6형제가 있는데, 그중에 맏아들인 김동훈이 인천항에서 장사를 하다가 실

패한 관계로 인천옥에서 한 달 남짓 고생을 할
때에 나와 절친하게 되었었다. 그가 옥에서 나올
때 내 손을 잡고 꼭 후일에 서로 만나기를 약속
한 것이었다. 나는 김삼척 집에서 그 아들 6형제
로 더불어 밤낮으로 술을 먹고 소리를 하고 며칠
을 놀다가 노자까지 얻어 가지고 또 길을 떠났
다.

강경에 공종렬을 찾으니, 그도 인천옥에서 사
귄 사람으로서 그 어머니도 옥에 면회하러 왔을
때에 알았으므로 많은 우대를 받았다.

공종렬의 소개로 그의 매부 진선전을 전라도
무주에 찾은 후, 나는 이왕 삼남에 왔던 길이니,
남원에 김형진을 찾아보리라 하고 이동(耳洞)을
찾아갔다. 동네 사람 말이 김형진이 동학에 들어
서 가족을 끌고 도망한 후로는 소식이 없다고 한
다. 나는 대단히 섭섭하였다.

전주 남문 안에서 약국을 하는 최군선이가 자

기의 매부라는 말을 김현진한테 들었던 것을 기억하고 찾아갔으나, 최는 대단히 냉랭하게 그가 처남인 것은 사실이나 무거운 짐을 그에게 지우고 벌써 죽었다고 원망조로 말할 뿐이었다. 나는 비감을 누를 수 없어서 부중으로 헤매었다.

마침 그날이 전주 장날이어서 사람이 많았다. 나는 어떤 백목전 앞에 서서 백목을 파는 청년 하나를 보았다. 그의 모습이 김형진과 흡사하기로 그가 흥정을 하여 가지고 나오기를 기다려서 붙잡고,

"당신 김 서방 아니오.?"

하고 물으니 그가 그렇다고 하기로 나는 다시,

"노형이 김형진 씨 계 씨 아니시오?"

하였더니, 그는 무슨 의심이 났는지 머뭇머뭇하고는 대답을 못 한다. 나는,

"나는 황해도 해주 사는 김창수요. 노형 백 씨 생전에 혹시 내 말을 못 들으셨소?"

하였더니, 그제야 그는 눈물을 흘리면서 그의 형이 생전에 노상 내 말을 하였을 뿐 아니라 임종 시에도 나를 못보고 죽는 것이 한이라고 하였다는 말을 하였다.

나는 그 청년을 따라서 금구 원평(金溝 院坪)에 있는 그의 집으로 갔다. 조그마한 농가였다. 그가 그 어머니와 형수에게 내가 왔다는 말을 고하니, 집안에서는 곡성이 진동하였다. 김형진이 죽은 지 열 아흐레째 되는 날이었다.

나는 곡을 하고 늙은 어머니와 젊은 과수에게 인사를 하였다. 고인에게는 맹문(孟文)이라는 8, 9세 되는 아들이 있고, 그의 아우에게는 맹열이라는 아들이 있었다. 나는 이 집에서 가버린 벗을 생각하고 수일을 더 쉬고 목포로 갔다. 그것도 무슨 목적이 있는 것은 아니었다.

그때의 목포는 아직 신개항지(新開港地)여서 관청의 건축도 채 아니 된 엉성한 곳이었다. 여기서 우연히 양봉구를 만났다. 나와 같이 탈옥한 넷 중의 한 사람이었다. 그에게서 나는 조덕근이 가 다시 잡혀서 눈 하나가 빠지고 다리가 부러졌다는 말과 그때에 당직이던 김 가가 아편인으로 옥에서 죽었단 말을 들었다. 내게 관한 소문은 못 들었다고 하였다. 양봉구는 약간의 노자를 내게 주고, 이곳은 개항 장이 되어서 팔도 사람이 다 모여드는 데니 오래 머물 곳이 못 된다 하여 어서 떠나라고 권하였다.

나는 함평을 떠나 강진 · 고금도 · 완도를 구경하고 장흥을 거쳐 보성으로, 화순 · 동복, 순창 · 대명을 두루 구경하고, 하동(河東) 쌍계사(雙溪寺)에 들러 칠불아자방(七佛亞字房)을 보고 다시 충청도로 올라와 계룡산 갑사에 도착한 것은, 감이 벌겋게 익어 달리고 낙엽이 날리는 늦은 가을이었다.

나는 절에서 점심을 사먹고 앉아있었는데 동학

사(東鶴寺)로부터 왔노라고 점심을 시켜 먹는 유
산객 하나가 있었다. 통성명을 한 즉, 그는 공주
에 사는 이 서방이라고 하였다. 나이는 40이 넘은
듯한데, 그가 들려주는 자작의 시로 보거나 그의
말을 보거나 퍽 비관을 품은 사람이었다.

비록 초면이라도 피차가 다 허심탄회한 말이
서로 맞았다. 어디로 가는 길이냐고 묻기에 나는
개성에서 성장하여 장사를 업으로 삼다가 실패하
여 홧김에 강산 구경을 떠나서 삼남으로 돌아다
닌 지가 1년이 장근 하노라고 대답하였다. 그러
면 마곡사(麻谷寺)가 40리 밖에 아니 되니 가서
구경하자고 하였다.

마곡사라면 내가 어려서 『동국명현록(東國名
賢錄)』을 읽을 때에, 서화담 경덕이 마곡사 팥죽
가마에 중이 빠져 죽는 것을 대궐 안에서 동지
하례를 하면서 보았다는 말에서 들은 일이 있었
다. 나는 이 서방과 같이 마곡사를 향하여 계룡

산을 떠났다.

길을 걸으면서 이 서방은 홀아비라는 것이며, 사숙에 훈장으로 여러 해 있었다는 것이며, 지금은 마곡사에 들어가 중이 되려 하니 나도 같이 하면 어떠냐고 하였다. 나도 중이 될 마음이 없지는 아니하니 돌연히 일어난 문제라 당장에 대답은 아니하였다.

마곡사 앞 고개에 올라선 때는 벌서 황혼이었다. 산에 가득 단풍이 누릇불긋하여 '유자비추풍(遊子悲秋風)'의 감회를 깊게 하였다.

마곡사는 저녁 안개에 잠겨 있어서 풍진에 더럽힌 우리의 눈을 피하는 듯하였다. 뎅뎅, 인경이 울려온다. 저녁 예불을 아뢰는 소리다, 일체 번뇌를 버리라 하는 것같이 들렸다.

이 서방이 다시 다진다.

"김 형, 어찌하시려오? 세사를 다 잊고 나와 같이 중이 됩시다."

205

나는 웃으며,

"여기서 말하면 무엇 하오? 중이 되려는 자와 중을 만들 자 사이에 의견이 맞아야 될 게 아니겠소?"

이렇게 대답하였다.

나는 안개를 헤치고 고개를 내려서 산문으로 한걸음 한걸음 들어갔다. 걸음마다 내 몸은 더러운 세계에서 깨끗한 세계로, 지옥에서 극락으로, 세간에서 출세간으로 옮아가는 것이었다.

마곡사(麻谷寺)에서 중이 되다

매화당(梅花堂)을 지나 소리쳐 흐르는 내 위에 걸린 긴 나무다리를 건너 심일당(尋劒堂)에 들어가니 머리 벗어진 노승 한 분이 그림 폭을 펴놓고 보다가 우리를 보고 인사한다. 이 서방은 전부터 이 노승과 숙면이었다. 그는 포봉당(抱鳳堂)이라는 이였다. 이 서방이 나를 심검당에 두고 자기는 다른 데로 갔다.

이윽고 나를 위하여 밥이 나왔다. 저녁상을 물리고 앉았노라니, 어떤 하얗게 센 노승 한 분이 와서 내게 공손히 인사를 한다.

나는 거짓말로 본래 송도 태생이더니, 조실부모하고 강근지친(강근지친:아주 가까운 일가)도 없어서 혈혈단신이 강산 구경이나 다니노라고 말하였다. 그런 즉 그 노승은 속성은 소(蘇) 씨요, 익산 사람으로서 머리를 깎고 중이 된 지가 50년 이나 되노라 하고, 은근히 자기의 상좌가 되기를 청하였다.

나는 본시 재질이 둔탁하고 학식이 천박하여 노사에게 누가 될까 저어하노라고 겸사하였더니, 그는 내가 상좌만 되면, 고명한 스승의 밑에서 불학을 공부하면 장차 큰 강사가 될는지 아느냐 고 강권하였다.

이튿날 이 서방은 벌써 머리를 달걀머리가 되어 나와서 내게 문안을 하고 하는 말이, 하은당 은 이 절 안에 갑부인 보경대사(寶鏡大師)의 상 좌이니, 내가 하은당의 상좌만 되면 내가 공부하 기에 학비 걱정은 없을 것이라며 삭발하기를 권 하였다. 나도 하룻밤 청정한 생활에 모든 세상 잡념이 식은 재와 같이 되었으므로 출가하기로 작정하였다.

얼마 후에 나도 체도(剃刀)를 든 사제 호덕삼을 따라서 냇가에 나가 쭈그리고 앉았다. 덕삼은 삭발 진언을 하더니, 내 상투가 모래 위에 뚝 떨어진다. 이미 결심한 바였지만, 머리카락과 함께 눈물이 떨어짐을 금할 수 없었다.

법당에서는 종이 울렸다. 산내 각 암자로부터 착가사 장삼한 수백 명의 승려가 모여들고 향적실에서는 공야주가 불공밥을 짓고 있었다. 나도 감은 장감 붉은 가사를 입고 대응본전으로 이끌려 들어갔다. 곁에서 덕삼이가 배불하는 것을 가르쳐 주었다.

은사 하은당이 내 법명을 원종(圓宗)이라고 명하고 불전에 고하고, 수계사 용담(龍覃) 화상이 경문을 낭독하고 내게 오계(五戒)를 준다. 예불의 절차가 끝난 뒤에는 보경대사를 위시하여 산중에서 나온 많은 여러 대사들께 차례로 절을 드렸다. 그리고는 날마다 절하는 공부를 하고 진언

집을 외고 『초발심자경문(初發心自警文)』을 읽고 중의 여러 가지 예법과 규율을 배웠다. 정신 수양에 대하여는,

'승행에는 하심이 제일이라'

하며 교만한 마음을 떼는 것을 주로 삼았다. 사람에게 대하여서만 아니라 짐승, 벌레에 대하여서까지도 공경하는 마음을 가지라는 것이었다. 어젯밤 처음 만났을 때는 지극히 공손하던 은사 하은당부터

"얘. 원종아!"

하고 기탄없이 이름을 부르는가 하면,

"이놈 생기기를 미련하게 생겨 먹었으니 고명한 중은 되지 못하겠다. 상판대기가 저렇게도 밉게 생겼을까! 어서 가서 나무도 해오고 물도 길어!"

하고 막 종으로 부리려 든다. 나는 깜짝 놀랐다. 중이 되면 이렇게까지 될 줄은 몰랐다. 내가

망명객이 되어 사방으로 유리하는 몸이 되었지만, 영웅심도 있고 공명심도 있고 평생에 한이 되던 상놈의 껍질을 벗고 양반이 되어도 월등한 양반이 되어서 우리 집을 멸시하던 양반들을 한번 내려다보겠다는 생각을 가슴속에 감추고 있었다.

그런데 이제 중놈이 되고 보니 이러한 허영적인 야심은 불씨 문중에서는 터럭 끝만치도 용납하지 못하여서, 이러한 악념이 마음에 움틀 때에 호법선신(護法善神)의 힘을 빌려서 물리치지 않으면 안된다.

내가 어쩌다가 이런 데를 들어왔나 하고 혼자 웃고 혼자 탄식한 일도 있었다. 그러나 기왕 중이 되었으니 하라는 대로 순종할 길밖에 없었다. 나는 장작도 패고 물도 긷고 하라는 것은 다 하였다.

하루는 물을 길어오다가 물통 하나를 깨뜨린

죄로 은사가 어떻게나 심하게 나를 나무라셨던
지, 보경당 노스님께서 한탄을 하셨다.

전자에도 남들이 다 괜찮다는 상좌를 들여 주
었건만 저렇게 못 견디게 굴어서 다 내어 쫓더니
이제 또 저렇게 하니 원종인들 오래 붙어 있을
수가 있나, 잘 가르치면 제 앞닦이는 하겠건만,
또 저 모양이니 몇 날이나 붙어 있을꼬? 이런 말
을 하는 것을 들으니 나는 적이 위로가 되었다.

나는 낮에는 일을 하고, 밤이면 다른 사미(沙
彌)들과 같이 예불하는 법이며 『천수경』, 『심경』
같은 것을 외우고, 또 수계사이신 용담스님께
『보각서장(普覺書狀)』을 배웠다.

용담은 당시 마곡에서 불학만이 아니라 유가의
학문도 잘 아시기로 유명한 이였다. 학식만이 아
니라, 위인이 대체를 아는 이여서 누구나 존경할
만한 높은 스승이었다.

용담께 시중하는 상좌 혜명이라는 젊은 불자가

내게 동정이 깊었고, 또 용담 스님도 하은당의 가풍이 괴상함을 알고서 글을 가르치다가도 가끔씩 나를 위로하기도 했다. '견월망지(見月忘指)'라, 달을 보면 그만이지 그 달을 가리키는 손가락이야 아무려면 어떠냐 하는 말씀을 하시고, 또 칼날 같은 마음을 품어 성나는 마음을 끊으라 하여 '인(認)' 자의 이치를 가르쳐 주셨다.

이 모양으로 살아가는 동안에 기해년이 되었다. 나는 고생이 되지만 다른 중에는 나를 매우 부럽게 생각하는 자들도 더러 있었다. 보경당이나 하은당이 다 70, 80 노인이시니 그 분네만 작고 하시면 그 많은 재산이 다 내 것이 된다는 것이었다. 추수기를 보면 백미로만 받은 것이 2백 석이나 되고, 돈과 물건으로 있는 것이 수십 만 냥이나 되었다. 그러나 나는 청정적멸(淸淨寂滅)의 도법에 일생을 바칠 생각이 생기지 아니하였다.

인천 옥에서 떠난 후에 소식을 모르는 부모님

도 그 후에 어찌 되셨는지 알고 싶고, 나를 구해
내려다가 집과 몸을 아울러 망쳐 버린 김주경의
간 곳도 찾고 싶고, 해주 비동의 고후조(高後凋)
선생도 뵙고 싶고, 그때에 천주학을 한다고 해서
대의의 반역으로 곡해하고 불평을 품고 떠난 청
계동의 안 진사를 찾아 사과도 할 마음이 때때로
흉중에 오락가락하여 보경당의 재물에 탐을 낼
생각은 꿈에도 일어나지 아니하였다.

　그래서 하루는 보경당께 뵈옵고,

　"소승이 기왕 중이 된 이상에는 중으로서 배울
것을 배워야 하겠사오니, 금강산으로 가서 경지
(經旨)나 연구하고, 일생에 충실한 불자가 되겠
나이다."

　하고 아뢰었다.

　"내 벌써 추측하였다. 할 수 있느냐, 네 원이
그런 바에야."

　하시고 즉석에 하은당을 부르셔서 한참 서로

다투시다가 마침내 나에게 세간을 내어 주신다. 나는 백미 열 말과 의발(衣鉢)을 받아 가지고 하은당을 떠나 큰 방으로 나왔다. 그날부터 나는 자유의 몸이 된 것이다.

나는 그 쌀 열 말을 팔아서 노자를 만들어 가지고 마곡을 떠나 서울로 향하였다. 수일을 걸어 서울에 도착했으나, 그때까지 서울 성 안에는 승니를 들이지 않은 국금중(國禁中)이 있었다. 나는 문 밖 새 절에 가서 하루 묵는 중에 사형 혜명을 만났다. 그는 장단 화장사(華藏寺)에 은사를 찾아가는 길이라고 하고, 나는 금강산에 공부하러 가는 길이라고 하였다.

혜명과 작별하고 나는 풍기 혜정이라는 중을 만났는데, 그가 평양 구경을 가는 길이라 하기로 나와 동행하자고 하였다. 임진강을 건너 송도를 구경하고 나는 해주 감영을 보고 평양으로 가자 하여 혜정을 이끌고 해주로 갔다.

수양산(首陽山) 신광사(神光山) 부근 북암(北庵)이라는 암자에 머물면서 나는 혜정에게 약간 내 사정을 통하고, 그에게 텃골 집에 가서 내 부모와 비밀히 만나 그 안부를 알아오되 내가 잘 있단 말만 사뢰고 어디 있단 것은 알리지 말라고 부탁하였다. 이렇게 부탁해 놓고 혜정의 회보만 기다리고 있었다. 4월 29일 석양에 혜정이 사람을 달고 나타났다. 바로 부모님이 아닌가!

혜정에게 내 안부를 들으신 부모님은 네가 내 아들이 있는 곳을 알 터이니, 너만 따라가면 내 아들을 볼 것이다 하고 혜정을 따라 나서신 것이다.

북암에서 닷새 머물면서 휴식한 후, 양친을 모시고 나는 중의 행색으로 혜정과 같이 평양 길을 떠났다. 길을 가면서 한 마디씩 하시는 말씀을 종합하건대, 무술년 3월 초아흐렛날 부모님은 해주 본향에 돌아오셨으나 순검이 뒤따라와서 두 분을 잡아다가 3월 13일 인천 옥에 가두었다. 어머니는 얼마 아니하여 놓으시고, 아버지는 석 달 후에야 석방되셨다.

그로부터는 두 분이 고향에 계셔서 내 생사를 몰라 주야로 마음을 졸이셨고, 꿈자리만 사나와도 종일 식음을 전폐하셨다. 그러하신 지 두 해 만에 혜정이 찾아간 것이었다. 만나고 보니 내가 살아 있는 것은 다행하나 중이 된 것은 슬프셨다 한다.

5월 초나흗날 평양에 도착하여 하룻밤을 여관에서 쉬고, 이튿날인 단옷날에 모란봉 그네 뛰는 구경을 하고 돌아오는 길에 나는 내 앞길에 중대한 영향을 줄 사람을 만났다.

관동(貫洞) 골목을 지나노라니 어떤 집 사랑에, 머리에 지포 관을 쓰고 몸에 심수의를 입고 두 무릎을 모으고 점잖게 끊어 앉아 있는 사람을 보았다. 나는 문득 호기심을 내어 한 번 수작을

붙여보리라 하고 계하에 이르러,

"소승, 문안 아뢰오."

하고 합장하고 허리를 굽혔다. 그 학자님은 물 끄러미 나를 바라보더니 들어오라고 하였다.

들어가 인사를 하니, 그는 간재(艮齋) 전우의 문인 최재학으로, 호를 극암(克菴)이라 하여 상당히 이름이 높은 이였다.

나는 공주 마곡사 중이란 말과 이번 오는 길에 천안 금곡(金谷)에 전 간재 선생을 찾았으나 마침 출타하신 중이어서 못 만났다는 말과 이제 우연히 고명하신 최 선생을 뵈오니 이만 다행이 없다는 말을 하고 몇 마디 도리의 문답을 하였더니, 최 선생은 나를 옆에 앉은 어떤 수염이 좋고 위풍이 늠름한 노인에게 소개하였다.

그는 당시 평양 진위대에서 참령으로 있는 전효순이었다. 소개가 끝난 뒤에 최 극암은 전 참령에게,

"이 대사는 학식이 놀라우니 영천암(靈泉庵) 방주를 내이시면 영감 자제와 외손들의 공부에 유익하겠소, 영감 의향이 어떠하시오?"

하고 나를 추천한다.

전 참령은,

"거 좋은 말씀이오, 지금 곁에서 듣는 바에도 대사의 고명하심을 흠모하오, 대사 의향이 어떠시오? 내가 내 자식 놈 하나와 외손자 놈들을 최 선생께 맡겨서 영천암에서 공부를 시키고 있는데 지금 있는 주지승이 성행이 불량하여 술만 먹고 도무지 음식 제절을 잘 돌아보지를 아니하여서 곤란 막심하던 중이오."

하고 내 허락을 청하였다. 나는 웃으며,

"소승의 방탕이 본래 있던 중보다 더할지 어찌 아시오?"

하고 한 번 사양했으나 속으로 다행히 여겼다. 부모님을 모시고 구걸하기도 황송하던 터이라 한 곳에 자리를 잡고 싶었던 까닭이다.

전 참령은 평양 서윤(平壤 庶尹) 홍순욱을 찾아 가더니 얼마 아니하여 '승 원종(僧 圓宗)으로 영천사(靈泉寺) 방주(房主)를 차정(差定)함' 하는 첩지를 가지고 와서 즉일로 부임하라고 나를 재촉하였다. 이리하여서 나는 영천암 주지가 되었다.

영천암은 평양서 서쪽으로 약 40리, 대보산(大寶山)에 있는 암자로서 대동강 넓은 들과 평양을 바라보는 경치 좋은 곳에 있었다. 나는 혜정과 같이 영천암으로 가서 부모님을 조용한 방에 거처하시게 하고 나는 혜정과 같이 한 방을 차지하였다. 학생은 전효순의 아들 병헌·사위 김윤문의 두 아들, 그리고 장손·중손과 그 밖에 김동원 등 몇몇이 있었다.

전효순은 간일하여 좋은 음식을 평양에서 지워 보내고, 또 산 밑 신흥동(新興洞)에 있는 육고에 영천사에 고기를 대기로 하여 나는 매일 내려가서 고기를 한 짐씩 져다가 끓이고 굽고 하여 중의 옷을 입은 채로 터놓고 먹었다. 때때로 최재학을 따라 평양에 들어가서도 사숭재(四崇齋)에서 시인 황경환 등과 시화나 하고 고기로 꾸민 국수를 막 먹었다. 그리고 염불을 아니 하고 시만 외니 불가에서 이르는바 '손에 돼지 대가리를 들고 입으로 경을 읽는' 중이 되고 말았다.

이리하여 시승(詩僧) 원종이라는 칭호는 얻었으나 같이 와 있던 혜정에게 실망을 주었다. 혜정은 내 심신이 쇠하고 속심(俗心)만 증장하는 것을 보고 매우 걱정하였으나 고기 안주에 술 취한 중의 귀에 그런 충고가 들어올 리가 없었다.

그는 내 불심(佛心)이 회복되기 어려운 것을 보고 영천암을 떠난다 하여 행리를 지고 나서서 산을 내려가다가는 차마 나와 작별하기 어려워서 되돌아오기를 달포나 하다가 마침내 경상도로 간다고 떠나고 말았다. 아버지도 내가 다시 머리를 깎는 것을 원치 아니하여서 나는 머리를 기르고 중노릇을 하다가, 그해 가을도 늦어서 나는 다리를 들여서 상투를 짜고 선비의 의관을 하고 부모를 모시고 해주 본향으로 돌아왔다.

개화꾼으로 돌아서다

고향에 돌아온 나를 환영하는 사람은 없고 창
수가 돌아왔으니 또 무슨 일 저지르기를 하지나
않나하고, 친한 이는 걱정하고 남들은 비웃었다.
그 중에도 준영 계부는 아무리 하여도 나를 신임
하지 아니하셨다. 그는 지금은 마음을 잡아서 그
중 씨(仲氏)이신 아버지께도 공손하고 농사도 잘
하시 건만은, 내게 대하여서는 할 수 없는 난봉
으로 아시는 모양이어서,

"되지 못한 그 놈의 글 다 내버리고 부지런히
농사를 한다면 장가도 들여 주고, 살림도 시켜주
지만 그렇지 아니한다면 나는 몰라요."

하고 부모님께 나를 농군이 되도록 명령하시기
를 권하셨다. 그러나 부모님은 나를 농군을 만들

뜻은 없으셔서 그래도 무슨 큰 뜻이 있어 장래에 이름난 사람이 되려니 하고 내게 희망을 붙이시는 모양이었다. 이렇게 내가 농군이 되느냐 안 되느냐하는 문제가 아버지 형제분 사이에 논쟁이 되고 있는 동안에 기해년도 다 가고 경자년(更子年) 봄, 농사일을 시작할 때가 되었다.

계부는 조카인 나를 꼭 사람을 만들려고 결심하신 모양이어서 새벽마다 우리 집에 오셔서 내 단잠을 깨워서 밥을 먹여 가지고는 가래질 터로 끌고 나가셨다. 나는 며칠 동안 순순히 계부의 명령에 복종하였으나, 아무리 하여도 마음이 붙지 아니하여 몰래 강화를 향하여 고향을 떠나고 말았다. 고 선생과 안 진사를 못 찾고 가는 것이 섭섭하였으나, 아직 내어 놓고 다닐 계제도 아니므로 생소한 곳으로 가기로 한 것이었다.

나는 김두래라고 이름을 바꾸고 강화에 도착하여서 남문, 김주경의 집을 찾았으나 김주경은 어

디 갔는지 소식이 없다 하고, 그 셋째 아우 진경
이라는 사람이 나와서 나를 접대하였다.

"나는 연안에서 살았고, 백 씨와는 막연한 동
지 일러니 수년 간 소식을 몰라서 전위해 찾아온
길일세."

하고 나를 소개하였다. 진경은 나를 반갑게 맞
아 그동안 지낸 일을 말하였다. 그 말에 의하면
주경은 집을 떠난 후로 3, 4년이 되어도 음신(音
信)이 없어서, 진경이가 형수를 모시고 조카들을
솔권하고 있다 한다. 집은 비록 초가나 본래는
크고 넓게 썩 잘 지었는데 여러 해 거두지를 아
니하여 많이 퇴락되었다.

사랑에는 평소에 주경이 앉았던 보료가 있고,
신의를 어기는 동지를 친히 벌하기에 쓰던 것이
라는 나무 몽둥이가 벽상에 걸려 있다. 나와 노
는 일곱 살 먹은 아이가 주경의 아들인데 이름이
유태라고 한다.

나는 진경에게 모처럼 그 형을 찾아왔다가 그저 돌아가기가 섭섭하니 얼마 동안 윤태에게 글을 가르치면서 소식을 기다리고 싶다고 하였더니, 진경은 그렇지 않아도 윤태와 그 중형(仲兄)의 두 아들이 글을 배울 나이가 되었건만 적당한 선생이 없어서 놀리고 있었다는 말을 하고, 곧 중형(仲兄) 무경에게로 가서 조카 둘을 데려왔다.

　나는 이날부터 촌 학구(學究)가 된 것이었다. 윤태는 『동몽선습(童蒙先習)』, 무경의 큰 아들은 『사략(史略)』 초 권, 작은 놈은 『천자문』을 배우기로 하였다. 내가 글을 잘 가르친다는 소문이 나서 차차 학동이 늘어서, 한 달이 못 되어 30명이나 되었다. 나는 심혈을 다하여 가르쳤다.

　이렇게 한 지 석 달을 지낸 어떤 날, 진경은 이상한 소리를 혼자 중얼거렸다.

　"글쎄, 유완무도 우스운 사람이야, 김창수가

왜 우리 집에를 온담."

하는 것이었다. 나는 이 말에 뜨끔하였으나 모르는 체하였다. 그래도 진경은 내게 설명하였다. 그 말은 이러하였다.

유완무는 부평 양반으로서 연전에 상제로 읍에서 30리쯤 되는 곳에 이우(移寓)해 와서 3년쯤 살다가 간 사람인데, 그때에 김주경과 반상(班常)의 별을 초월하여 서로 친하게 지낸 일이 있었는데, 김창수가 인천옥을 깨뜨리고 도망한 후에 여러 번째 해주 김창수가 오거든 급히 알려달라는 편지를 하였는데 이번에 통진 사는 이춘백이라는, 김주경과도 친한 친구를 보내니 의심 말고 김창수의 소식을 말하라는 것이었다.

나는 진경이가 내 행색을 아나 떠보려고,

"김창수가 그래 한 번도 안 왔나?"

하고 물었다. 진경은 딱하다는 듯,

"형장도 생각해 보시오. 여기서 인천이 지척인

227

데 피신해 다니는 김창수가 왜 오겠소."

한다.

"그럼 유완무가 왜놈의 염탐꾼인 게지."

"아니오. 유완무라는 이는 그런 양반이 아니오. 친히 뵈온 적은 없으나, 형님 말씀이 유 생원은 보통 벼슬하는 양반과는 달라서 학자의 기풍이 있다고 하오."

하고 유완무의 인물을 극구 칭송한다. 나는 그이상 더 묻는 것도 수상쩍을 것 같아서 그만 하고 입을 다물었다.

이튿날 조반 후에 어떤 키가 후리후리하고 얼굴이 숨숨 얽은 30세나 되었음직한 사람이 서슴지 않고 사랑으로 들어오더니, 내 앞에서 글을 배우고 있던 유태를 보고,

"그 새에 퍽 컸구나, 안에 들어가서 작은 아버지 나오시래라, 내가 왔다고."

하는 양이 이춘백이라고 나는 생각하였다.

이윽고 진경이가 윤태를 앞세우고 나와서 그 손님에게 인사를 한다.

"백 씨 소식 못 들었지?"

"아직 아무 소식 없습니다."

"허어, 걱정이로군, 유완무의 편지 보았지?"

"네, 어제 받았습니다."

주객 간에 이런 문답이 있고는 진경이가 장지를 닫아서 내가 앉아 있는 방을 막고 둘이서만 이야기를 한다. 나는 아이들의 글 읽는 소리는 아니 듣고 두 사람의 말에만 귀를 기울였다. 그들은 문답은 이러하였다.

"유완무란 양반이 지각이 없으시지, 감창수가 형님도 안 계신 우리 집에 왜 오리라고 자꾸 편지를 하십니까?"

"자네 말이 옳지만 여기밖에 알아볼 데가 없지 아니한가, 그가 해주 본 고향에 갔을 리는 없고 설사 그 집에서 김창수 있는 데를 알기로서니 발

설을 할 리가 있겠나, 유완무로 말하면 남도에
내려가 살다가 서울 다니러 왔던 길에 자네 백
씨가 김창수를 구해 내려고 가산을 탕진하고 부
지거처(不知去處)로 피신했다는 말을 듣고, 자네
백 씨의 의기를 장히 여겨서 아무리 하여서라도
김창수를 건져내어야 한다고 결심하였으나, 법으
로 백 씨가 한 것을 다하여도 안되었으니 인제
힘으로 할 수 밖에 없다고 하여서 열세 명의 결
사대를 조직하였던 것일세. 나도 그 속한 사람이
야. 그 열세 명이 인천항 중요한 곳 7, 8처에 석유
를 한 통씩 지고 들어가서 불을 놓고 그 소란 통
에 옥을 깨뜨리고 김창수를 살려내기로 하고, 유
완무가 날더러 두 사람을 데리고 인천에 가서 감
옥 형편을 알아오라 하기로 와 본즉, 김창수는
벌써 사흘 전에 다른 죄수 네 명을 데리고 달아
나 뒤란 말이야. 그러니 유완무가 자네 백 씨나
김창수의 소식을 알고 싶어 할 것이 아닌가, 그

래 정말 김창수한테서 무슨 편지라도 온 것이 없
나?"

"편지도 없습니다. 편지를 보내고 회답을 기다
릴 만하면 본인이 오지요."

"그도 그러이."

"이 생원께서는 인제 서울로 가시렵니까?"

"오늘 친구나 좀 찾고 내일은 곧 상경할 걸세."

내일 아침 작별할 것을 기하고 이춘백은 물러
났다.

나는 유완무를 믿고 그를 찾기로 결심하였다.
내게 그처럼 성의를 가진 사람을 모른 체할 수는
없었다. 설사 그가 성의를 가장한 염탐꾼일지는
모른다 하여도 군자는 가기이방(可欺以方)이라
의리로 알고 속는 것이 내 허물은 아니다. 이만
큼 하는 데도 안 믿는다면 그것은 나의 불의다.
그래서 나는 진경에게 이튿날 이춘백이 오거든
나를 그에게 소개하기를 청하였다. 그리고 내가

231

김창수라는 것을 자백하고 유완무를 만나기 위하여 이춘백을 따라서 떠날 것을 말하였다. 진경은 깜짝 놀랐다. 그리고

"형님이 진짜 그러시면 제가 만류를 어찌합니까?"

하고 인천옥의 사령반수로서 처음으로 김주경에게 내 말을 알린 최덕만은 작년에 죽었다는 말을 하고, 학동들에게는 선생님이 오늘 본댁에 가시니 다들 집으로 올라가라 하여 돌려보냈다.

이윽고 이춘백이 왔다. 진경은 그에게 나를 소개하였다. 나도 서울을 가니 동행하자고 하였더니 이춘백은 보통 길동무로 알고 좋다고 하였다. 진경은 춘백의 소매를 끌고 뒷방을 들어가서 이야기를 하는 모양이었다.

마침내 나는 이춘백과 함께 진경의 집을 떠났다. 남문 통에는 30명 학동들과 그 학부형들이 길이 메이도록 모여서 나를 전송하였다. 내가 도무

지 아무 훈료(訓料)도 아니 받고 심혈을 기울여서 가르친 것이 그들의 마음에 감동을 준 모양이어서 나는 기뻤다.

그날로 서울 공덕리 박태병 진사 집에 도착하였다. 이춘백이 먼저 안사랑으로 들어가서 얼마 있더니, 키는 중키가 못되고 얼굴은 볕에 그을려 가무스름하고 망건에 검은 갓을 쓰고 검소한 옷을 입은 생원님 한 분이 나와서 나를 방으로 맞아들였다.

"내가 유완무요, 오시기에 수고하셨소, 남아하처불상봉(男兒何處不相逢)이라더니, 마침내 창수 형을 만나고야 말았소,"

하고 유완무는 희색이 만면하여 춘백을 보며,

"무슨 일이고 한두 번 실패를 한다고 낙심할 것이 아니란 말일세, 끝끝내 구하면 반드시 얻는 날이 있단 말야. 내 전일에도 안 그러던가."

하는 말에서 나는 그가 나를 찾던 심경을 엿볼

수가 있었다. 나는 유완무에게

"강화 김주경 댁에서 선생이 나 같은 사람을 위하여 많은 수고를 하신 것을 알고, 오늘 존안을 뵙거니와 세상에서 침소봉대(針小棒大)의 허전(虛傳)이 많은 탓으로, 들으시던 말과 실물이 용두사미이온즉, 부끄럽기 그지없습니다."

하였더니, 유는 빙그레 웃으면서,

"뱀의 꼬리를 붙들고 올라가면 용의 머리를 보겠지요."

하여, 주객이 다 웃었다.

주인 박태병은 유완무와 동서라고 하였다. 나는 박 진사 집에서 저녁을 먹고 문안 유완무의 숙소로 가서 거기서 묵으면서 음식점에 가서 놀기도 하고 구경도 돌아다녔다. 며칠 지나서 유완무는 편지 한 장과 노자를 주어 나를 충청도 연산 광이 다리의 도림리(桃林里) 이천경에게로 가라고 부탁했다.

이천경은 반가이 나를 맞아서 한 달이나 잘 먹이고, 한담설화 하다가, 편지 한 장과 노자를 주어서 나를 전라도 무주읍에서 삼포를 하는 이시발에게 보내었다. 이시발의 집에서 하루를 묵고, 또 이시발의 편지를 받아 가지고 지례군(知禮郡) 천곡(川谷)의 성태영을 찾아갔다.

성태영의 조부가 원주 목사를 지냈으므로 성원주 댁이라고 불렀다. 대문을 들어서니 수청방·상노방에 하인이 수십 명이요, 사랑에 앉은 사람들은 다 귀족의 풍도가 있었다. 주인 성태영이 내가 전하는 편지를 보더니, 나를 크게 환영하여 상좌에 앉히니 하인들의 대우가 더욱 융숭하였다.

성태영의 자는 능하(能河)요, 호는 일주(一舟) 였다. 성태영은 나를 이끌고 혹은 산에 올라 나물을 캐며, 혹은 물에 나아가 고기를 보는 취미 있는 소일을 하고, 혹은 등하에 고금사를 문답하

여 어언 일삭이 되었는데 하루는 유완무가 성태
영의 집에 왔다.

반가이 만나서 성태영 집에서 하룻밤을 같이
자고 이튿날 아침에 같은 무주읍내에 있는 유완
무의 집으로 같이 가서 그로부터는 거기서 숙식
을 하였다. 유완무는 내가 김창수라는 본명으로
행세하기가 불편하리라 하여 이름은 거북 구(龜)
자 외자로 하고 자를 연상(蓮上), 호를 연하(蓮
下)라고 지어 주었다. 그리고 나를 부를 때에는
연하라는 호를 썼다.

유완무는 큰 딸은 시집을 가고 집에는 아들 형
제가 있는데, 맏이의 이름은 한경이었고, 무주
군수 이탁도 그와 연척인 듯하였다.

유완무는 그동안 나를 이리저리로 돌린 연유를
설명하였다. 이천경이나 이시발이나 성태영이나
다 유완무와는 동지여서 새로운 인물을 얻으면
내가 당한 모양으로 이 집에서 한 달, 저 집에서

얼마, 이 모양으로 동지들의 집으로 돌려서 그 인물을 관찰하고 그 결과를 종합하여 그 인물이 벼슬하기에 합당하면 벼슬을 시키고, 장사나 농사에 합당하면 그것을 시키도록 약속이 되어 있던 것이었다.

나는 이러한 시험의 결과로 아직 학식이 얕으니 공부를 더 시키도록 하고, 또 상놈인 내 문벌을 높이기 위하여 내 부모에게 연산 이천경의 가대(家垈)를 주어 거기 사시게 하고 인근 몇 양반과 결탁하여 우리 집을 양반 축에 넣자는 것이었다.

유완무는 이런 설명을 하고,

"아직 우리 나라에서 문벌이 양반이 아니고는 일을 할 수가 없어."

하고 한탄하였다.

나는 유완무의 깊은 뜻에 감사하면서 고향으로 가서 2월까지에 부모님을 모시고 여산 이천경의 가대로 이사하기로 작정하였다. 유완무는 내게 편지 한 장을 주어서 강화 버드러지 주 진사(朱進士) 윤호에게로 보내었다. 나는 김주경 집 소식을 염문하였으나 그는 여전히 소식이 없다고 하였다.

주 진사는 내게 백동전으로 4천 냥을 내어 주며 노자를 삼으라고 하였다. 대체 유완무의 동지는 얼마나 되는지 알 수 없었고, 그들은 편지 한 장으로 만사에 서로 어김이 없었다.

주 진사 집은 바닷가여서 동짓달인데도 아직 감나무에 감이 주렁주렁 달려 있었고, 생선이 흔하여서 수일 간 잘 대접을 받았다. 나는 백동전 4천 냥을 전대에 넣어서 칭칭 몸에 둘러 감고 서울을 향하여 강화를 떠났다.

서울에 와서 유완무의 집에 묵다가 어느 날 밤에 아버지께서 '황천(黃泉)'이라고 쓰라시는 꿈을 꾸고 유완무에게 그 이야기를 하였다. 지난봄에 아버지께서 병환으로 계시다가 조금 나으신 것을 뵙고 떠나서 서울에 와서 탕약 보제를 지어 우편으로 보내 드리고, 이내 마음을 놓지 못하고 있던 차에 이러한 흉몽을 꾸니 하루도 지체할 수가 없어서 그 이튿날로 해주 길을 떠났다.

나흘 만에 해주읍 비동 고 선생을 뵈오니 지나간 4, 5년간에 그다지 늙지는 않았지만, 돋보기안경을 쓰지 않고는 글을 못 보는 모양이었다.

나와 약혼하였던 선생의 장손녀는 청계동 김사집이란 어떤 농갓집 며느리로 시집을 보내었다. 하고, 나더러 아재라고 부르던 작은 손녀가 벌써 10여 세가 된 것이 나를 알아보고 여전히 '아재'라고 부르는 것이 감개무량하였다. 내가 왜놈을 죽인 일을 고 선생께서 유 의암에게 말씀하여 그의 저(著)인 『소의신편(昭義新遍)』의 속편에 나를 의기남아라고 써넣었다는 말씀도 하였다.

의암이 의병에 실패하고 평산으로 왔을 때에

239

고 선생은 내가 서간도(西間島)에 다녀왔을 때에 보고했던 것을 말씀하여 의암이 그리로 가서 근거를 정하고 양병하기로 하였다는 말씀도 하셨다. 의암이 거기서 공자상을 모시고 무사를 모아서 훈련하니 나도 그리로 감이 어떠냐 하셨으나 존 중화·양이 적(尊 中華·攘夷 狄)이란 소선생 일류의 사상은 벌써 나를 움직일 힘이 없었다.

나는 내 신사상(新思想)을 힘써 말하였으나 고 선생의 귀에는 그것이 들어가지 아니하는 모양이어서,

"자네도 개화꾼이 되었네 그려."

하실 뿐이었다.

나는 서양 문명의 힘이 어떻게 위대한가를 말하고 이것은 도저히 상투와 공자 왈, 맹자 왈 만으로는 저항할 수 없으니, 우리 나라에서도 그 문명을 수입하여 신교육(新教育)을 실시하고 모든 제도를 서양식으로 개혁함이 아니고는 국맥

(國脈)을 보존할 수 없는 연유를 설명하였으나 차라리 나라가 망할지언정 이적(夷狄)의 도는 좇을 수 없다 하여 내 말을 물리치시니 어찌할 도리가 없었다. 선생은 이미 나와는 딴 시대의 사람이었다.

그러나 고 선생 댁에는 당성냥 하나도 외국 물건이라고는 쓰지 않는 것이 매우 고상하게 보였다. 고 선생을 모시고 하룻밤을 쉬고 이튿날 떠난 것이 선생과 나와의 영결이 되고 말았다. 그후에 들으니 고 선생은 충청도 제천의 동문 집에서 객사하셨다고 한다.

오호, 애절하도다! 이 말을 기록하는 오늘까지 30여 년에 나의 용심과 처사에 하나라도 옳은 것이 있다고 하면 그것은 온전히 청계동에서 받은 선생의 심혈을 쏟아서 구전심수(口傳心授)하신 교훈의 힘이다. 다시 이 세상에서 그 자애가 깊으신 존안을 뵙고, 참되고 거룩한 애정을 받지 못하겠으니, 오호! 애절하고 슬프구나!

기독교에 입문하다

나는 고 선생을 하직하고 떠나서 당일로 텃골 본집에 다다르니 황혼이었다. 안마당에 들어서니 어머니께서 부엌에서 나오시며,

"아아, 네가 오는구나, 네 아버지가 병세가 위중한 가운데 말하길, '이 애가 왔으면 들어오지 않고 왜 들에 서서 있느냐' 하시기에 헛소리로만 여겼더니 네가 정말 오는구나."

내가 급히 들어가 뵈오니 아버지께서 반가워하시기는 하나 병세가 과연 위중하였다. 나는 정성껏 시탕(侍湯)을 하였으나, 약효를 보지 못한 지열 나흘 만에 아버지는 내 무릎을 베고 돌아가셨다. 내 손을 꼭 쥐셨던 아버지의 손에 힘이 스르르 풀리시더니 곧 운명하셨다.

돌아가시기 전날까지도 나는 나의 평생의 지기인 유와무·성태영 등의 호의대로 부모님을 연산으로 모시고 갓 만년에나 강 씨, 이 씨에게 상놈 대우를 받던 뼈에 사무치는 한을 면하게 할까 속으로 기대하였더니 이제 아주 다시 못 돌아오실 길을 떠나시니 천고의 유한이다.

집이 원래 궁벽한 산촌인데다 빈한한 가세로는 명의나 영약(靈藥)을 쓸 처지도 못되어서 나는 예전 할머니께서 돌아가실 때에 아버님이 단지(斷指)하시던 것을 생각하고 나도 단지나 하나 하여 일각이라도 아버지의 생명을 붙들어 보리라 하였으나, 내가 단지를 하는 것을 보시면 어머님이 마음 아파하실 것이 두려워서 단지 대신에 내 허벅지를 한 점 떼어서 피를 받아 아버지의 입에 흘려 넣고, 살은 불에 구워서 약이라도 하여 아버지가 잡수시게 하였다.

그래도 시원한 효험이 없는 것은 피와 살의 분

량이 적은 것인 듯 하기로 나는 다시 칼을 들어
서 먼저 것보다 더 크게 살을 떼리라 하고 어썩
뜨기는 떴으나 떼어 내자니 몹시 아파서 베어만
놓고 떼지는 못하였다. 단지나 할고(割股)는 효
자나 할 것이지 나 같은 불효로는 못할 노릇이라
고 자탄하였다.

유완무와 성태영에게 부고를 하였더니, 유완무
는 서울에 없었다 하여 성태영이 혼자 나귀를 달
려 5백 리 먼 길에 조상을 왔다.

나는 집상(執喪) 중에 아무 데도 출입을 아니
하고 준영 계부의 농사를 도와드렸더니 계부는
매우 나를 기특하게 여기는 모양이어서, 당신이
돈 2백 냥을 내어서 이웃 동네 어떤 상놈의 딸과
혼인을 하라고 내게 명령하셨다. 아버지도 없는
조카를 당신의 힘으로 장가들이는 것은 당연한
의무요, 또 큰 영광으로 알았다. 그런데 내가 돈
을 쓰고 하는 혼인이면 정승의 딸이라도 나는 아

245

니한다고 거절하는 것을 보시고, 격분한 나머지 낫을 들고 내게 달려드시는 것을 어머니께서 가로막아서 나는 그 틈에 도망했다.

임인년(壬寅年) 정월에 장연 먼 촌 일가 댁에 세배를 갔더니 내게 할머니 되는 어른이 그 친정 당질녀로 17세 되는 처녀가 있으니 장가들 마음이 없는가고 물었다. 나는 세 가지 조건에만 맞으면 혼인한다고 하였다. 세 가지라는 것은 재물을 따지지 않을 것과 신부될 사람이 학식이 있을 것과, 당자와 서로 대면하여서 말을 해볼 것이다.

어느 날 할머니는 나를 끌고 그 처자의 집으로 갔다. 그 처자의 어머니는 딸 4형제를 둔 과댁으로서 위로 3형제는 다 출가하고 지금 나와 말이 되고 있는 막내딸 여옥(女玉)만을 데리고 있었다. 여옥은 국문을 깨치고 , 바느질을 잘 가르쳤다고 하였다.

나를 방에 들여앉혀 놓고 세 사람이 부엌에서
한참이나 쑥덕거리더니, 다른 것은 다 하여도 당
자대면만은 어렵다고 하였다.

"나와 대면하기를 꺼리는 여자라면 내 아내가
될 자격이 없소."

하고 내가 강경하게 나간 결과로 처녀를 불러
들였다.

나는 처녀를 향하여 인사말을 부쳤으나 그는
잠잠하였다. 나는 다시,

"낭자는 나와 혼인할 마음이 있소?"

하고 물었으나 대답이 없었다.

나는 또,

"내가 지금 상 중이니 1년 후에 탈상을 해야 성
례를 할 터인데, 그동안은 나를 선생이라고 부르
고 내게 글을 배우겠소?"

하고 물었다. 그래도 처녀의 대답 소리가 내
귀에는 아니 들렸는데 할머니와 처녀의 어머니는

여옥이가 다 그런다고 대답하였다고 하였다. 이리하여서 그와 나와는 약혼이 되었다.

집에 돌아와서 내가 이러이러한 처자와 약혼하였다는 말을 하여도 준영 계부는 믿지 아니 하고 어머니더러 가서 보고 오시라고 하시더니, 어머니께서 알아보고 오신 뒤에야 준영 계부가,

"세상에 어수룩한 사람도 있다."

고 빈정거렸다.

나는 여자독본이라 할 만한 것을 한 권 만들어 틈만 나면 내 아내 될 사람을 가르쳤다.

나는 탈상한 후에 교육에 헌신할 결심을 했다. 그런 관계로 문화(文化)의 우종서 목사와 송종성과 장년 장의택·오인형·정창극 등와 신교육 실시를 협의하기 위해 각처로 다니다가 틈이 나는 대로 처가로 가서 낭자를 가르쳤다.

당시 김 선생은 본 성명이 손경하로서 원산(元山) 사람인데, 박영효 동지와 일본에서 여러 해

체류하다가 귀국 후 정부로부터 체포령을 받은 사람이었다. 그는 구월산으로 망명하여 우종서 · 송종호 등에게 보호받으며 숨어사는 처지였다.

그는 박영효가 귀국한 뒤로부터 손영곤으로 지금껏 행세해오고 있었다. 또 장의택은 장연의 사족(士族)으로, 학식도 풍부하며 신학문에 대한 포부도 해서 제일이었다. 큰 아들 운진을 경성 · 일본 · 미주 등지로 유학시키고, 신교육에 노력하는 지사이므로, 구식양반들에게는 심한 비난을 받고 있었다.

장 씨는 자기 자신 신학문을 국민에게 널리 보급하는 것이 시급하다는 점을 깨닫고 있었다. 당시 평안도와 황해도에는 주로 예수교로부터 신학문이 전파되고 있었다. 신문화발전을 도모하는 자는 거의 예수교에 투신하여, 겨우 서양 선교사들의 혀끝으로 문 밖 사정을 알게 되었다.

예수교를 신봉하는 사람은 대부분 중류 이하였

고, 실제 학문으로 배우지는 못하고 있었다. 다만 선교사의 숙달하지 못한 반벙어리 말을 그래도 많이들은 자가 신교심(信敎心) 외에도 애국사상을 갖게 되었다. 애국심을 갖고 신교육을 주자하는 대다수가 이 예수교 신봉자임은 숨길 수 없는 사실이었다.

우종서는 당시 전도조사(傳道助師)로서 나와 여러 해 친교한 때문에 예수교 신봉을 힘써 권했다. 나도 탈상 후 예수교를 믿고, 신교육을 장려하기로 결심하고 있었다.

어느덧 1년도 지나서 계묘년(癸卯年) 2월에 아버님의 담제도 끝나고 어머님은 성례 준비에 여념이 없으셨다. 그 즈음에 여옥의 병이 위급하다는 기별이 왔다. 내가 놀라서 달려갔을 때에는 아직도 여옥은 나를 반겨할 정신이 있었으나 워낙 중한 장감(長感)인데다가, 의약도 쓰지 못하여 내가 간 지 사흘 만에 그만 죽고 말았다. 나는 손수 그를 염습하여 남산에 안장하고, 장모는 금동 김윤오 집에 인도하여 예수교를 믿게 하고 돌아왔다. 내 나이 30에 이 일을 당한 것이었다.

그래 2월에 장연읍 사직동으로 반이하였다. 오진사(吳 進士)인 형이 나로 하여금 집 걱정이 없이 공공사업에 종사케 하기 위하여 내게 준 가대로서 20여 마지기 전답에 산과 과수까지 낀 것이었다. 해주에서 종형 태수 부처를 옮겨다가 집일을 보게 하고, 나는 오 진사 집 사랑에 학교를 설립하고 오진사의 딸 신애, 아들 기수, 오봉형의 두 아들, 오면형의 아들과 딸, 오순형의 딸 형제와 그밖에 남녀 몇 아이를 모아서 생도를 삼았다.

방 중간을 병풍으로 막아 남녀의 자리를 구별하였다. 순형은 인형의 셋째 아우로서 성품이 지극히 관후 근검하여 나와 잘 맞았다. 그래서 함께 예수교를 믿으며 교육에 전력하기로 마음을 모았다. 그리하여 일 년도 채 안되어 교세도 커졌고 학교도 점차 발전해갔다. 당시에 주색 장으로 출입하던 백남훈을 인도하여 예수교를 믿게 한 뒤에 봉양학교(鳳陽學敎)의 교원이 되게 하고, 나는 공립학교의 교원이 되었다.

당신 황해도에서 학교라는 이름을 가진 것은 공립으로 해주와 장연에 각각 하나씩 있었을 뿐인데, 해주에 있는 것은 이름만 학교여서 여전히 『사서(四書)』・『삼경(三經)』을 가르치고 있었고, 정말 칠판을 걸고 산술・지리・역사 등 신학문(新學問)을 가르친 곳은 장련공교 뿐이었다.

여름에 평양 예수교의 주최인 사범강습소에 갔을 적에 최광옥을 만났다. 그는 숭실중학교의 학생이면서 교육가로, 애국자로 이름이 놓았고 나와도 뜻이 맞았다. 최광옥은 내가 혼자라는 말을 듣고 안신호라는 신여성과 결혼하기를 권하였다. 그는 도산 안창호의 영매로 나이는 스무 살, 성

격이 활달하고 당시 신여성 중의 명성(明星)이라
고 최광옥은 말하였다.

나는 안 도산의 장인 이석관의 집에서 안신호
와 처음 만났다. 주인 이 씨가 최광옥과 함께였
다. 회견이 끝나고 사관에 돌아왔더니, 최광옥이
뒤따라와서 안신호의 승낙을 얻었다는 말을 전하
였다. 그래서 나는 안신호와 혼인이 되는 것으로
믿고 있었는데, 이튿날 이석관과 최광옥이 달려
와서 혼약이 깨어졌다고 내게 알렸다. 사연인 즉
이러했다.

안 도산이 미국으로 가는 길에 상해 어느 중학
교에 재학 중이던 양주삼에게 신호와의 혼인 말
을 하고, 양주삼이 졸업하기를 기다려서 결정하
겠다는 말을 신호에게도 편지로 한 일이 있었는
데, 어제 돌아가니 양주삼에게서 이제 학교를 졸
업하였으니 허호여부를 알려달라는 편지가 왔다
는 것이다.

이 편지를 받고 밤새도록 고통한 신호는 두 손에 떡이라, 어느 것을 취하고 어느 것을 버리기도 어려워 양주삼과 김구, 둘 다를 거절하고 한 동네에 자라난 김성택(뒤에 목사가 되었다)과 혼인하기로 작정하였다는 것이다.

도리 없는 일이지만, 내심으로는 매우 섭섭한 노릇이었다. 얼마 후 신호가 몸소 나를 찾아와서 미안한 말을 하고 나를 오라버님으로 부르겠다고 말하였다. 나는 그의 명쾌한 결단력을 흠모하는 마음이 들었다.

한번은 군수 윤구영이 나를 불러 해주에 가서 농부(農部)에서 보내는 뽕나무 묘목을 찾아오는 일을 맡겼다. 수리(首吏) 정창극이 나를 군수에게 추천한 것이었다. 나는 2백 냥 노자를 타 가지고 걸어서 해주로 갔다.

해주에는 농부 주사(主事)가 특파되어 와서 묘목을 각 군에 배부하고 있었다. 정부에서 전국에

양잠을 장려하노라고 일본으로부터 뽕나무 묘목
을 실어 들여온 것이다. 내가 뽕나무 묘목을 검
사해보니 묘목이 다 말라 있는 게 아닌가. 나는
마른 묘목을 무엇 하냐고 아니 받는다고 하였더
니, 농부 주사는 대로하여 상부의 명령을 거역하
느냐고 나를 꾸짖었다. 나도 마주 대로하여 나라
에서 보내시는 묘목을 마르게 한 책임이 누구에
게 있는지 알아야 한다 하고, 관찰부(觀察府)에
이 사유를 보고한다고 하였더니 주사는 겁이 나
는 모양이어서 날더러 산 것으로 마음대로 골라
가라고 간청하였다.

나는 이리하여 산 묘목 수천 본을 골라서 말에
싣고 돌아왔다. 노자는 모두 일흔 냥을 쓰고 1백
서른 냥을 정창극에게 돌려주었다. 짚세기 한 켤
레에 얼마, 냉면 한 그릇에 얼마, 이 모양으로 돈
쓴 데를 자세히 적어서 남은 돈과 함께 주었다.
정창극은 그것을 보고 경탄해 마지않았다.

"사람들이 다 선생 같으면 나라 일이 걱정이 없겠소. 다른 사람이 갔다 왔으면 적어도 몇 백 냥은 더 청구했을 것이오."

하였다.

정창극은 실로 진실한 아전이었다. 당시 상하를 막론하고 관리하는 관리는 모두 나라와 백성의 것을 도적하는 탐관으로 되었건만, 정창극은 일 푼도 받을 것 이외의 것을 받음이 없었다. 이러하기 때문에 군수도 감히 탐학을 못하였다.

얼마 후에 농부로부터 나를 종상위원(種桑委員)으로 임명한다는 임명서가 왔다. 이 소문이 전파된 뒤로 군의 하인들과 노동자 중에는 내가 지나는 곳마다 담뱃대를 감추며 경의를 표하는 자들이 있었다. 오 진사와 내 종형이 죽은 때문이었다. 오 진사는 고기잡이배를 부리기 이태에 가산을 패하고 세상을 떠나니, 나는 사직동 가대를 그의 유족에게 돌리지 아니할 수 없었다.

또 종형은 본래는 낫 놓고 기역자도 몰랐으나, 나를 따라 장연에 와서 예수를 믿은 뒤로는 국문에 능통하여 종교서적을 보고 강단에서 설교까지 하게 되었었는데, 불행히 예배하다가 뇌출혈로 세상을 떠났다.

이리하여 나는 종형수에게 개가하기를 허하여 그 본가로 돌려보내고 나는 어머니를 모시고 장련읍내로 떠났다.

내가 사직동에 있는 동안에 유완무와 주윤호가 다녀갔다. 그들은 예전 북간도 관리사(北間島 管理使) 서상무와 협력하여 북간도에 한 근거지를 건설할 차로 국내에서 동지를 구하러 온 것이었다. 어머니는 나를 사랑하는 지기들이라 하여 밤을 삶고 닭을 잡아서 정성으로 그들을 대접하셨다. 우리는 밤도 까먹고, 닭고기를 먹으면서 연일 밤이 늦도록 국사를 이야기 하였다.

그들에게 김주경 소식을 물으니, 김주경은 몸

을 숨긴 후로 붓장사를 하여서 수만금을 모았다
가 금천에서 객사하였는데, 그 유산은 주경이 묵
던 주막집 주인이 먹어 버리고 주경의 유족에게
는 한 푼도 아니 주었다고 한다. 김주경이 그
렇게 돈을 모은 것이 필시 어떤 경륜이 있었던
모양이나, 이제는 다시 세상에서 김주경의 포부
와 위략(偉略)을 알 길이 없음을 탄식했다. 주경
의 아우 진경도 전라도에서 객사하여서 그 집이
말이 아니라고 하는 말을 듣고 나는 심히 슬퍼하
였다.

다시 내 혼사문제가 나왔다. 신천(信川) 사평
동(謝平洞) 교회의 여생 최준례와 결혼하라는 권
유가 있었다. 준례의 어머니 김 부인은 경성 태
생으로 젊어서 과부가 되어 두 여식과 함께 예수
교를 믿는다고 한다. 김 부인은 그때 구리 재에
임시로 내었던 제중원(濟衆院:지금의 세브란스
병원)에 고용되어서 두 딸을 길러 맏딸은 의사

신창희에게 시집보내고, 신창희가 신천에서 개업하매 여덟 살 된 준례를 데리고 신천에 와서 사위의 집에 우접(寓接)하여 있었다.

나는 양성칙 영수의 중매로 준례와 약혼하였는데, 이 때문에 교회에 큰 문제가 일어났다. 그것은 다름 아니라, 준례의 어머니가 준례를 강성모라는 사람에게 허혼을 하였는데 준례는 어머니의 말을 아니 듣고 내게 허혼한 것이었다. 당시 18세인 준례는 혼인의 자유를 주장하는 것이었다.

미국 선교사 한위렴 · 군예빈 두 분까지 나서서 준례더러 강성모에게 시집가라고 권하였으나 준례는 단연히 거절하였다. 내게 대하여도 이 혼인을 말라고 권하는 사람이 있었으나, 나는 본인의 자유를 무시하는 부모의 허혼을 반대한다 하여 기어이 준례와 혼인하기로 작정하고, 신창희로 하여금 준례를 사직동 내 집으로 데려오게 하여 굳게 약혼을 한 뒤에 경성 경신학교로 공부를 보냈다.

　나와 준례는 교회에 반항한다는 죄로 책벌을
받았으나, 얼마 후에 군예빈 목사가 우리의 혼례
서를 만들어 주고 두 사람의 책벌을 해제시켜주
어 나는 비로소 혼인한 사람이 되었다.

신교육 사업에 뛰어들다

을사신조약(乙巳新條約)이 체결되어서 대한의
독립권이 깨어지고 일본의 보호국이 되었다. 이
에 사방에서 지사와 산림학자들이 일어나서 경
기 · 충청 · 경상 · 강원 · 황해 등지에서 의병의
혈전이 시작되었다. 허위 · 이강년 · 최익현 · 신
돌석 · 연강우 · 홍범도 · 이범구 · 강기동 · 민긍
호 · 유인석 · 이진룡 · 우동선 등은 오직 하늘을
찌르는 의분이 있을 뿐이요, 군사의 지식이 없기
때문에 도처에서 패전하였다.

이때에 나는 진남포 의법청년회의 총무로서 대
표의 임무를 띠고 경성에 파견되었다. 대회는 상
동 교회에서 열렸는데 표면은 교회 사업을 의논
한다 하나 사실은 순전한 애국운동의 회의였다.

의병을 일으킨 이들이 구사상의 애국운동이라면
우리 예수교인은 신사상의 애국운동이라 할 것이
다.

그때에 상동에 모인 인물은 전덕기·정순만·
이준·이동녕·최재학·계명록·김인즙·옥관
빈·이승길·차병수·신상민·김태연·표영
각·조성환·서상팔·이항직·이희간·기산
도·전병헌·유두환·김기홍, 그리고 나 김구였
다.

우리가 회의한 결과 상소하기로 하고 1, 2회로
4~5명씩 연명으로 상소하여 죽든지 잡혀 갇히든
지 몇 번이고 반복하자는 것이었다.

제1회 상소하는 글을 이준이 짓고 최재학이가
소주가 되고, 그 밖에 네 사람이 더 서명하여 신
민대표로 다섯 명이 연명하였다. 상소를 하러 가
기 전에 정순만의 인도로 우리 일동은 상동 교회
에 모여서 한걸음도 뒤로 물러가지 말고 죽기까

지 일심하자고 맹약하는 기도를 올리고 일제히 대한문(大漢門) 앞으로 몰려갔다. 문 밖에 이르러 상소에 서명한 다섯 사람은 형식적으로 회의를 열고 상소를 한다는 결의를 하였으나, 사실 상소는 별감의 손을 통하여 벌써 상감께 입람된 뒤였다.

그때 갑자기 왜놈 순사대가 달려와서 우리에게 해산을 명하였다. 우리는 내정간섭이라 하여 반항하며, 일변 일본이 우리의 국권을 강탈하여 우리 2천만 신민으로 노예를 삼는 조약을 억지로 맺으니, 우리는 죽기로 싸우자고 격렬한 연설을 하였다. 마침내 왜 순사대는 상소에 이름을 둔 다섯 지사를 경무청으로 잡아가고 말았다.

우리는 다섯 지사가 잡혀가는 것을 보고 종로로 몰려와서 가두연설을 시작하였다. 거기도 왜 순사가 와서 발검(拔劍:칼을 뽑아든 것)으로 군중을 해산하려 하므로 연설하던 청년 하나가 단신으로 달려들어 왜 순사 하나를 발길로 차서 거꾸러뜨렸더니 오 순사들은 총을 쏘았다. 그때 마침 어전도가가 화재를 당한 뒤라 불탄 자리에 쌓인 기왓장을 던져서 왜놈 순사대와 접전을 하였다.

왜놈 순사대는 중과부적하여 중국인 점포에 들어가 숨어서 총을 쏘고 있었다. 우리는 그 점포를 향하여 빗발같이 기왓장을 던졌다. 이때에 왜 보병 한 중대가 달려와서 군중을 해산하고 한인을 붙잡는 대로 포박하여 수십 명을 잡아갔다.

이날 민영환이 자살하였다 하므로 나는 몇 동지와 함께 민영환 집에 가서 조상하고 돌아서 큰길에 나서니, 웬 40세나 되어 보이는 사람 하나가 맨 상투바람으로 피 묻은 흰 무명 저고리를 입고 여러 사람에게 옹위되어서 인력거에 앉아 큰 소리를 내어 울며 끌려가고 있었다. 누구냐고 물어본 즉 참찬 이상설이 자살하려다가 미수한 것이라고 하였다. 그이도 나랏일이 날로 그릇되어 감을 보고 의분을 못이긴 나머지 자살하려 했던 것이다.

당초 상동 회의에서는 몇 번이고 상소를 반복하려 하였으나, 상소하여 체포당한 지사들은 몇십 일씩 구류에 처해지고 말 것 같아 더 이상 그런 일을 계속할 필요성이 사라지고 말았다. 아무리 급박해도 국가 흥망에 대한 절실한 각오가 민중으로부터 나오지 않으면 무슨 일이고 실효를 거둘 수가 없는 법이다. 지식이 부족하고 애국심이 박약한 이 국민으로 하여금 나라가 곧 제 집이라는 것을 깨닫게 하기 전에는 아무 것으로도 나라를 건질 수 없다는 것을 깨달은 것이었다.

그래서 나도 황해도로 내려와서 문화 초리면 종산 서명의숙(西明義塾)에서 교원이 되었다가, 이듬해 김용제 등 지우들의 초청으로 안악(安岳)으로 이사하여 그곳 양산학교(楊山學校)의 교원이 되었다.

종산에서 안악으로 떠나온 것이 기유년(己酉年) 정월 18일이라 갓 난 첫딸이 찬바람을 쏘여서 안악에 오는 길로 죽었다.

안악에는 김용제·김용진 등 종형제와 그들의 자질 김홍량과 최명식 같은 지사들이 있어서 신교육에 열심이었다.

이때에는 안악뿐 아니라 각처에 학교가 많이 일어났으나 신지식을 가진 교원이 부족한 때라, 당시 교육가로 이름이 높은 최광옥을 평양으로부터 초빙하여 안악 양산 학교에 하계 사범 강습회를 여니 사숙 훈장들까지 강습생으로 오고 백발이 성성한 노인도 있었다. 멀리 경기도·충청도에서까지 와서 강습생이 4백여 명에 달하였다.

강사로서는 김홍량·이시복·이상진·한필호·이보경·김낙영·최재원 등이요, 여자 강사로서는 김낙희·방신영 등이 있었고, 강구봉, 박

혜명 같은 승도(僧徒)까지 있었다.

박혜명은 전에 말한 일이 있는 마곡사 시대의 사형(寺兄)으로 연전 서울서 작별한 뒤에는 소식을 몰랐다가 이번 강습회에서 서로 만나니 반갑기 그지없었다. 그는 구월산 패엽사(貝葉寺)의 주지였다. 나는 그들 내 친형으로 대우하기를 청하였다.

혜명에게 들은 즉, 내 은사 보경당·하은당은 석유 한 초롱을 사다가 그 호부(好否)를 시험하노라고 불붙은 막대기를 석유통에 넣었다가 그것이 폭발하여 포봉당까지 세 분이 일시에 죽었고, 그 남긴 재산을 맡기기 위하여 금강산에 내가 있는 곳을 두루 찾았으나 종적을 몰라서 할 수 없이 유산 전부를 사중(寺中)에 붙였다고 하였다.

나는 여기서 김효영 선생의 일을 아니 적을 수 없다. 선생은 김용진의 부친이요, 김홍량의 조부로서, 젊어서 글을 읽더니 집이 가난함을 한탄하여 황해도 소산인 면포를 사서 몸소 등에 지고 평양도 강계·초산 등지로 다니면서 행상했다.

그 무렵 그는 기아가 심할 때면 허리띠를 바싹 졸라매고, 극도로 절약하여 재산을 모았다고 한다. 내가 뵌 때는 기골이 장대하고 용모가 탈속했지만, 허리가 'ㄱ'자 모양으로 굽어 지팡이에 의지하여 뜰과 마당에 출입하는 것이었다.

선생은 일찍부터 신교육의 필요함을 깨닫고 그 장손 홍량을 일본에 유학케 하였다. 한 번은 양산학교가 경영난에 빠졌을 때에, 무명씨로 벼 백석을 기부하였는데 나중에야 그가 자여질(子與姪:아들과 조카, 즉 가까운 손아래 친척들)에게도 알리지 아니 하고 한 것인 줄을 알게 되었다. 나로 말하면 선생의 자질의 연배언만 며칠에 한 번씩 정해놓고 내 집 문전에 와서,

"선생님 편안하시오?"

하고 문안을 하였다. 이것은 자손의 스승을 존

경하는 성의를 보임과 동시에 사마골 오백금격이
라고 나는 탄복하였다.

나는 교육에 종사한 이래로 성묘도 못하고 있
다가 여러 해 만에 해주 본향(本鄕)에 가보니 많
은 변화가 생겼다. 첫째로 감개무량한 것은 나를
안아주고 귀애해 주던 노인들이 많이 세상을 떠
나고, 전에는 어린 아이던 것들이 이제는 커다란
어른이 된 것이었다. 그러나 기가 막히는 것은
그 어른 된 사람들이 아무 지각(知覺)이 나지 아
니하여 나라가 무엇인지 모르는 것이었다.

예전에 양반이라는 사람들도 찾아보았으나 다
들 정신을 차리지 못하고 혼몽한 중에 있어서 자
녀들을 학교에 보내라고 권하며 머리를 깎으니
못한다고 하고 있었다. 내게 대하여서는 전과 같
이 대놓고 하대는 못하고 말하기 어려운 듯이 어
물어물 하였다. 상놈은 여전히 상놈이요, 양반은
새로운 상놈이 될 뿐이요, 한 번 민족을 위하여

몸을 바쳐서 새로운 양반이 되리라는 기개를 볼 수 없으니 한심한 일이었다.

고향에 와서 이렇게 실망되는 일이 많은 중에 가장 나를 기쁘게 한 것은 준영 계부께서 나를 사랑하심이었다. 항상 나를 집안을 망칠 난봉으로 아시다가 내가 장연에서 오 진사의 신임과 존경을 받는 것을 목도하시고부터는 비로소 나를 믿으셨다.

나는 본향 사람들을 모아 놓고 내가 가지고 온 환등(幻燈:영화, 영사기 등을 말한다)을 보이면서,

"양반도 깨어라, 상놈도 깨어라, 삼천리강토와 2천 만 동포에게 충성을 다하여라."

하고 목이 터지도록 외쳤다.

안악에서는 하계 사범 강습소를 마친 뒤에 양산학교를 크게 확장하여 중학부와 소학부를 두고 김홍량이 교장이 되었다.

나는 최광옥 등 교육가들과 함께 해서교육총회
(海西敎育總會)를 조직하고, 내가 그 학무총감
(學務總監)이 되었다. 황해도 내에 학교를 많이
설립하고 그것을 잘 경영하도록 선도하는 것이
내 직무였다. 나는 이 사명을 띠고 도내 각 군을
순회하는 길을 떠났다.

배천 군수 전봉훈의 초청을 받았다. 읍 못미처
오리정에 군내 각 면의 주민들이 나와서 등대(等
待)하다가 내가 당도한 즉 군수가 선창으로,

'김구 선생, 만세!'를 부르니 일동이 화하여
부른다.

나는 전 군수의 입을 막고 망발 말라고 하였
다. 나는 그때까지 만세 두 자는 황제에게만 하
는 전용 축사요, 황태자에게는 천세를 부르는 것
으로만 알았다. 전 군수가 내 손을 내 손을 잡으
며 말했다. 개화시대(開化時代)에는 친구 상호간
에도 만세를 부르는 법이니 안심하라고 하였다.

나는 군수의 사제(私第)에 머물렀다.

전봉훈은 본시 재령 아속으로, 해주에서 총순(總巡)으로 있을 때에 교육에 많이 힘을 썼다. 해주 정내학교(正內學校)를 세운 것도 그요, 각 전방(廛房 : 상점)에 명령하여 사환하는 아이들을 야학에 보내게 하고 만일 안 보내면 주인을 벌하는 일을 한 것도 그여서 해주 부내의 교육의 발달은 전 총순의 힘으로 됨이 컸다.

전봉훈은 최광옥을 연빙하여 사범 강습소를 설립하고 강연회를 각지에 열어 민중에게 애국심을 고취하였다. 최광옥은 배천 읍내에서 강연을 하는 중에 강단에서 피를 토하고 죽었다. 인사들이 그의 공적을 사모하고 뜻과 재주를 아껴서 사리원(沙里院)에 큰 기념비를 세우기로 하고 평양 안태국에게 비석 만드는 일을 맡기기까지 하였으나, 합병조약이 되기 때문에 중지하고 말았다. 최광옥의 유골은 배천읍 남산에 묻혀 있다.

나는 배천을 떠나 재령 양원학교(養元學校)에서 유림을 소집하여 교육의 필요와 계획을 말하고 장연 군수의 청으로 읍내와 각 면을 순회하고, 송화 군수 성낙영의 간청으로 수년 만에 송화 읍을 찾았다.

　이곳은 해서의 의병을 토벌하던 요해지(要害地)이므로 읍내에 왜의 수비대·헌병대·경찰서·우편국 등의 기관이 있어서 관사는 전부 그런 것에 점령이 되고 정작 군수는 사가를 빌어서 사무를 보고 있었다. 나는 분한 마음에 머리카락이 가락가락 일어날 지경이었다.

　환등회를 여니 남녀 청중이 무려 수천 명이니 군수 성낙영, 세무서장 구자록을 위시하여 각 관청의 관리며 왜의 장교와 경관들도 많이 출석하였다. 나는 대황제 폐하의 어진영(御眞影:임금의 사진)을 뫼셔오라하여 강단 정면에 봉안하고 일동 기립 국궁(鞠躬:몸을 굽혀 인사하는 것)을 명하여 왜의 장교들까지 다 그리하게 하였다. 이렇게 하니 벌써 무언중에 장내에는 엄숙한 기운이 돌았다.

나는 '한인이 배일하는 이유가 무엇인가' 하는 연제로 일장의 연설을 하였다.

자리를 돌아보니 성낙영 · 구자록은 얼굴이 흙빛이요, 일반 청중의 얼굴에는 계양의 빛이 완연하고 왜놈들은 노기가 등등하였다.

홀연 경찰이 환등회의 해산을 명하고 나는 경찰서로 불려가서 한인 감독 순사 숙직실에 구류되었다. 각 학교 학생들의 위문대가 뒤를 이어 밤이 새도록 나를 찾아왔다.

이튿날 아침에 하얼빈 전보라 하여 이토 히로부미가 '은치안'이라는 한인의 손에 죽었다는 신문 기사를 보았다. '은치안'이 누구일까 궁금하였더니, 이튿날 신문으로 그것이 안응칠, 즉 안중근인 줄을 알고 십 수 년 전 내가 청계동에서 보던 총 잘 쏘던 소년을 회상하였다.

　나는 내가 구금된 것이 안중근 관계인 것을 알고 오래 놓이지 못할 것을 각오하였다. 한 달이나 지난 후에 나를 불러내어서 몇 마디를 묻고는 해주 지방법원으로 압송했다. 수교(水橋) 장을 지날 때에 감승무의 집에서 낮참을 하는데 시내 학교 직원들이 교육 공로자인 나를 위하여 한 턱의 위로연을 베풀게 하여 달라고 호송하는 왜놈의 순사에게 청하였더니, 내가 해주에 갔다가 돌아오는 길에 하는 것이 좋지 아니하냐 하면서 허락하지 아니하였다. 나는 곧 해주 감옥에 수감되었다. 이튿날 검사정에 불려 안중근과 나와의 관계에 대한 질문을 받았으나 나는 그 부친과 세의(世誼)가 있을 뿐이요, 안중근과는 직접 관계가 없다는 것을 말하였다. 검사는 지나간 수년간의 내 행적을 적은 책을 내어놓고 이것저것 심문하였으나 결국 불기소로 방면이 되었다.

나는 행장을 가지고 감옥에서 나와서 박창진의 책사로 갔다가 유훈영을 만나 그 아버지 유장단의 회갑연에 참례하고, 송화서 나를 호송해 올 때에 왜 순사와 같이 왔던 한인 순사들이 내 일의 하회를 알고 가려고 아직도 해주에 묵고 있다는 말을 듣고 그들 전부를 술집에 청하여서 한턱을 먹이고 지낸 일을 말하여서 돌려보내었다.

　안악 동지들은 내 일을 염려하여 한정교를 위해 해주로 보내어 왔으므로 나는 이승준·김영택·양낙주 등 몇 친구를 방문하고는 곧 안악으로 돌아왔다.

　안악에 와서 나는 양산학교 소학부의 유년반을 담임하면서 재령군 북률면(北栗面) 무상동(武尙洞) 보강학교(保强學校)의 교장을 겸무하였다. 이 하교는 여물평의 한 끝에 있어 가난한 사람들이 힘을 내어 세운 것이었다. 전임 교원으로 전승근이가 있고, 장덕준은 반 교사 반 학생으로 그 아우 덕수를 데리고 학교 안에서 숙식하고 있었다.

내가 보강학교 교장이 된 뒤에 우스운 일화가 있었다. 그것은 학교에 세 번이나 도깨비불이 난 것이다. 학교를 지을 때에 옆에 있는 고목을 찍어서 불을 때었으므로 도깨비가 불을 놓는 것이니, 이것을 막으려면 부군당에 치성을 드려야 한다고 다들 말하였다.

나는 직원을 명하여 밤에 숨어서 지키라 하였더니, 이틀 만에 불을 놓은 도깨비를 등시(登時) 포착하여 보니 동네 서당의 훈장이었다. 그는 학교가 세워져 서당이 없어져 생활방도가 없게 되니, 옳지 못한 수단으로 학교사업을 방해하고자 불을 지른 것이라고 자백했다. 나는 그를 경찰서에 보내지 아니 하고 동네를 떠나라고 명하였다.

이 지방에 큰 부자는 없으나 그다지 빈곤하지는 않은 곳이다. 또 주민들이 다 명민하여서 시대의 변천을 잘 깨달아 운수(雲水)·진초(進礎)·보강(保强)·기독(基督) 등 학교들을 세워 자녀들을 교육하는 한편으로는, 농무회(農務會)를 조직하여 농업의 발달을 도모하는 등 공익사업에 착안함이 실로 보암직하였다.

의사 나석주도 이곳 사람이다. 아직 20세 내외의 청년으로서 남녀 소년 8, 9명을 배에 싣고 왜놈의 철망을 벗어나 중국 방면으로 가서 마음대로 교육할 양으로 떠났으나, 장련 오리포(梧里浦)에서 왜경에게 붙들려서 여러 달 옥고를 치렀다. 출옥 후에는 장사도 하고 농사도 한다 하면서 속으로는 독립사상을 굳게 하고, 교육에 열성을 다해 그 평내 청년들의 우두머리로 신임을 받았다. 나도 종종 여물평을 내왕하면서 그와 만났다.

하루는 안낙에서 노백린을 만났다. 그는 그때에 육군 정령(陸軍 正嶺)의 군직을 버리고 그의 향리인 풍천에서 교육에 종사하고 있었는데 서울로 가는 길에 안악을 지나는 것이었다. 나는 부강학교로 갈 겸 그와 작반하여 나무리 진초동(進礎洞)의 교육가인 김정홍의 집에서 하룻밤을 잤다.

저녁에 진초학교 직원들도 와서 주연을 벌이고 있노라니 동네가 갑자기 요란하여진다. 진초학교장 김정홍이 황급히 달려와 사실을 말했다.

진초학교에 오인성(吳仁星)이라는 여교원이 있는데 무슨 이유인지 모르나 그의 남편 이재명이 와서 단총으로 오인성을 위협하여 오 여사는 학교 일을 못보고 어느 집에 피신하여 있는데, 이재명은 매국적(賣國賊)을 모조리 죽인다고 부르짖으면서 미쳐 날뛰며 방포를 하므로 동네가 이렇게 소란한 것이라고 한다.

나는 노백린과 상의하여 이재명이라는 사람을 불러왔다. 그는 23, 4세의 청년으로서 이마에 가득하게 분기를 띠고 들어섰다.

인사를 청한 즉, 그는 자기는 어려서 미국에
건너가서 거기서 공부를 하던 중에 우리 나라가
왜놈에게 빼앗긴다는 마을 듣고 두어 달 전에 환
국하였다는 말과, 제 목적은 이완용 이하의 매국
적을 죽임에 있다 하여 단도와 권총을 내어 보이
고, 또 자기는 평양에서 오인성과 결혼하였는데,
그가 남편이 가진 충의의 뜻을 몰라본다는 말을
기탄없이 하였다.

그러나 우리는 이 사람이 장차 경성 이현에서
이완용을 단도로 찌를 의사 이재명이 될 사람이
라고는 생각지 못하고, 한 허열에 뜬 청년으로만
보았다.

그래서 그의 손을 잡고, 큰일을 하려는 사람이
큰일을 할 무기를 가지고 아내를 위협하고 동네
를 소란케 하는 것은 아직 수양이 부족한 것이라
고 말하고, 그 단총을 자기에게 맡겨두고 마음을

더 수양하고 동지도 더 얻어 가지고 일을 단행하라고 권하였더니 이재명은 총과 칼을 노백린에게 주기는 주면서도 선선하게 주는 빛은 없었다.

노백린이 사리원 역에서 차를 타고 막 떠나려 할 때에 문득 이재명이 그곳에 나타나서 노에게 그 맡긴 물건을 도로 달라고 하였으나, 노는 '서울 와서 찾으시오' 하고 떠나 버렸다.

그 후 한 달이 못되어 이 의사는 동지 몇 사람과 서울에 들어가 군밤 장수로 변장하고 천주교당에 다녀오는 이완용을 찌른 것이었다. 이완용이 탔던 인력거꾼은 즉사하고 이완용의 목숨은 살아나서 나라를 파는 마지막 도장을 찍을 날을 주었으니 이것은 노백린이나 내가 공연한 간섭 때문에 성공하지 못한 것이다. 나는 뉘우치며 한탄해 마지않았다.

나라의 명맥이 경각에 달렸으되, 국민 중에는 망국이 무엇인지 모르는 이가 많았다. 이에 일변 깨달은 지사들이 한데 뭉치고 또 일변 못 깨달은 동포를 계발하여서 다 기울어진 국운을 만회하려는 큰 비밀 운동이 일어났으니, 그것이 신민회(新民會)였다.

안창호는 미국으로부터 돌아와서 평양에 대성학교(大成學校)를 세우고 청년 교육을 표면의 사업으로 하면서, 이면으로는 양기탁·안태국·이승훈·전덕기·이동녕·주진수·이갑·이종호·최광옥·김홍량 등과 기타 몇 사람을 중심으로 하고 4백여 명 정수분자로 신민회를 조직하여 훈련·지도했다. 그러다가 안창호는 용산 헌병대에 수감된 일도 있었다.

합병이 된 뒤에는 소위 주의인물을 일망타진할 것을 미리 알았음인지, 안창호는 장연군 송천(松川)에서 비밀히 위해위(威海衛)로 가고 이종호·이갑·유동열 동지도 뒤를 이어서 압록강을 건넜다.

경성에서 양기탁의 주최로 비밀회의를 할 터이
니 출석하라는 통지가 왔기에 나도 출석하였다.
그때 양기탁의 집에 모인 사람은 주인 양기탁과
이동녕 · 안태국 · 주진수 · 이승훈 · 김도희와 나
김구였다. 이 회의의 결과는 이러하였다.

왜놈들이 서울에 총독부를 두었으니 우리도 서
울에 도독부를 두고 각 도에 총감(摠監)이라는
대표를 두어서 국맥(國脈)을 이어서 나라를 다스
리게 하고, 만주에 이민 계획을 세우고 또 무관
학교를 창설하여 광복전쟁에 쓸 장교를 양성하기
로 하고, 각 도 대표를 선정하니 황해도에 김구,
평안남도에 안태국, 평안북도에 이승훈, 강원도
에 주진수, 경기도에 양기탁이었다. 이 대표들은
급히 맡은 지방으로 돌아가서 황해도 · 평안남
도 · 평안북도는 각 15만 원, 강원도는 10만 원,
경기도는 20만 원을 15일 이내로 모금하기로 결
정하였다.

나는 경술(庚戌)년 11월 20일, 아침 차로 서울을 떠났다. 양기탁의 친아우 인탁이 재평재판소 서기로 부임하는 길로 그 부인과 같이 동차하였으나 기탁은 내게 인탁에게도 통정은 말라고 일렀다. 부자와 형제간에도 필요 없이는 비밀을 누설하지 아니 하는 것이었다.

사리원서 인탁과 작별하고 안악으로 돌아와 김홍량에게 이번 비밀회의에서 결정된 것을 말하였더니 김홍량은 그대로 실행하기 위하여 자기의 가산을 팔기로 내어 놓았다. 그리고 신천 유문형 등 이곳 고을 동지들께도 비밀히 이 뜻을 통하였다. 장연 이명서는 우선 그 어머니와 아우 명선을 서간도로 보내어 추후하여 들어오는 동지들을 위하여 준비하기로 하여 일행이 안악에 도착하였기로, 내가 그에게 북행(北行)을 권해 출발시켰다.

어느 날 밤중에 안명근이가 양산학교 사무실로

나를 찾아왔다. 그는 내가 서울 가 있는 동안에
도 누차 찾아왔었던 것이다. 그가 나를 찾은 목
적은, 독립운동자금으로 돈을 내마 하고 자기에
게 허락하고도 안 내는 부자들을 경계하기 위하
여 우선 안악 부자들을 육혈포로 위협하여 본을
보일 터이니 날더러 지도해 달라는 것이었다.

　이것은 지금 우리가 진행하고 있는 사업과는
상관이 없고 안명근이 독자로 하는 일이었으므로
나는 그에게 돈을 가지고 할 일이 무엇인가를 물
었다. 그의 계획에 의하면 동지를 많이 모아서
황해도 내의 전신과 전화를 끊어 각지에 있는 왜
적이 서로 연락하는 길을 막아 놓고, 각기 그 군
에서 도살하라는 명령을 발포하면 반드시 성사가
될 것이니 설사 타 지방에서 왜병이 대부대로 온
다 하더라도 닷새는 걸릴 것인 즉 그동안만은 우
리의 자유로운 세상이고 실컷 원수를 갚을 수 있
다는 것이었다.

나는 명근의 손을 잡고 이 계획은 버리라고 만류하였다. 여순에서 그 종형 종근이 당한 일을 생각하면 다른 사람과 달리 격분도 할 일이지만 국가의 독립은 그런 식으로 되는 것이 아닌 즉 널리 동지를 모으고 동포를 가르쳐서 실력을 기른 뒤에 크게 싸울 준비를 하여야 한다는 뜻을 말하고, 서간도에 이민을 할 것과 의기 있는 청년을 많이 그리로 인도하여 인재를 양성함이 급무라는 뜻을 설명하였다. 내 말을 듣고 그도 그렇다고 수긍은 하나 자기의 생각과 같지 아니한 것이 불만이었는지 서로 작별하였다.

그런 일이 있은 후 며칠이 아니하여서 안명근은 체포되어 경성으로 압송되고, 신천 · 재령 등지에서 연루자들이 잇달아 체포되었다는 소식이 신문 지상에 발표되었다.

해가 바뀌어 신해년 정월 초닷샛날 새벽, 내가 아직 기침도 하기 전에 왜 헌병 하나가 내 숙소

인 양산학교 사무실에 와서 헌병소장이 잠깐 만
나자한다 하고 나를 헌병 분견소로 데리고 간다.
가보니 벌써 김홍량 · 도인권 · 이상진 · 박도병 ·
한필호 · 장명선 등 양산학교 직원들을 차례로 불
러다놓았다.

헌병소장은 경무총감부(警務總監府)의 명령이
라며 곧 우리를 구류하였다가 2, 3일 후에 재령으
로 옮기고, 황해 일대의 평소 애국자로 지목된
인사들을 거의 모두 체포해 들였다.

재령에서 또 우리를 끌어내어 사리원으로 가더
니 거기서 서울 가는 차를 태웠다. 같은 차로 잡
혀가는 사람들 중에는 송회 반정(泮亭) 신서충
진사도 있었으나 그는 재령강 철교를 건널 적에
차창으로 몸을 던져서 자살하고 말았다. 신 진사
는 해서의 유명한 학자요, 또 자선가였고 그 아
우 석제도 진사였다.

또 차 중에서 이승훈을 만났다. 그는 잡혀가는

것은 아니었으나 우리가 포박되어 가는 것을 보고 차창 밖으로 고개를 돌리고 눈물을 흘리는 것이 보였다. 차가 용산역에 도착하자 형사 하나가 뛰어 올라와서 이승훈을 보고,

"당신 이승훈 씨 아니오?"

하고 물었다. 그렇다 한 즉 그 형사 놈이,

"경무총감부에서 영감을 부르니 좀 가십시다."

하고 차에서 내리자마자 우리와 같이 결박을 지어서 끌고 간다. 이것은 왜놈들이 한국을 강제로 빼앗은 뒤에 그것을 아주 제 것을 만들어볼 양으로 우리 나라의 애국자인 지식 계급과 부호를 모조리 없애 버리려는 계획의 제일회였다. 그러기 위해서는 감옥과 이왕 있는 유치장만으로는 부족하여 창고 같은 건물을 벌의 집 모양으로 간을 막아서 임시 유치장을 많이 준비하여 놓고 우리들을 잡아 올린 것이었다.

이번 통에 잡혀온 사람은 황해도에서는 안명근

을 비롯하여, 신천에서 이원식·박만준·신백서·이학구·유원봉·유문형·이승조·박제윤·배경진·최중호, 재령에서 정달하·민영룡·신효범, 안악에서 김홍량·김용제·양성진·김구·박도병·이상진·장명선·한필호·박형병·고봉수·한정교·최익형·고정화·도인권 등이요, 장련에서 장의택·장원용·최상륜, 은율에서 김용원, 송화에서 오덕겸·장홍범·권태선·이종록·감익룡, 장연에서 김재형, 해주에서 이승준·이재림·김영택, 봉산에서 이승길·이효건, 그리고 배천에서 김병옥, 연안에서 편강렬 등이었고, 평안남도에서는 안태국·옥관빈, 평안북도에서는 이승훈·유동열·김용규의 형제가 붙들리고, 경성에서는 양기탁·김도희, 강원도에서 주진수, 함경도에서 이동휘가 잡혀와서 다들 유치되어 있었다. 나는 이동휘와는 상면이 없었으나 유치장에서 명패를 보고 그가 잡혀온 줄을 알았다.

　나는 생각하였다. 평시에 나라를 위하여 십분 정성과 힘을 쓰지 못한 죄로 이 벌을 받는 것이라고, 이제 와서 내게 남은 일은 고후조 선생의 훈계대로 사육신과 삼학사를 본받아 죽어도 굴치 않는 것뿐이라고 결심하였다.

　심문실에 끌려 나가는 날이 왔다. 심문하는 왜놈이 나의 주소·성명 등을 묻고 나서,

　"네가 어찌하여 여기 왔는지 아느냐?"

　하기로 나는,

　"잡아오니 끌려왔을 뿐이요, 이유는 모른다."

　하였더니, 다시는 묻지도 아니 하고 내 수족을 결박하여 천장에 매달았다. 처음에 고통을 깨달았으나 차차 정신을 잃었다가 다시 정신이 들어 보니 나는 고요한 겨울 달빛을 받고 심문실 한 구석에 누워있는데 얼굴과 몸에 냉수를 끼얹는 감각뿐이요, 그동안 무슨 일이 있었는지는 기억

이 없었다.

내가 정신을 차리는 것을 보고 왜놈은 비로소
나와 안명근과의 관계를 묻기로, 나는 안명근과
서로 아는 사이나 같이 일한 것은 없다고 하였더
니, 그놈은 와락 성을 내어서 다시 나를 묶어 천
장에 달고 세 놈이 둘러서서 막대기로, 단장으로
수없이 내 몸을 후려갈겨서 나는 또 정신을 잃었
다. 세 놈이 나를 끌어다가 유치장에 누일 때에
는 벌써 훤하게 밝은 때였다. 어제 해질 때에 시
작한 내 심문이 오늘 해 뜰 때까지 계속된 것이
었다.

처음에 내 성명을 묻던 놈이 밤이 새도록 쉬지
않는 것을 보고, 나는 그놈들이 어떻게 제 나라
의 일에 충성된 것인가를 알았다. 저놈은 이미
먹은 나라를 삭히려고 밤을 새거늘 나는 제 나라
를 찾으려는 일로 몇 번이나 밤을 새웠던고 하고
스스로 돌아보니 부끄러움을 금할 수가 없고, 몸

이 바늘방석에 누운 것과 같아서 스스로 애국자인 줄 알고 있던 나도 사실 망국민의 근성을 가진 것이 아닌가하니 눈에 눈물이 넘쳤다.

이렇게 악형을 받은 것은 나뿐이 아니었다. 옆방에 있는 김홍량·한필호·안태국·안명근 등도 심문을 받으며 끌려 나갈 때에는 기운 있게 제 발로 걸어 나가나 왜놈의 혹독한 단련을 받고 유치장으로 돌아올 때에는 언제나 반죽음이 되어 있었다. 나는 그것을 볼 때마다 치미는 분함을 누를 길이 없었다.

한 번은 안명근이 소리소리 지르면서,

"이놈들아, 죽일 때에 죽이더라도 애국의사의 대접을 이렇게 한단 말이냐?"

하고 호령하는 사이사이에,

"나는 내 말만 하였고, 김구·김홍량들은 관계가 없다고 하였소."

하는 말을 끼워서 우리의 귀에 넣었다.

우리들은 감방에서 서로 통화하는 방법을 발명하여서 우리의 사건을 보안법 위반과 모살급 강도의 둘로 나누어서 아무쪼록 동지의 희생을 적게 하기로 의논하였다. 양기탁의 방에서 안태국의 방과 내가 있는 방으로, 내게서 이재림이 있는 방으로 이 모양으로 좌우 줄 20여 방, 40여 방이 비밀히 말을 전하는 것이었다.

왜놈들은 사건의 범위가 점점 축소되는 것을 보고 의심이 났던 모양이어서 우리 중에서 한 순직을 살살 꾀어 우리가 밀어하는 내용을 밀고하게 하였다. 어느 날 양기탁이가 밥 받는 구멍에 손바닥을 대고 우리의 비밀한 통화를 한 순직이가 밀고하니 금후로는 통방을 폐하자는 뜻을 손가락 필답으로 전하였다. 과연 센 바람을 겪고야 단단한 풀을 알 것이었다.

안명근이 한 순직을 내게 소개할 때에 그는 용감한 청년이라고 칭양하더니 이 꼴이었다. 어찌

한 순직뿐이랴, 최명식도 악형을 못 이겨서 없는 소리를 자백하였으나 나중에 후회하여 '긍허(兢虛)하고 호를 지어서 평생을 자책하였다.

그때의 형편으로 보면 내 혀끝이 한 번 움직이는 데 몇 사람의 생명이 달렸으므로 나는 단단히 결심을 하였다.

하루는 또 불려 나가서 내 평생지기가 누구냐 하기로 나는 서슴지 않고,

"오인형이 내 평생의 지기다."

하고 대답하였더니 종시 다른 사람의 이름을 부르는 일이 없던 내 입에서 평생의 지기의 이름을 말하는 것을 극히 반가워하는 낯빛으로 그 사람은 어디서 무엇을 하는가 하고 정신을 바짝 차리고 내 대답을 기다리고 있었다. 나는 천연하게,

"오인형은 장련에 살더니 연전에 죽었다."

하였더니 그놈들이 대로하여 또 내가 정신을 잃도록 악형을 가하였다.

한번은 학생 중에는 누가 가장 너를 사모하더
냐 하는 질문에 나는, 얼떨결에 내 집에 와서 공
부하고 있던 최중호의 이름을 말하고서는 그만
내 혀를 끊고 싶었다. 젊은 것이 또 잡혀와서 경
을 치겠다고 아픈 가슴으로 창밖을 바라보니 언
제 잡혀왔는지 반쯤 죽은 최중호가 왜놈에게 끌
려 지나가는 것이 보였다.

진고개 끝 남산 기슭에 있는 소위 경무총감부
에서는 밤이나 낮이나 도수장에서 소나 돼지를
때려잡는 소리가 끊임없이 들렸다. 이것은 우리
애국자들이 왜놈에게 악형을 당하는 소리였다.

하루는 한필호 의사가 심문을 당하고 돌아오는
길에 겨우 머리를 들어 밥 구멍으로 나를 들여다
보면서,

"모두 부인했더니 지독한 악형을 받아서 나는
죽습니다."

하고 작별하는 모양을 보이기로 나는,

"그렇게 낙심 말고 물이나 좀 자시오."

하고 위로하였더니 한 의사는,

"인제는 물도 먹을 필요가 없습니다."

하고는 다시 어디로 끌려가 소식을 몰랐는데 공판 때에야 비로소 한필호 선생이 순국한 것과 신석충 의사가 사리원으로 끌려오는 도중에 재령 강에서 몸을 던져 자살한 것을 알았다.

하루는 나는 최고 신문실이라는 데로 끌려갔다. 누가 뜻했으랴. 17년 전 내가 인천경무청에서 신문을 당할 때에 방청석에 앉았다가 내가 호령하는 바람에 '칙쇼!' 하고 뒷방으로 피신하던 와타나베 순사 놈이 나를 신문하려고 앉았을 줄이야. 그놈은 전과 같이 검은 수염을 길러 늘이고 면상에 약간 노쇠한 빛이 보였으나 이제는 경부 총감부의 기밀과장(機密課長)으로 경시의 제복을 입고 위의가 엄숙하였다.

와타나베 놈이 나를 보고 하는 첫 말이, 제 가

슴에는 X광선이 있어서, 내 평생의 역사와 가슴 속에 품은 비밀은 소상히 다 알고 있으니 일호도 숨김이 없이 다 자백을 하면 그만이려니와 만일에 숨긴다면 이 자리에서 나를 때려죽인다는 것이었다.

그러나 와타나베의 X광선은 내가 17년 전 인천 감옥의 김창수인 줄은 모르는 모양이었다. 연전 해주 감사국에서 검사고 보고 있던 '김구'라는 책에도 내가 치하포에서 토전양량을 죽인 것이나 인천감옥에서 사형 정지를 받고 탈옥 도주한 것은 적혀있지 아니하였던 것과 같이 이번 사건의 내게 관한 기록에도 그것은 없었던 모양이다.

그리고 보면 내 일을 일러바치는 한인 형사와 정탐들도 그 일만은 빼고 내 보고를 하는 모양이니 그들이 비록 왜놈의 수족이 되어서 창귀 노릇을 한다 하더라도 역시 마음의 한 구석에는 한인 혼이 남아 있는 것이라고 나는 생각하였다.

와타나베가 나의 경력을 묻는 데 대하여서 나는, 어려서는 농사를 하다가 근년에 종교와 교육 사업을 하고 있거니와 모든 일을 내어놓고 하고 숨어서 하는 것이 없으며, 현재에는 안악학교의 교장으로 있노라고 대답하였더니 와타나베는 와락 성을 내며 내가 종교와 교육에 종사하는 것은 껍데기요, 속으로는 여러 가지 큰 음모를 하고 있는 것을 제가 소상히 다 알고 있노라 하면서, 내가 안명근과 공모하여 총독을 암살할 음모를 하고, 서간도에 무관학교를 설치하여 독립운동을 준비하려고 부자의 돈을 강탈할 사실을 숨긴들 되겠냐고 나를 엄포 하였다.

이에 대하여 나는 안명근과 전연 관계가 없고 서간도에 이민하란 것은 사실이나 이것은 빈한한 농민에게 생활의 근거를 주자는 것뿐이라고 답변한 뒤에, 나는 화두를 돌려서 지방 경찰의 도량이 좁고 의심만 많아서 걸핏하면 배일(排日)로

사람을 보니 이러고는 백성이 아무 일도 할 수
없어서 모든 사업에 방해가 많으니 이후로는 지
방의 경찰에 주의하여 우리 같은 사람들이 교육
이나 잘하고 있도록 하여 달라, 학교 개학기도
벌써 넘었으니 속히 가서 학교 일을 보게 하여
달라 하였다. 와타나베 놈은 악형은 아니 하고
나를 유치장으로 돌려보내었다.

이제 보니 와타나베 놈은 내가 김창수인 것을
전연 모르는 것이 확실하고, 그렇다 하면 내 과
거를 소상히 잘 아는 형사들이 그 말을 아니한
것도 분명하므로 나는 기뻤다.

나라는 망하였으나 민족은 망하지 아니하였다.
왜놈 경찰에서 형사 질을 하는 한인의 마음에도
애국심이 남아 있으나 우리 민족은 결코 망하지
아니하리라고 믿고 기뻐하는 동시에 형사들까지
도 내게 이 같은 동정을 주었으니 나로서는 최후
의 일각까지 동지를 위하여 싸우고 원수의 요구

에 응치 아니하리라 하였다.

그리고 김홍량은 나보다 활동할 능력도 많고 인물의 품격도 높으니, 나를 희생하여서라도 그를 살리리라 하고 심문 시에도 내게 불리하면서도 그에게 유리하게 답변하였고, 또 '거북은 진흙 속에 있으며 기러기는 바다 위를 나른다(龜沒泥中 鴻飛海外)'라고 중얼거렸다.

전후 일곱 번 신문에 도변의 것을 제하고 여섯 번은 번번이 악형을 당하여서 정신을 잃었다. 그러나 악형을 받고 유치장으로 끌려 돌아올 때마다 나는

"나의 목숨은 너희가 빼앗아도 나의 정신은 너희가 빼앗지 못하리라."

하고 소리 높이 외쳐서 동지들의 마음이 풀어지지 않도록 하였다. 내가 그렇게 떠들면 왜놈은,

"나쁜 말이 해소데 다타꾸(때리다는 뜻)."

라고 위협하였으나 동지들의 마음은 내 말에
격려되었으리라고 믿는다.

내게 대한 제8회 신문은 과장과 각 주임경시 7,
8명이 열석하고 물었다.

"네 동료가 거의 자백을 하였는데, 네놈 한 놈
이 자백을 아니하니 참 어리석고 완고한 놈이다.
네가 아무리 입을 다물고 아니하기로서니 다른
놈들의 실토에서 나온 네놈의 죄가 숨겨지겠느
냐. 너 생각해 보아라. 새로 토지를 매수한 지주
가 밭에 거추장거리는 돌멩이를 추려내지 아니
하고 그냥 둘 것이냐. 그러니 똑바로 말을 하면
그만이려니와 계속고집하면 이 자리에서 네놈을
때려죽일 터이니 그리 알아라."

한다. 이 말에 나는,

"내가 너희가 새로 산 밭의 돌이라면 그것은
맞았다. 너희가 나를 돌로 알고 파내려는 수고보
다 파내어지는 내 고통이 더 심하니 내 자재(自

栽:자결)함을 보라!"

하고 머리로 기둥을 받고 정신을 잃고 말았다.

여러 놈들이 인공호흡을 한다. 냉수를 면상에 뿜는다 하여 내가 다시 정신이 들었을 때에 여러 놈 중에서 한 놈이 능청스럽게 청원하기를,

"김구는 조선인 중에 존경을 받는 인물이니 이같이 대우하는 것이 마땅치 아니하니, 본직에서 맡기시기를 바라오."

하고 청을 하니 여러 놈들이 즉시 승낙한다.

승낙을 받은 그 놈이 나를 제 방으로 데리고 가더니 담배도 주고 말도 좋은 말을 쓰고 대우가 융숭하다. 그놈의 말이 자기는 황해도에 출장하여 내게 관한 조사를 하여 가지고 왔는데, 그 결과로 보면 나는 교육에 열심하여 월급을 받거나 못 받거나 여일하게 교무에 열심하고 일반 인민의 여론을 듣더라도 나는 정직한 사람인데 경무총감부에서도 내 신분을 잘 모르고 악형을 많이

한 모양이니 대단히 유감 된다 하고, 또 말하기를 심문하는 데는 이렇게 할 사람과 저렇게 할 사람이 따로 있는데 나 같은 인물에 대하여서 그렇게 한 것은 크게 실례라고 하주 뻔뻔스럽게 듣기 좋은 소리를 한다.

왜놈들이 우리 애국자들의 자백을 짜내기 위하여 하는 수단은 대개 세 가지로 구별할 수 있으니, 첫째는 악형이요, 둘째는 배고프게 하는 것이요, 그리고 셋째는 우대하는 것이다. 악형에는 회초리와 막대기로 전신을 두들긴 뒤에 다 죽게 된 사람을 등상 위에 올려 세우고 붉은 오랏줄로 뒷짐결박을 지워서 천장에 있는 쇠갈고리에 달아 올리고는 발 등상을 빼어버리면 사람이 공중에 매달려 질식된다. 이 모양으로 얼마 동안을 지나면 사람은 고통을 못 이기어 정신을 잃어버린다. 그런 뒤에 사람을 끌러 내려놓고 얼굴과 몸에 냉수를 끼얹으면 , 다시 소생하여 정신이 든다. 나

는 난장을 맞을 때에 내복 위로 맞으면 덜 아프
다 하고 내복을 벗어버리고 맞았다. 그 다음의
악형은 화로에 쇠꼬챙이를 달구어 놓고 그것으로
벌거벗은 사람의 몸을 막 지지는 것과 세 손가락
사이에 손가락만 한 모난 막대기를 끼우고 그 막
대기 두 끝을 노끈으로 꼭 졸라매는 것, 사람을
거꾸로 달고 코에 물을 붓는 것 등이다.

　그러나 이보다 더 견디기 어려운 것은 굶기는
것이다. 밥을 부쩍 줄여 겨우 죽지 아니하리만큼
먹이는 것인데 이리하여 배가 고플 대로 고픈 때
에 차입 밥을 받아서 먹은 고깃국과 김치 냄새를
맡을 때에는 미칠 듯이 먹고 싶다.

　왜놈들은 원하는 자백을 아니하면 차입은 허하
지 아니하였다. 참말이나 거짓말이나 저희들의
비위에 맞는 소리로 답변을 해야만 차입을 허하
는 것이다. 그래서 나는 종내 차입을 못 받았다.
조석 때면 아내가 내게 들리라고 큰 소리로,

"김구 밥 가져왔어요."

하고 소리치는 것이 들리나 그때마다 왜놈이 ,

"깅 가메(거북이) 나쁜 말 했소데. 사시이레(차입) 일이 오브소다."

하고 물리치는 소리가 들렸다.

아내가 나이 젊으니 몸을 팔아서라도 맛있는 음식을 늘 들여 주었으면 좋겠다는 생각까지도 난다.

박영효의 부친이 옥중에서 섬거적을 뜯어먹다가 죽었다는 말이며, 옛날 소무(蘇武)가 전모(氈毛)를 씹어 먹으며 19년 동안 한나라에 대한 절개를 지켰다는 글을 생각할 때에 나는 사람의 마음은 배고파서 잃고 짐승의 성품만이 남은 것이 아닌가 하고 자책하였다. 그러나 배고픈 것보다도 견디기 어려운 것이 있으니 그것은 우대였다.

경무총감 명석(明石元二郎)은 나를 불러들여 극진히 우대하며 회유하였다. 내가 신부민으로

일본에 대한 충성만 표시하면 즉각으로 자기가
총독에게 보고하여 옥고를 면하게 할 터이요, 또
일본이 조선을 통치함에 있어서 순전히 일본인만
을 쓰는 것이 아니라 덕망이 높은 조선 인사를
얻어서 정치를 하게 하려 하니 그대와 같이 충후
한 장자로서 대세의 추이를 모를 바 아닌즉, 순
용 함이 어떠냐. 그러고서 안명근 사건에 대한
것은 사실대로 자백을 하라는 것이었다.

　나는 명석에게 대하여,

　"당신이 나의 충후함을 인정하거든, 내가 처음
부터 공술한 것도 믿으시오."

　하였다. 그러자 놈은 점잖은 체모를 지키려고
애썼지만 언짢은 기색을 보이면서 나를 돌려보내
는 것이었다.

　이런 일이 있은 뒤에 오늘 내가 불려 나와서
처음에는 당장에 때려죽인다고 하다가 이놈의 방
으로 끌려 들어온 것이었다.

이놈은 구니토모(國友)라는 경시다. 그는 제가 대만에 있을 때에 어떤 대만인 피의자 하나를 담임하여 심문하였는데 그 사람이 나와 같이 고집하다가 검사국에 가서야 일체를 자백했다고 편지한 것을 내게 보여주었다. 나도 검사국에 넘어갈 터이니, 거기 가서 실고하는 것이 더욱 검사의 동정을 받을 수 있다 하고, 전화로 국수·장국에 고기를 넣어서 가져오라고 명하여 그것을 내 앞에 놓고 먹기를 청한다. 나는 나를 무죄로 안다면 이 음식을 먹으려니와 나를 유죄로 안다면 나는 입에 대지 않는다고 하고 버티었다.

그러자 구니토모는,

"김구 씨는 한문병자(漢文病者)야. 김구 씨는 내게 동정을 아니하지만 나는 자연히 김구 씨께 동정이 간단말요. 그래서 변변치 못하나마 드리는 대접이니 식전에 어서 자시오."

이러면서 권했지만 나는 한사코 사양했다. 구

니토모는 웃으면서 한자로, '군의치독부(君疑置毒否:그대는 음식에 독을 넣었다고 의심하는가?)' 하는 다섯 자를 써 보이고, 이제는 신문도 종결되었고, 오늘부터는 사식 차입도 허한다고 하였다. 나는 독을 넣었다고 의심하는 것이 아니라 하고, 그 장국을 받아먹고 내 방으로 돌아왔다. 그날 저녁부터 사식이 들어왔다

나와 같은 방에 이종록이라는 청년이 있는데 그를 따라온 친척이 없어서 사식을 들여 줄 이가 없었다. 내가 밥을 그와 한방에서만 먹으면 그를 나누어 줄 수도 있겠지만 사식은 딴 방에 불러내어서 먹이기 때문에 그리할 수가 없어서 나는 밥과 반찬을 한 입 잔뜩 물고 방에 돌아와서 제비가 새끼 먹이듯 입에서 입으로 옮겨 먹였다.

17년 형을 언도받다

이튿날 나는 종로 구치감(鐘路 拘置監)으로 넘어갔다. 방은 독방 이였지만 모든 것이 총감부보다 편하고 거기서 주는 감식(監食)도 전에 비해 훨씬 많았다.

내 사건은 사실대로만 처단한다 하면 보안법 위반으로 징역 1년밖에 안되었지만 나를 억지로 안명근의 강도 사건에 끌어다 붙이려 하였다.

내가 서울 양기탁의 집에서 서간도에 이민을 하고 무관학교를 세울 목적으로 이동녕을 파견할 회의를 한 날짜가 바로 안악에서 안명근·김홍량 등이 부호를 협박할 의논을 하였다 하는 그 날짜 이므로 나는 도저히 안악에서 한 회의에 참예할 수 없는 것이 분명하다.

그러하건만 안악 양산학교 교직의 아들 이원형
이라 하는 14세 되는 어린아이를 협박하여 내가
그 자리에 참예하는 것을 보았노라고 거짓 증언
을 시켜서 나를 안명근의 강도 사건에 옭아 넣었
다. 애매하기로 말하면 김홍량이나 도인권이나
김용제나 다 애매하지만 그래도 이들은 그날 안
악에는 있었으니 회의에 참예했다고 억지로 우겨
댈 수도 있겠으나 5백 리 밖에서 다른 회의에 참
예하였다고 저의 기록에 써 놓은 내가 같은 날에
안악의 회의에도 참예한다는 것은 요술이라고 아
니할 수 없다.

나는 유일한 증인인 이원형 소년이 내 옆방에
서 심문 받는 소리를 분명히 들었다.

"너는 안명근과 김구가 그 자리에 있는 것을
보았지?"

하는 심문에 대하여 이 소년은,

"나는 안명근이라는 사람은 얼굴도 모르고, 김

구는 그 자리에 없었소."

하고 사실대로 대답하였다. 옆에서 어떤 조선
순사가,

"이 미련한 놈아, 안명근과 김구가 그 자리에
있었다고만 하면 너의 아버지를 따라 집에 가게
해줄 터이니 시키는 대로 대답을 해."

하는 말에 원형은 다시 대답했다.

"그러면 그렇게 할 터이니 때리지 마세요."

검사정에서 이원형을 증인으로 불러들여 안명
근이 김구와 같이 앉은 것을 보았느냐고 물었다.
이 소년이,

"예"

하는 대답이 있자마자 다른 말이 더 나오는 것
을 꺼리는 듯이 곧 문 밖으로 몰아내었다. 나는 5
백 리를 새에 둔 두 회의에 한 날에 참예하는 김
구를 만드느라고 매우 수고롭겠다고 검사에게 말
하였더니 검사는 그 말에는 대답도 아니 하고,

"종결!"

하고 이른바 예심종결을 선언하였다.

내가 경무총감부에 갇혀 있을 그때 의병장 강기동도 잡혀와 있었다. 그는 애초에 의병으로 다니다가 귀순하여서 헌병 보조원이 되었다. 한 번은 사형을 당할 의병 10여 명이 갇혀 감방을 수직하게 되었을 때에 그는 감방 문을 열어 의병들을 다 내어놓고 무기고를 깨뜨리고 무기를 꺼내어 일제히 무장을 하고 그도 같이 달아나서 경기·충청·강원도 등지로 왜병과 싸우고 돌아다니다가 안기동이라고 변명하고 원산에 들어가 무슨 계획을 하다가 붙들려 온 것이었다. 그는 육군법원에서 사형선고를 받고 총살되었다.

하루는 안악 군수 이 모라는 자가 감옥으로 나를 찾아와서 양산학교 집과 기구를 보통 학교에 내어놓는다는 도장을 찍으라고 하였다. 나는 집은 나랏집이니까 내어놓지만 기구는 사삿것이니

사립학교인 양산학교에 기부한다고 하였으나, 그
것도 공립으로 가져가고 말았다. 양산학교는 우
리들 불온분자들의 학교라 강제로 폐지해 버린
것이었다.

내가 사랑하는 아이들은 목자를 잃은 양과 같
이 다 흩어져 버렸을 것이다 특별히 손두환과 우
기범 두 학생이 생각났다. 재주로나 뜻으로나 특
출하였고 어리면서도 망국한을 느낄 줄 아는 이
들이었다.

어떻게든 이 자리를 모면하여 해외에서 활동하
게 하고 싶던 김홍량도 자기가 안명근의 부탁으
로 신천 이원식에게 권고하였다는 것을 자백하였
으니 도저히 빠지기 어려울 것이다. 심혈을 다
바치던 교육 사업도 수포로 돌아가고 믿고 사랑
하던 동지도 이제는 살아나갈 길이 망연하니 분
하기 그지없었다.

어머니는 안악에 있던 가산과 집물(什物)을 다

팔아 가지고 내 옥바라지를 하시려고 서울로 올
라오셨다. 내 처와 딸 화경이는 평산 처형네 집
에 들렀다가 공판 날에 대어서 온다고 하셨다.

어머님이 손수 담으신 밥그릇을 열어 밥을 떠
먹으며 생각하니 이 밥에 어머님의 눈물이 점점
이 떨어졌을 것이었다. 18년 전 해주에서의 옥바
라지와 인천 옥바라지를 하실 때에는 내외분이
고생을 나누기나 하셨건만 이제는 어머님 홀로시
다. 어머님께 도움이 되기는커녕 위로를 드릴 능
력이 있는 자가 그 누군가.

이렁저렁 공판 날이 되었다. 죄수를 태우는 마
차를 타고 경성 지방 재판소 문전에 다다르니 어
머님이 화경이를 업으시고 아내를 데리고 거기
서 계셨다.

우리는 2호 법정이라는 데로 끌려 들어갔다.
법정 피고석 걸상에 앉은 차례는 수석에 안명근,
다음에 김홍량, 셋째로 나, 그리고 이승길 · 배경

진·한순직·도인권·양성진·최익형·김용제·최명식·장윤근·고봉수·한정교·박형병 등 모두 40명이 출석했고 방청석을 돌아보니 피고인의 친척, 친지와 남녀 학생들이 와 있었다.

변호사, 신문기자석에도 다 사람이 있었다. 한필호 선생이 경무총감부에서 매 맞아 별세하고 신석충은 사리원으로 호송되는 도중에 재령강 철교에서 투신자살을 하였단 말을 여기서 들었다.

소위 판결이라는 것은 안명근이 징역 종신이요, 김홍량·김구·이승길·배경진·한순직·원행섭·박만준 등 일곱 명은 징역 15년(원행섭, 박만준은 궐석이었다), 도인권·양성진이 10년, 최익형·김용제·장윤근·고봉수·한정교·박형병은 각각 7년 또는 5년이니 이것은 강도 사건 관계요, 보안법 사건으로 양기탁을 주범으로 하여 안태국·김구·김홍량·주진수·옥관빈·김도희·김용규·고정화·정달하·감익룡과 이름은 잊었으나 김용규의 족질 한 사람이 있었는데 판결되기는 양기탁·안태국·김구·김홍량·주진수·옥관빈은 징역 2년이요, 나머지는 1년으로부터 6개월이었다.

그리고 재판을 통하지 아니하고 소위행정처분으로 이동휘·이승훈·박도병·최종호·정문원·김영옥 등 19인은 무의도(無衣島), 제주도, 고금도(古今島), 울릉도로 1년 간 거주 제한이라는 귀양살이를 하게 되었다. 그러나 보니 김홍량이나 나는 강도로 15년, 보안법으로 2년, 모두 17년 징역살이를 하게 된 것이었다.

판결이 확정된 후 우리는 서대문 감옥으로 이감 되었다. 지금까지 미결수였으나 이제부터는 변통 없는 전중이었다. 동지들의 얼굴을 날마다 서로 대하게 되고 이따금 말로 통정도 할 수 있는 것이 큰 위로였다.

7년, 5년 징역까지는 세상에 나갈 희망이 있지

만 10, 15년으로는 살아서 나갈 희망이 없었다. 그러므로 나는 몸은 왜 포로가 되어 징역을 지면서도 정신으로는 왜놈을 짐승과 같이 여기고 쾌활한 마음으로 낙천 생활을 하리라고 작정하였다. 다른 동지들도 다 나와 뜻이 같았다.

옥중에 있는 동지들은 대개 아들이 있었으나 나는 딸 하나가 있을 뿐이요, 아들이 없었다. 김용제 군은 아들이 4형제나 되므로 그 셋째 아들 문량(文亮)으로 하여금 내 뒤를 잇게 한다고 허락하였다. 나도 동지의 호의를 고맙게 받았다.

또 한 가지 나로 하여금 비관을 품지 않게 하는 일이 있었으니 그것은 일본이 내가 잡혀 오기 전에 생각했던 것과 같이 크고 무서운 나라가 아니라는 사실을 본 것이었다. 밑으로는 형사, 순사로부터 꼭지로는 경무총감까지 만나보는 동안에 모두 좀 것들이요, 대국민다운 인물은 하나도 없었다. 가슴에 X광선을 대어서 내 속과 이력을

다 뚫어본다면서도 내가 17년 전의 김창수인 줄
도 몰라보고 갑죽대는 도변이야말로 일본을 대표
한 자인 것 같았다.

'일본은 한국을 오래 제 것으로 만들지는 못한
다. 일본의 운수는 길지 못하다.'

나는 이렇게 단정하기 때문에 우리 나라의 장
래에 대하여서 비관하지 아니하게 되었다.

허위 이강년 같은 큰 애국지사의 부하로 의병
을 다니다가 들어왔다는 사람들이 인물로나 식견
으로나 보잘것없음을 볼 때에는 낙심도 되지만
이재명, 안중근 같은 의사의 동지로 잡혀 들어온
사람들의 애국심이 불같고 정신이 씩씩한 것을
보면 교육만 하면 우리 민족은 좋은 국민이 될
것을 아니 믿을 수 없었다.

저 무지한 의병들도 일본에 복종하는 백성이
되지 아니 하고 10년, 15년의 벌을 받는 사람이
된 것만 해도 고맙고 존경할 일이라고 생각하였

다. 나도 고후조 선생 같은 어른의 가르침이 없
었던들 어찌 대의를 아는 사람이 되었으랴.

옥에 있는 동안에 나는 내 심리가 차차 변하는
것을 느꼈다. 그것은 지난 10여 년 간에 예수의
가르침을 따라서 무엇에나 저를 책망할지언정 남
을 원망하지 아니 하고 남의 허물은 어디까지나
용서하는 그러한 부드러운 태도가 변하여서 일본
에 대한 것이면 무엇이나 미워하고 반항하고 파
괴하려는 결심이 생긴 것이었다.

나는 아침저녁으로 다른 죄수들과 같이 왜 간
수에게 절을 하는 것이 무척 괴롭고 부끄러웠다.
다른 죄수들은 대의를 몰라서 그러하거니와, 너
는 고 선생의 제자가 아니냐 하고 양심을 때리는
것이 있었다.

나는 내 손으로 밭 갈고 길쌈함이 없이 오늘까
지 먹고 입고 살아왔다. 그 먹은 밥과 입은 옷이
뉘에게서 나왔느냐, 우리 대한 나라의 것이 아니

냐, 나라가 나를 오늘까지 먹이고 입힌 것이 왜
놈에게 순종하여 붉은 요에 콩밥이나 얻어먹으라
고 한 것은 아니었다.

'사람의 밥을 먹고 사람의 옷을 입었으니 품은
뜻은 평생토록 어김이 없어야 한다(食人之食衣
人衣 所志平生莫有違).'

내가 대한 나라의 밥을 먹고 옷을 입고 살아왔
으니 이 수치를 참고 살아나서 앞으로 17년 후에
이 은혜를 갚을 공을 세울 수가 있느냐.

내가 이 모양으로 고민할 때에 안명근 군이 굶
어 죽기를 결심하였노라고 내게 말하기에 나는
서슴지 않고,

"할 수 있거든 단행하시오."

하였다. 그날부터 안명근은 배가 아프다고 칭
하고 제게 들어오는 밥은 다른 죄수에게 나누어
주고 4, 5일을 연해 굶어서 기운이 탈진하였다.
감옥에서는 의사를 시켜 진찰케 하였으나 아무

병이 없으므로 안명근을 결박하고 강제로 입을 벌리고 계란등속을 흘려 넣어서 죽으려는 목숨을 억지로 붙들었다. 죽을 자유조차 없는 이 자리였다. '나는 또 밥을 먹소' 하고 안명근은 내게 기별하였다.

우리가 서대문 감옥으로 넘어온 후에 얼마 아니하여서 또 중대 사건이 생겼으니 그것은 소위 데라우치 총독 암살 음모라는 맹랑한 사건으로 전국에서 무려 7백여 명 애국자가 검거되어 경무총감부에서 우리가 당한 악형을 다 겪은 뒤에는 105인이 공판으로 회부된 사건이다. 105인 사건이라고도 하고 신민회 사건이라고도 한다.

2년 형의 집행 중에 있던 양기탁·안태국·옥관빈과 제주도로 정배 갔던 이승훈도 붙들려 올라왔다. 왜놈들은 새로 산 밭의 뭉우리 돌을 다 골라 버리고야 말려는 것이었다. 그러나 그것으로 대한이 제 것으로 될까?

다시 옥중생활로 들어가자. 나도 처음 서대문 감옥에 들어갔을 때에는 먼저 들어온 패들이 나를 멸시하였으나 소위 국사 강도범이란 것이 알려지면서부터는 대접이 변하였다. 더구나 이재명 의사의 동지들이 모두 학식이 있고 일어에 능통하여서 죄수와 간수 사이에 무슨 일이 있을 때에는 통역을 하기 때문에 죄수들 간에 세력이 있었는데, 그들이 나를 우대하는 것을 보고 다른 죄수들도 나를 어려워하게 되었다.

나는 처음에는 한 백여 일 동안 수갑을 채인 채로 있었다. 더구나 첫날 수갑을 채우는 놈이 너무 단단하게 졸라서 살이 패이고 손목이 통통 부었으므로 이튿날 문제가 되어서,

"왜 아프다고 말하지 아니하였느냐?"

고 하므로 나는,

"무엇이나 시키는 대로 복종하라고 하지 않았느냐?"

하였다. 그랬더니,

"이 다음에는 불편한 일이 있거든 말하라"

고 하였다.

손목은 아프고 방은 좁아서 몹시 괴로웠으나 나는 꾹 참았다. 사람의 일이란 알 수 없는 것이어서 이러한 생활에도 차차 익으면 심상하게 되었다. 수갑도 풀게 되어서 몸이 편하게 되니 불현듯 최명식 군이 보고 싶었다. 수갑을 푼 자리의 허물은 지금도 완연히 남아 있다.

최 군은 옴이 올라서 옴 방에 있다 하니 나도 옴이 생기면 최 군과 같이 있게 되리라 하여 인공적으로 옴을 만들었다. 의사의 순회가 있기 30분 전쯤 하여 철사 끝으로 손가락 사이를 꼭꼭 질러 놓으면 그 자리가 볼록볼록 부르트고 맑은 진물이 나와서 천연 옴으로 보인다.

이 속임수가 성공하여 나는 옴쟁이 방으로 옮겨서 최명식 군과 반가이 만날 수가 있었다. 반

가운 김에 밤이 늦도록 둘이 이야기를 하다가 좌등(佐藤)이라 하는 간수 놈에게 들켜서 누가 먼저 말을 하였느냐 하기로, 내가 먼저 하였노라 하였더니 나를 창살 밑으로 나오라 하여 세워놓고 곤봉으로 난타하였다.

나는 아무 소리도 내지 않고 맞았으나 그때에 맞은 것으로 내 왼편 귀 위의 연골이 상하여 봉충이가 되어서 지금도 남아 있다. 그러나 다행히 최 군은 용서한다 하고 다시 왜말로,

"하나시 햇소도 다다꾸도(이야기하면 때려줄 테야)"

하고 좌등은 물러갔다.

감옥에서 죄수에게 이렇게 가혹한 대우를 하기 때문에 죄수들은 더욱 반항심과 자포자기심이 생긴다. 그래서 사기나 횡령으로 들어온 자는 절도나 강도질을 하게 된다. 그리고 만기(滿期)로 출옥하였던 자들도 다시 들어오는 자를 가끔 보았

다.

민족적 반감이 충만한 우리를 왜놈이 그 좁은 소갈머리로는 도저히 감화할 수 없겠지만 내 민족끼리의 나라에서 감옥을 다스린다 하면 단지 남의 나라를 모방만 하지 말고 우리의 독특한 제도를 만들 필요가 있다.

즉, 감옥의 간수로부터 대학 교수의 자격이 있는 자를 쓰고 죄인을 죄인으로 보는 것보다는 국민의 불행한 일원으로 보아서 선으로 지도하기에만 힘을 쓸 것이요, 일반 사회에서도 입감자(入監者)를 멸시하는 감정을 버리고 대학생의 자격으로 대우한다면 반드시 좋은 효과가 있으리라고 믿는다.

왜의 감옥 제도로는 사람을 작은 죄인으로부터 큰 죄인을 만들뿐더러 사람의 자존심과 도덕심을 마비시키게 한다. 예를 들면 죄수들은 어디서 무엇을 도둑질하던 이야기, 누구를 어떻게 죽이던 이야기를 부끄러워함도 없이 도리어 자랑삼아서 하고 있다.

그도 친한 친구들에게면 몰라도 초면인 사람에게도 꺼림이 없고, 또 세상에 드러난 죄도 아니오, 저 혼자만 아는 죄를 뻔뻔스럽게 말하는 것을 보아도 그들이 감옥에 들어와서 부끄러워하는 감정을 잃어버린 표다. 사람이 부끄러움을 잃을진대 무슨 짓을 못하랴. 짐승과 다름이 없을 것이니 감옥이란 이런 곳이어서는 안 되겠다고 생각하였다.

옥중 생활기

나는 최명식과 함께 소제부의 일을 하게 되었다. 이것은 죄수들이 부러워하는 '벼슬'이다. 우리는 공장에서 죄수들에게 일감을 돌려주고 뜰이나 쓸고 나면 할 일이 없어서 남들이 일하는 구경을 하거나 돌아다녔다. 이 기회를 이용하여 최군과 나와는 죄수 중에서 뛰어난 인물을 고르기로 하였다.

내가 돌아보다가 눈에 띄는 죄수의 번호를 기억하고 명식 군도 기억하여 나중에 맞추어 보아서 둘의 본 바가 일치하는 자가 있으면 그의 내력과 인물을 조사하는 것이다.

이 방법으로 우리는 한 사람을 골랐다. 그는 다른 죄수와 같이 차리고 같은 일을 하지만 그

327

눈에 정기가 있고 동작에도 남다른 데가 있었다. 나이는 40 내외였다. 인사를 청한 즉 그는 충청북도 괴산 사람이요, 5년 징역을 받아 이태를 치르고 3년을 남긴 강도범으로 통칭 김 진사라는 사람이었다. 나는 누구며, 무슨 죄로 왔느냐고 묻기로, 나는 황해도 안악 사람이요, 강도로 15년을 받았다고 하였더니 김 진사는,

"거, 짐이 좀 무겁소 그려."

하였다. 그리고 이어서 그가 날더러 '초범이시오?' 하기로 그렇다고 대답할 때에 왜 간수가 와서 더 말을 못하고 헤어졌다.

내가 그 사람과 이야기하는 것을 본 어떤 죄수가 날더러 그 사람을 아느냐 하기로 초면이라 했더니 그 죄수가 말했다.

"남도 도적치고 그 사람 모르는 도적이 없습니다. 그가 유명한 삼남 불한당 괴수 김 진사요, 그 패거리가 많이 잡혀 들어왔는데 더러는 병나 죽

고 사형도 당하고 놓여 나간 자도 많지요."

그날 저녁에 우리들이 벌거벗고 공장에서 감방으로 들어올 때에 그 역시 벌거벗고 우리 뒤를 따라서,

"오늘부터 이 방에서 괴로움을 끼치게 됩니다."

하고 내가 있는 감방으로 들어온다. 나는 퍽이나 반가웠다.

"이 방으로 전방이 되셨소?"

"네, 아, 노형 계신 방이구려."

하고 그도 기쁜 빛을 보인다. 옷을 입고 점검도 끝난 뒤에 나는 죄수 두 사람에게 부탁하여 철창에 귀를 대어 간수가 오는 소리를 지켜 달라하고 김 진사와 이야기를 시작하였다.

내가 먼저 입을 열어, 아까 공장에서는 서로할 말을 다 못하여 유감이었지만 이제 한 방에 있게 되니 다행이란 말을 하였더니 그도 동감이

라고 말하고는 계속하여서 그는 마치 목사가 신입 교인에게 세례 문답을 하듯이 내게 여러 가지를 묻는다.

그 첫 질문은,

"노형은 강도 15년이라 하셨지요?"

하는 것이었다.

"네, 그렇소이다."

"그러면 어느 계통이시오? 추설이요, 목단설이시오? 북대요 또 행락은 얼마 동안이나 하셨소?"

나는 이게 다 무슨 소린지 한 마디도 알아들을 수가 없었다. '추설', '목단설'은 무엇이요, '북대'는 무엇이요, '행락'은 대체 무엇일까? 내가 어리둥절하고 있는 것을 보더니, 김 진사는 빙긋 웃으며,

"노형은 북대인 것 같구려."

하고 경멸하는 빛을 보였다.

내 옆에서 우리들의 이야기를 듣고 있던 죄수 하나가 김 진사를 대하여 나를 가리키며, 나는 국사범 강도라, 그런 말을 하여도 못 알아들을 것이라고 변명하여 주었다. 이 자는 찰강도라 계통 있는 도적이었다. 그의 설명을 듣고야 김 진사는 고개를 끄덕이며 말했다.

"내 어찌 이상하다 했소. 아까 공장에서 노형이 15년이라기에 위아래로 훑어보아도 강도 냄새가 안 나기로 아마 북대인가보다 하였소이다."

나는 문득 양산학교 사무실에서 교원들과 함께 하던 이야기가 생각났다. 세상에 활빈당(活貧黨)이니 불한당(不汗黨)이니 하는 큰 도적떼가 있어서 능히 장거리와 큰 고을을 쳐서 관원을 죽이고 전재(錢財)를 빼앗았으되 단결이 굳고 용기가 있으며, 동에 번쩍 서에 번쩍, 동작이 민활하여 나라 군사의 힘으로도 그들을 잡지 못한단 말을 들었는데, 우리가 독립운동을 하자면 견고한 조직

과 기민한 훈련이 필요한 즉, 이 도적떼의 결사
와 훈련의 방법을 연구할 필요가 있다 하여 두루
탐문해 보았으나 끝내 아무 단서도 얻지 못하고
만 일이 있었다.

사흘을 굶으면 도적질할 마음이 난다고 하지만
마음만으로 도적이 될 수 없을 것이니 거지도 용
기와 공부가 필요할 것이다. 담을 넘고 구멍을
뚫는 좀도둑은 몰라도 수십 명, 수백 명 떼를 지
어 다니는 도적이라면 거기에는 조직도 있고 훈
련도 있고, 의리도 있으려니와 무엇보다도 두목
되는 지도자가 있을 것인 즉, 수십 명, 수백 명
도적 떼의 지도자 될 만한 인물이면 능히 한 나
라를 다스려갈만한 지혜와 용기와 위엄이 있어야
할 것이다.

그래서 나는 김 진사에게 도적떼의 조직에 관
한 것을 물었다. 김 진사는 아무 거리낌 없이 대
답했다.

"우리 나라의 기강이 다 해이한 이때까지도 고대로 남은 것은 벌과 도적의 법뿐이외다."

하는 허두로 시작된 김 진사의 말에 의하면 고려이전은 상고할 길이 없으나, 조선 시대 도적 떼의 기원은 이성계의 이신벌군(以臣伐君:신하로서 임금을 들어 치는 것)의 불의에 분개한 지사들이 도당을 모아 일변 이성계를 따라서 부귀영화를 누리는 소위 양반의 무리의 생명과 재물을 빼앗고 일변 그들이 세우려는 질서를 파괴하여서 불의에 대한 보복을 하려는 데서 나왔으니, 그 정신에 있어서 두문동 72현과 같았다.

그러므로 그들은 도적이라 하나 약한 백성의 것은 건드리지 아니하고 나라의 재물이나 관원이나 양반의 것을 약탈하여서 가난하고 불쌍한 자를 구제함으로 쾌사(快事)를 삼았다. 이 모양으로 나라를 상대로 하기 때문에 자연히 법이 엄하고 단결이 굳어서 적은 무리의 힘으로 능히 5백

년 간 나라의 힘과 겨루어 온 것이었다.

이 도적의 떼는 근본이 하나요, 또 노사장이라는 한 지도자의 밑에 있으나 그 중에서 강원도에 근거를 둔 일하를 '목단설'이라 부르고, 삼남에 있는 것을 '추설'이라고 부르게 되었다. 그러나 이두 설에 속한 자는 서로 만나면 곧 동지로, 서로 믿고 친밀하게 하였다. 이 두 설에 들지 아니하고 임시로 도당을 모아서 도적질하는 자를 '북대'라고 하는데, 이 북대는 목단설과 추설의 공동의 적으로 알아서 닥치는 대로 죽여 버리게 되었다.

노사장 밑에는 유사(有司)가 있고 각 지방의 두목도 유사라고 하여 국가의 행정조직과 방사하게 전국의 도적을 총괄하였다. 1년에 일차 '대장'을 부르니 이것은 목단설과 추설 전체의 대회요, 또 수시로 '장'을 부르니 이것은 한 설만의 대회였다. 대회라고 전원이 출석하기는 불가능하

므로 각 도와 각 군에서 몇 명씩 대표자를 파견
하기로 되었는데, 그 대표자는 각기 유사가 지명
하게 되며, 한 번 지명을 받으며 절대 복종이었
다.

이 '장' 부르는 처소는 흔히 큰 절이나 장거리
였다. 대소 공사를 혹은 의논하고 혹은 지시하여
장이 끝난 뒤에는 으레 어느 고을이나 장거리를
쳐서 시위를 하는 것이었다.

그들은 대회에 참여하러 갈 때에는 혹은 양반
으로 혹은 등짐장수로, 혹은 장돌림, 혹은 중, 혹
은 상제로 별별 가장을 하여서 관민의 눈을 피하
였다. 어디를 습격하러 갈 때에도 마찬가지였다.
당시에 세상을 놀라게 한 하동 장 습격은 장례를
가장하여 무기를 관에 넣어 상여에 싣고 도적들
은 혹은 상제, 혹은 복인, 혹은 상두꾼, 혹은 화
장객이 되어서 장날 백주에 당당히 하동 읍내로
들어간 것이었다.

김 진사는 이러한 설명을 구변 좋게 한 후에
내게,

"노형 황해도 라셨지? 그러면 연전에 청단(靑
丹)장을 치고 곡산 원을 죽인 사건을 아시겠구
려?"

하기로, 아노라고 대답하였더니, 김 진사는 지
난 일을 회상하고 유쾌한 듯이 빙그레 웃으며,

"그때에 도당을 지휘한 것이 바로 나요. 나는
양반의 행차로 차리고 사인교를 타고 구종 별배
로 앞 뒤 벽제까지 시키면서 호기 당당하게 청단
장에를 들어갔던 것이오. 장에 볼 일을 다 보고
질풍신뢰와 같이 곡산 읍으로 들이몰아서 곡산
군수를 잡아 죽였으니 이것은 그놈이 학정을 하
여서 인민으로 어육을 삼는다 하기로 체천행도를
한 것이었소."

하고 말을 마친다.

"그러면 이번 징역이 그 사건 때문이오?"

하고 내가 묻는 말에 그는,

"아니오, 만일 그 사건이라면 5년만으로 되겠소? 기위 면키 어려울 듯하기로 대단치 아니한 사건 하나를 실토하여서 5년 징역을 졌소이다."

나는 그들이 새 동지를 구할 때에 어떻게 신중하게 오래 두고 그 인물을 관찰하는 것이며, 이만하면 동지가 되겠다고 판단한 뒤에도 어떻게 그의 심지를 시험하는 것이며, 이 모양으로 동지를 고르기 때문에 한 번 동지가 된 뒤에는 서로 다투거나 배반하는 일이 거의 없다는 것이며, 장물(도적질한 재물)을 나눌 때에 어떻게 공평하다는 것이며, 또 동지의 의리를 배반하는 자가 만일에 있으면 어떻게 형벌이 엄중하다는 것도 김 진사에게 들었다.

인물을 고를 때에는 먼저 눈의 정기를 본다는 것이며 죄 중에 가장 큰 죄는 동지의 처첩을 범하는 것과 장물을 감추는 것이요, 상 중에 가장

큰 상은 불행히 관에 잡혀가더라도 동지를 불지
아니하는 것이니, 이러한 사람을 위하여서는 그
가족이 편안히 살도록 하여 준다는 말도 들었다.

김 진사의 말을 듣고 나는 나라의 독립을 찾는
다는 우리 무리의 단결이 저 도적만도 못한 것을
무한히 부끄럽게 생각하였다.

여기서 나는 동지 도인권을 생각하지 아니할
수 없다. 그는 본시 용강 사람으로 노백린 · 김의
선 · 이갑 등이 장령으로 있을 때에 군인이 되어
서 정교의 자리에까지 올랐다가 군대가 해산되매
향리에 돌아와 있는 것을 양산학교 체육선생으로
연빙(延聘)하여 와서 우리와 동지가 되어 이번
사건에도 10년 징역을 받고 나와 같이 고생을 하
게 된 사람이다.

이때에 옥중에서는 죄수를 모아서 불상 앞에
예불을 시키는 예가 있었는데 도인권은 자기는
예수교인이니 우상 앞에 고개를 숙일 수 없다 하

여 아무리 위협하여도 고개를 뻣뻣이 하고 있었
다. 이것이 문제가 되어서 마침내 예불은 강제로
시키지 아니하기로 작정이 되었다.

또 옥에서 상표를 주는 것을 그는 거절하였다.
자기는 죄를 지은 일도 없고 따라서 회개한 일도
없으니 개전을 이유로 하는 상표를 타지 않는다
는 것이었다.

또 그 후에 가출옥을 시킬 적에도 도인권은 내
가 본래 무죄한 것을 지금 와서 깨달았으니 판결
을 취소하고 나가라 하면 나가겠지만 가출옥이라
는 '가' 자가 불쾌하니 아니 받는다고 버티어서
옥에서도 할 수 없이 형기를 채우고 도로 내보내
었다. 도인권의 이러한 행동은 강도로서는 능히
못할 일이라, 만산고목일지청(滿山枯木一枝靑:
온산의 나무가 말라 죽었으나 오직 한 가지가 푸
르다는 뜻)의 기재가 있었다.

'홀로 높고 정갈하여 구애됨이 없으니 천하를

홀로 걸으매, 누가 나를 짝하랴(嵬嵬落落赤裸裸
獨步乾坤誰伴我)'라 한 불가(佛家)의 구(句)를
나는 도 군을 위하여 한 번 읊었다.

하루는 나가서 일을 하고 있는데 갑자기 일을
중지하고 명치(明治:당시 일본의 왕이던 메이지
를 말함)가 죽었다는 것과 그 때문에 대사(大赦:
사면령을 말하는 것으로 보임)를 내린다는 말을
하였다.

이 때문에 최고 2년인 보안법 위반에 걸린 동
지들은 즉일로 나가고 나는 8년을 감하여 7년이
되고, 김홍량 기타 15년은 7년을 감하여 8년이 되
고 10년이라도 그 비례로 감형이 되었다. 그런 뒤
수삭을 지나서 또 명치의 처가 죽었다 하여 다시
자기의 3분의 1을 감하니 내 형은 5년 남짓한 경
형이 되고 말았다.

이때 종신이던 것이 20년으로 감하여진 안명근
은 형을 가하여 죽임을 받을지언정 감형은 아니

받는다고 항거하였으나 죄수에게 대하여서는 일체를 강제로 집행하는 것인 즉, 감형을 아니 받을 자유도 죄수에게는 있지 아니하다 하여 필경 20년이 되고 말았다. 그리고는 안명근은 새로 지은 마포감옥으로 이감이 되어서 다시는 그의 면목을 대할 기회도 없게 되었다.

안명근은 전후 17년 동안 감옥에 있다가 연전에 방면되어 신천 경계 동에서 그 부인과 같이 여생을 보내고 있더니 아령(俄領:러시아 땅)에 있는 그 부친과 친아우를 그려서 그리로 가던 길에 만주 화룡현(和龍縣)에서 만고의 한을 품고 못 돌아올 길을 떠나고 말았다.

이렇게 연거푸 감형을 당하고 보니 이미 치러 버린 3년 나머지를 떼면 나머지 형기가 2년밖에 아니 된다. 이때부터는 확실히 세상에 나가서 활동할 희망이 생겼다. 나는 세상에 나가면 무슨 일을 할까, 세상에 나가서 왜놈에게 순종하여 구

341

질구질하게 살아가는 지사들이 많은 것을 보니 나도 걱정이 되었다.

나는 왜놈이 지어준 뭉우리돌대로 가리라 하고 굳게 결심하고 그 표로 내 이름 김구를 고쳐 김구라 하고 당호 연하(蓮下)를 버리고 백범(白凡)이라고 하여 옥중 동지들께 알렸다.

이름자를 고친 것은 왜놈의 국정에서 이탈하는 뜻이요, '백범'이라 함은 우리 나라에서 가장 천하다는 백정과 무식한 범부까지도 전부 적어도 나만한 애국심을 가진 사람이 되게 하자는 내 원을 표하는 것이니, 우리 동포의 애국심과 지식의 정도를 그만큼이라도 높이지 아니 하고는 완전한 독립국을 이룰 수 없다고 생각한 것이었다. 나는 감옥에서 뜰을 쓸고 유리창을 닦을 때마다 하느님께 빌었다. 우리 나라가 독립하여 정부가 생기거든 그 집의 뜰을 쓸고 유리창을 닦는 일을 하여 보고 죽게 하소서 하고.

나는 남은 형기 2년을 다 못 넘기고 인천 감옥
으로 이감이 되었다. 그 원인은 내가 서대문 감
옥 제 2과장 왜놈하고 싸운 일이 있는데 그 보복
으로 그 놈이 나를 힘들 줄 알면서 인천 축항 공
사로 돌린 것이었다.

여러 동지가 서로 만나고 위로하며 쾌활하게 3
년이나 살던 서대문 감옥과 작별하고 40명 붉은
옷 입은 전중이 떼에 편입이 되어서 쇠사슬로 허
리를 얽혀서 인천으로 끌려갔다. 무술(戊戌)년 3
월초, 밤중에 옥을 깨뜨리고 도망한 내가 17년 만
에 쇠사슬에 묶인 몸으로 다시 이 옥문으로 들어
올 줄을 누가 알았으랴.

문을 들어서서 둘러보니 새로이 감방이 증축되
었으나 내가 글을 읽던 그 감방이 그대로 있고,
산보하던 뜰도 변함이 없다. 내가 호랑이같이 소
리를 질러 도변이놈을 꾸짖던 경무청은 매음녀
검사소가 되고, 감리사가 좌기하던 내원당(來遠

343

堂)은 감옥의 집물을 두는 곳간이 되었으며, 옛날 주사, 순검이 들끓던 곳은 왜놈의 천지를 이루었다.

마치 죽었던 사람이 몇 십 년 후에 살아나서 제 고향을 둘러보는 것 같다. 감옥 뒷담 너머 용동 마루턱에서 옥에 갇힌 불효한 이 자식을 보겠다고 우두커니 서서 내려다보시던 선친의 얼굴이 보이는 듯하다. 그러나 오늘의 김구가 그날의 김창수라고 할 자는 없으리라고 생각하였다.

감방에 들어가니 서대문에서 먼저 전감된 낯익은 사람도 있었다.

어떤 자가 내 곁으로 쓱 다가앉아서 내 얼굴을 들여다보면서,

"그분 낯이 매우 익은데, 당신 김창수 아니오?"

한다.

참말 청천벽력이다. 나는 깜짝 놀랐다. 자세히

보니 17년 전에 나와 한 감방에 있던 절도범 문종칠이다. 늙었을망정 젊었을 때 면목이 그대로 있다. 오직 그때와 다른 것은 이마에 움쑥 들어간 구멍이 있는 것이었다. 내가 의아한 듯이 짐짓 머뭇거리는 것을 보고 제 낯바닥을 내 앞으로 쑥 내밀어 나를 쳐다보면서,

"창수 김 서방, 나를 모를 리가 있소? 지금 내 면상에 이 구멍이 없다고 보면 아실 것 아니오? 나는 당신이 달아난 후에 죽도록 맞은 문종칠이오."

"그만하면 알겠구려."

나는 그자가 밉기도 하고 무섭기도 하였지만 모른다고 버틸 수가 없어서 반갑게 인사를 하였다.

문 가는 날더러,

"당시에 인천 항구를 진동하던 충신이 무슨 죄를 짓고 또 들어오셨소?"

하고 묻는다. 나는 귀찮게 생각하여서,

"15년 강도요."

하고 간단히 대답하였다.

문 가는 입을 삐죽거리며,

"충신과 강도는 거리가 아주 먼데요, 그때 장수는 우리 같은 도적놈들과 동거케 한다고 경무관한테까지 들이대지 않았소? 강도 15년은 맛이 꽤 무던하겠구려."

나는 속에 불끈 치미는 것이 있었으나 문의 말을 탓하기는 고사하고 빌붙는 어조로 응수했다.

"충신 노릇도 사람이 하고 강도도 사람이 하는 것 아니오? 한때에는 그렇게 놀고 한때에는 이렇게 노는 게지요, 대관절 문 서방은 어찌하여 또 이렇게 고생을 하시오?"

"나요? 나는 이번까지 감옥 출입이 일곱 번째니 일생을 감옥에서 보내는 셈이오."

"징역 기간은 얼마요?"

"강도 7년에 5년이 되어서 한 반 년 지내면 또 한 번 세상에 다녀오겠소."

"또 한 번 다녀오다니, 여보시오 끔찍한 말도 하시오. 또 여기를 들어와서야 되겠소?"

"자본 없는 장사가 거지와 도적질이지요. 더욱이나 도적질에 맛을 붙이면 별 수가 없습니다. 당신도 여기서는 별 꿈을 다 꾸리다만 사회에 나가만 보시오. 도적질하다가 징역한 놈이라고 누가 받자를 하오? 자연 농공상에 접촉을 못하지요. 개 눈에 똥만 보인다고 도적질하던 놈은 배운 것이 그것이라 또 도적질을 하지 않소?"

"그렇게 여러 번째라면 어떻게 감형이 되었소?"

하고 내가 물었더니 문은,

"번번이 초범이지요, 지난 일을 다 말했다가는 영영 바깥바람을 못 쏘여 보게요?"

하고 흥하고 턱을 춘다.

나는 서대문에 있을 적에 어떤 강도가 중형을 지고 징역을 하는 중에 그의 공범으로서 잡히지 않고 있다가 횡령죄의 경형으로 들어온 것을 밀고하여 중형을 지우고 저는 감형을 받아서 다른 죄수들에게 미움을 받는 사람을 보았다. 이것을 생각하니 문 가를 덧들여 놓았다가는 큰일이다. 이 자가 내가 17년 전 김창수라는 것을 밀고하거나 떠벌이는 날이면 모처럼 1년 남짓하면 세상에 나가리라던 희망은 허사가 되고 만다.

　그래서 나는 문 가에게 친절하게 대접하였다. 사식도 틈을 타서 문 가를 주어서 먹게 하고 감식이라도 문가가 곁에 있기만 하면 나는 굶으면서도 그를 먹였다. 이러다가 문 가가 만기가 되어 출옥할 때에 나의 시원함이란 내가 출옥한 것에 못지않았다.

　나는 아침이면 다른 죄수 하나와 쇠사슬로 허리를 마주 매여 짝을 지어 축항 공사장으로 나갔

다. 흙 지게를 등에 지고 10여 길이나 되는 사닥
다리를 오르내리는 것이다. 서대문 감옥에서 하
던 생활은 여기 비하면 실로 호강이었다. 반달이
못되어 어깨는 붓고 등은 헐고 발은 부어서 운신
을 못하게 되었다.

그러나 면할 도리는 없다. 나는 여러 번 무거
운 짐을 진 채로 높은 사닥다리에서 떨어져 죽을
생각도 하였으나 그것도 할 수가 없는 것이 나와
마주 맨 사람은 대개 인천에서 구두 켤레나 담뱃
값이나 훔치고 두서너 달 징역을 지는 판이라 그
런 사람을 죽이는 것은 도리가 아니었다.

그래서 나는 조금도 편하려는 잔꾀를 부리지
않고 사력을 다해 일했다.

여러 달 뒤에 이른바 상표를 준다. 나는 도인
권과 같이 이를 거절할 용기는 없고 도리어 다행
으로 생각하였다.

날마다 축항 공사장에 가는 길에 나는 17년 전

349

부모님께 친절하던 박영문의 물상객주 집 앞을 지난다. 옥문을 나서서 오른쪽 첫 집이었다. 그는 후덕한 사람이요, 내게는 깊은 동정을 준 이다. 아버지와는 동갑이라 해서 매우 친밀히 지냈다고 한다.

우리들이 옥문을 들고 날 때에 박 노인은 자기 집 문전에 서서 물끄러미 쳐다보고 있었다. 이러한 은한을 목전에 보면서도 가서 내가 아무개요 하고 절할 수 없는 것이 괴로웠다.

박 씨 집 맞은편 집이 안호연의 물상객주였다. 안 씨 역시 내게나 부모님께나 극진하게 하던 이였다. 그도 전대로 살고 있었다. 나는 옥문을 출입할 때마다 마음으로만 늘 두 분께 절하였다.

7월 어느 심히 더운 날, 돌연히 수인 전부를 교회당으로 부르기로 나도 가서 앉았다. 이윽고 분감장(分監長)인 왜놈이 좌중을 향하여, 55호를 부른다.

내가 대답하자 곧 일어나 나오라 하기로 단 위로 올라갔다. 가출옥으로 내보낸다는 뜻을 선언한다. 나는 꿈인 듯 생시인 듯, 좌중 죄수들을 향해 꾸벅 고개 숙여 절을 하고 곧 간수의 인도로 사무실로 갔다. 옷 한 벌을 내어준다. 이로써 붉은 전중이가 변하여 흰 옷 입은 사람이 되었다. 옥에 맡아 두었던 내 돈이며 내 품값이며 조수히 내어준다.

옥문을 나서서 첫 생각은 박영문, 안호연 두 분을 찾는 일이었으나 지금 내가 김창수라는 것을 세상에 알리는 것이 이롭지 못할 것을 생각하고 안 떨어지는 발길을 억지로 떼어서 그 집 앞을 지나 옥중에서 사귄 어떤 중국 사람의 집을 찾아가서 그날 밤을 묵었다.

이튿날 아침에 전화국으로 가서 안악 우체국으로 전화를 걸고 내 아내를 불러달라고 하였더니 전화를 받는 직원이 이름을 묻기에 김구라 했더니 깜짝 놀랐다. 알고 보니 그는 나의 제자였다.

출옥 후

나는 당일로 서울로 올라가 경의선 열차를 타고 신막(新幕)에서 하룻밤 잤다. 이튿날 사리원에 내려 배넘이 나루를 건너 나무리 벌을 지나니 전에 없던 신작로에 수십 명 사람이 쏟아져 나오고 그 선두에 선 것은 어머님이셨다. 어머님은 내 걸음걸이를 보시며 마주 오셔서 나를 붙들고 우셨다.

"너는 살아왔지만 너를 그렇게도 보고 싶어 하던 네 딸은 서너 달 전에 죽었구나. 네게 말할 것 없다고 네 친구들이 그러기에 기별도 아니 하였다. 그뿐 아니라 일곱 살밖에 안된 그 어린 것이 죽을 때에 저 죽거든 아예 옥중에 계신 아버지한테 기별 말라고, 아버지가 들으시면 오죽이나 마음이 상하시겠냐고 그랬단다."

나는 그 후에 곧 화경의 무덤을 찾아보아 주었
다. 화경의 무덤은 안악읍 동쪽 산기슭 공동묘지
에 있었다.

어머니 뒤로 김용제 등 여러 사람이 반갑게 나
를 맞아 주었다.

나는 안산학교로 갔다. 내 아내가 안산학교에
교원으로 있으면서 교실 한 칸을 얻어 가지고 살
고 있었기 때문이다. 아내는 다른 부인들 틈에
섞여서 잠깐 내 얼굴을 바라보고는 보이지 아니
하였다. 그는 내 친구들과 함께 내가 저녁을 먹
게 하려고 음식을 차리러 간 것이었다. 퍽 수척
한 것이 눈에 띄었다.

며칠 후에 읍내 이인배의 집에서 나를 위하여
위로연을 배설하고 기생을 불러 가무를 시켰다.
잔치 도중에 나는 어머님께 불려가서,

"내가 여러 해 동안 고생을 한 것이 오늘 네가

기생을 데리고 술 먹는 것을 보려고 한 것이냐?"

하시는 걱정을 들었다. 나를 연회석(宴會席)에
서 불러낸 것은 아내가 어머님께 고발한 때문이
었다.

어머님과 내 아내는 간혹 충돌하기도 하였으나
내가 옥에 간 후로 서울로 시골로 고생하고 다니
는 동안 고부가 일심동체가 되어 지냈다고 한다.
아내는 서울서 책 매는 공장에도 다녔고, 어떤
서양 부인 선교사가 학비를 줄 테니 공부를 하라
는 것도 어머님과 화경이가 고생이 될까 보아서
아니 했노라고 내외간에 말다툼이 있을 때면 번
번이 그 말을 내세웠다.

우리 내외간에 다툼이 생기면 어머니는 반드시
아내의 편이 되셔서 나를 책망하셨다. 경험에 의
하면 고부간에 무슨 귓속말이 있으면 반드시 내
게 불리하였다. 내가 아내의 말을 반대하거나 조
금이라도 아내에게 불쾌한 빛을 보이면 으레 어

머님의 호령이 내린다.

"네가 옥에 있는 동안에 그렇게 절을 지키고
고생한 아내를 박대해서는 안 된다. 네 동지들의
아내들 중에 별별 일이 다 있었지만 네 처만은
참 절행(節行)이 갸륵하다. 그래선 못쓴다."

하시는 것이었다. 그래서 나는 집안일에 하나
도 내 마음대로 해본 일이 없었고, 내외 싸움에
한 번도 이긴 적이 없었다. 내가 옥에서 나와 또
한 가지 기뻤던 것은 준영 삼촌이 내 가족에 대
하여 극진히 하신 것이었다.

어머님이 아내와 화경이를 데리고 내 옥바라지
하러 서울로 가시는 길에 해주 본향에 들르셨을
적에 준영 삼촌은 어머님께 젊은 며느리를 데리
고 어떻게 사고무친(四顧無親)한 타향에 가느냐
고, 당신이 집을 하나 마련하여 형수님과 조카며
느리 고생을 아니시킬 테니 서울 갈 생각은 말고
본향에 계시라고 굳이 만류하시는 것을 어머님

은, 며느리는 옥과 같은 사람이라 어디를 가도 걱정이 없다 하여 뿌리치고 서울로 가셨다는 것이었다.

또 어머님과 아내가 서울서 내려와서 종산(鍾山) 우종서 목사에게 의탁하여 있을 때에는 준영 삼촌이 소바리에게 양식을 실어다 주셨다고 한다.

어머니는 이렇게 준영 삼촌의 일에 고맙게 말씀하시고 나서,

"네 삼촌이 네게 대한 정분이 전과 달라 매우 애절하시다. 네가 나온 줄만 알면 보러 오실 것이다. 편지나 하여라."

하셨다.

어머니는 또 내 장모도 전 같지 않아서 나를 소중하게 아니, 거기도 출옥하였다는 기별을 하라고 하셨다. 내가 서대문 감옥에 있을 때에 장모가 여러 번 면회를 와 주셨다.

나는 당장이라도 준영 숙부를 찾아가 뵈옵고
싶었으나, 아직 가출옥 중이라 어디로 가려면 일
일이 헌병대에 허가를 얻어야 하는데 왜놈에게
고개 숙이고 청하기가 싫어서 만기가 오기만을
기다리고 있었다. 오는 정초에 세배 겸 준영 숙
부를 찾을 작정이었다.

　그 후 내 거주 제한이 해제되어서 김용진 군의
부탁으로 수일 타작 간검(看檢)을 다녀왔더니 준
영 숙부가 다녀갔다. 점잖은 조카를 보러 오는
길이라 하여 남의 말을 빌려 타고 오셔서 이틀이
지나도 내가 아니 돌아오기 때문에 섭섭하게 돌
아가셨다는 어머님의 말씀이었다.

　정초가 되었다. 나는 찾을 어른들을 찾고 어머
님을 찾아 세배 오는 손님들 접대도 끝이 나서
초닷새 날은 해주로 가서 준영 숙부님께 뵈옵고
오래간만에 성묘도 하리라고 벼르고 있던 차에,
바로 초나흗날 저녁때 재종제 태운이가 중영 숙

부님이 별세하셨다는 기별을 가지고 왔다. 참으로 경악하였다. 다시는 준영 숙부의 얼굴을 뵙지 못하게 된 것이다.

아버님 4형제 중에 아들이라고는 나 하나뿐 준영 숙부는 딸 하나가 있을 뿐이었다. 오직 하나뿐인 조카를 못보고 떠나시는 숙부의 심정이 어떠하셨을까. 백영 백부는 관수, 태수 두 아들이 있었으나 다 일찍 죽었고 딸 둘도 시집간 지 얼마 아니하여 죽어서 자손이 없고, 필영, 준영 두 숙부는 각각 딸 하나씩이 있을 뿐이었다.

다음 날 나는 태운과 함께 해주로 달려가서 준영 숙부의 장례를 주장하여 텃골 고개 동녘 기슭에 산소를 모셨다. 그러고는 돌아가신 준영 숙부의 가사를 대강 처리하고 선친 묘소에 손수 심은 잣나무를 점검하고 거기를 떠난 뒤로는 이내 다시 본향을 찾지 못하였다. 당숙모와 재종조가 생존하시다 하나 뵈올 길이 망연하다.

나는 아내가 보고 있는 안산학교 일을 좀 거들
어 주었으나, 소위 전과자인 나로서 그뿐 아니라
시국(時國)이 변하여서 나 같은 사람이 전과같이
당당하게 교육 사업에 종사할 수도, 더구나 신민
회와 같은 정치운동을 다시 계속할 수도 없었다.
지금까지 애국자였던 사람들은 해외로 망명하거
나 문을 닫고 숨는 길밖에 없는 세상이 되어 버
렸다. 왜놈은 우리 민족의 청소년을 우리 지도자
가 돌아보지 못하도록 백방으로 막아 노려보고
있었다.

　나는 그렇다고 가만히 있을 수도 없어서 농촌
사업이나 해보려고 마음을 먹고 김홍량 일문의
농장 중 소작인의 풍기가 괴악한 동산평(東山坪)
농장의 농감이 되기를 자청하였다. 동산평이란
데는 수백 년 궁장으로 감관들이 협잡을 하고 농
민을 타락시켜서 집집이 도박이요, 서로 속임질
과 음해로 일을 삼았다. 할 수 없이 가난하고 괴

악하게 된 부락이었다. 게다가 이곳은 수토(水土)가 좋지 못하여 토질 구덩이로 소문이 났었다.

김 씨네는 내가 이런 데로 가는 것을 원치 아니하여 경치도 수토도 좋은 다른 농장으로 가라고 권하였다. 그들은 내가 한문 야학(夜學)으로 벗을 삼아 은거하는 생활을 하려는 것으로 아는 모양이었다. 그러나 나는 고집하여 동산평으로 왔다.

나는 도박하는 자, 학령 아동이 있고도 학교에 안 보내는 자의 소작을 불허하고 그 대신 아이를 학교에 보내는 자에게 상등답(上等畓) 2두락을 주는 법을 내었다. 이리하여 학부형이 아니고는 땅을 얻지 못하게 되었다.

그리고 오랫동안 이 농장 마름으로 있으면서 소작인을 착취하고 도박을 시키던 노형극 군 형제의 과분한 소작지를 회수하여서 근면하고도 땅이 부족한 사람에게 분배하였다. 이 때문에 나는 노형극에게 팔을 물리고 집에 불을 놓는다는 위협을 받았으나 조금도 굴치 아니 하고 마침내 노군 형제의 항복을 받아서 다시는 남을 음해하는 일을 아니하기로 맹세를 시켰다.

이곳은 본래 학교가 없던 데라 나는 곧 학교를 세우고 교원(教員)을 연빙하였다. 처음에는 20명 가량의 아동으로 시작하였으나 이 농장 작인의 자녀가 다 입학하게 되니 제법 학교가 커져서 교원 한 사람으로는 부족하여 나 자신 시간으로 도왔다. 장덕준은 재령에서, 지일청은 나와 같은 지방에서 나와 비슷한 농촌 계발 운동을 하고 있었다.

내 운동은 상당한 성과를 거두어서 동산평에 도박이 없어지고, 이듬해 추수 때에는 작인의 집에 볏섬이 들어가 쌓였다고 작인의 아내들이 기뻐하였다. 지금까지는 노름빚과 술값으로 타작마당에서 1년 소출(所出)을 몽땅 빚쟁이에게 빼앗기고 농민은 키만 들고 집으로 돌아갔다는 것이었다.

나는 농촌 중에도 가장 괴악한 동산평을 이 모양으로 그만하면 쓰겠다할 농촌을 만들어 보려 하였다. 그러나 기미년(己未年) 3월에 일어난 만세 소리에 나는 이 사업에서 손을 떼고 고국을 떠나게 되었다. 떠날 날을 하루 앞두고 나는 작인들을 동원하여 만세 부르는 운동에는 아무 관심도 없는 듯이 가래질을 하고 있었다. 내 동정을 살피러 왔던 왜 헌병도 이것을 보고는 안심하고 돌아가는 모양이었다.

상해로가다

다음 날 나는 사리원으로 가서 경의선 열차를 타고 압록강을 건넜다. 신의주에서 재목상(材木商)이라 하여 무사히 통과하고 안동 현에서는 좁쌀 사러 왔다고 칭하였다.

안동 현에서 이레를 묵고 영국 국적인 이륭양행(怡隆洋行) 배를 타고 동지 15명이 나흘 만에 무사히 상해 포동마두(浦洞碼頭)에 도착하였다. 안동 현을 떠날 때에는 아직도 얼음덩어리가 첩첩이 쌓인 것을 보았는데 황포 강가에는 벌써 녹음이 우거졌다. 공승서리(公昇西里) 마호에서 첫날밤을 잤다.

이때에 상해에 모인 인물 중에 내가 전부터 잘 아는 이는 이동녕 · 이광수 · 김홍서 · 서병호 네

사람이었고, 그 밖에 일본 · 아령 · 구미 등지에서
이번 일로 모인 인사와 본래부터 와 있는 이가 5
백여 명이나 된다고 하였다.

이튿날 나는 일찍부터 가족을 데리고 상해에
와있는 김보연 집을 찾아서 거기서 숙식을 하게
되었다. 김 군은 내가 장련에서 교육 사업을 총
감 하는 일을 할 때에 나를 성심으로 사랑하던
청년이다. 김 군의 지도로 이동녕 · 이광수 · 김홍
서 · 서병호 등 옛 동지를 만났다.

임시 정부의 조직에 관하여서는 후일 국사에
자세히 오를 것이니 약하거니와 나는 위원의 한
사람으로 뽑혔다. 얼마 후에 안창호 동지가 미주
로부터 와서 내무총장으로 국무총리를 대리하게
되고 총장들이 아직 모이지 아니하였으므로 차장
제(次長制)를 채용하였다. 나는 아 내부총장에게
임시 정부의 문지기를 시켜달라고 청원하였다.

도산은 처음에는 내 뜻을 의아하게 여기는 모

양이었으나 내가 이 청원을 한 동기를 듣고는 쾌
락하였다. 내가 본국에 있을 때에 순사 시험 과
목을 어디서 보고 내 자격을 시험하기 위하여 혼
자 답안을 만들어 보았으나 합격이 못된 일이 있
었다. 나는 실력이 없는 허명(虛名)을 탐하기를
두려워할뿐더러, 감옥에서 소제를 할 때에 내가
하느님께 원하기를, 생전에 한 번 우리 정부의
정청(政廳)의 뜰을 쓸고 유리창을 닦게 하여 줍
소서 하였단 말을 도산 동지에게 한 것이었다.

안 내무총장은 내 청원을 국무회의에 제출한
결과 돌연 내게 경무국장의 사령을 주었다. 다른
총장들은 아직 취임하기 전이라 윤현진 · 이춘
숙 · 신익희 등 새파란 젊은 차장들이 총무의 직
무를 대행할 때라 나이 많은 선배가 문지기를 하
면 드나들기에 거북하니 경무국장으로 하였다는
것이었다.

나는 순사될 자격도 못 되는 사람이 무슨 경무

국장이냐고 반대하였으나 도산은,

"만일 백범이 사퇴하면 젊은 사람들 밑에 있기를 싫어하는 것같이 오해될 염려가 있으니 그대로 행공(行公)하라."

고 강권하기로 나는 부득이 취임하여 시무하였다.

대한민국(大韓民國) 2년에 아내가 인(仁)을 데리고 상해로 오고 4년에 어머님이 또 오시니 오래간만에 재미있는 가정을 이루게 되었다. 그 해에 신(信)이 태어났다.

나의 국모(國母) 복수 사건이 24년 만에 왜놈들 귀에 들어갔다는 보도가 왔다.

내가 본국을 떠난 뒤에야 형사들도 안심하고 김구가 김창수라는 것을 왜놈 경찰에 말한 것이다. 아아, 눈물 나는 민족의식이여! 왜놈의 정탐 노릇은 하여도 속에는 애국심과 동포애를 감추고 있는 것이다. 이 정신이 족히 우리 민족으로 하

367

여금 독립국민의 행복을 누리게 할 것을 믿고 어이하랴.

대한민국 5년에 내가 내무총장이 되었다.

그 안에 아내는 신을 낳은 뒤에 낙상으로 인하여 폐렴이 되어서 몇 해를 고생하다가 상해 보륭의원(寶隆醫院)의 진찰로 서양인이 시설한 격리병원인 홍구 폐병원(虹口 肺病院)에 입원하기로 되어 보륭의원에서 한 마지막 작별이 아주 영결이 되고 대한민국 6년 1월 1일 세상을 떠나매 법계 숭산로의 공동묘지에 매장하였다.

내 본의는 독립운동 기간 중에는 혼상(婚喪)은 물론하고 성대한 의식을 쓰는 것을 불가하게 알아서 아내의 장례를 극히 검소하게 할 생각이었으나, 여러 동지들이 내 아내가 나를 위하여 많은 고생을 한 것은 곧 나라 일이라 하여 돈을 거두어 성대하게 장례를 지내고 묘비까지 세워주었다.

아내가 입원할 무렵 인이도 병이 중하였으나 아내 장례 후에는 완쾌하였고, 신이는 겨우 걸음 마를 배우고 젖을 먹을 때여서, 먹기를 우유를 먹었으나 잘 때는 어머님의 빈 젖을 물었다. 그런 이유로 신이가 말을 배울 때 할머니란 말은 알고 어머니란 말을 몰랐다.

대한민국 8년에 어머님은 신이를 데리고 환국하시고 이듬해 9년에는 인이도 보내시라는 어머님의 명으로 인이도 내 곁을 떠나서 본국으로 갔다. 나는 외로운 몸으로 상해에 남아 있었다.

대한민국 9년 11월에 나는 국무령(國務領)에 피선되었다. 국무령은 임시 정부의 최고 수령이다 나는 임시의정원(臨時議政院) 의장 이동녕을 보고 아무리 아직 완성되지 아니한 국가라 하더라도 나 같은 미미한 사람이 한 나라의 원수(元首)가 된다는 것은 국가의 위신에 관계된다 하여 고사(固辭)하였으나 강권에 못 이겨 부득이 취임하였다.

나는 윤기섭 · 오영선 · 김갑 · 김철 · 이규홍으로 내각을 조직한 후에 헌법 개정안을 의정원에 제출하여 독재적인 국무령제를 고쳐서 평등인 위원제로 항고 지금은 나 자신도 국무위원의 하나고 일하고 있다.

내 60 평생을 돌아보니 너무도 상리(常理)에 벗어나는 일이 한두 가지가 아니다. 대개 사람이 귀하면 궁함이 없겠고 궁하고는 귀함이 없을 것이건만, 평생을 궁하게 지내었다. 우리 나라가 독립하는 날에는 삼천리강산이 다 내 것이 될는지 모르나 지금의 나는 넓고 넓은 지구면에 한 치 땅, 한 칸 집도 가진 것이 없다.

나는 과거에는 궁을 면하고 영화를 얻으려고 몽상도 하고 버둥거려 보기도 하였다. 옛날 한유는 '송궁문(送窮文)'을 지었으나 나는 차라리 '우궁문(友窮文)'을 짓고 싶다. 자식들에게 대하여 아비된 의무를 조금도 못하였으니 너희들이 나를 아비라 하여 자식된 의무를 하여 주기를 원치 아니한다. 너희들은 사회의 은택을 입어서 먹고 입고 배우는 터이니, 사회의 아들이 되어 사회를 아비로 여겨 효도로 섬기면 내 소망은 이어서 더 만족할 수는 없을 것이다.

이 붓을 놓기 전에 두어 가지 더 적을 것이 있다.

내가 동산평 농장에 있을 때 일이다. 기미 2월 26일이 어머님의 환갑이므로 약간 음식을 차려서 가까운 친구나 모아 간략하나마 어머님의 수연(壽宴)을 삼으리라 하고 내외가 상의하여 진행하던 차에 어머님이 눈치를 채시고 지금 이 어려운 때에 환갑잔치가 당치 아니하니 후년에 더 넉넉하게 살게 된 때에 미루라 하시므로 중지하였더니, 그 후 며칠이 못하여 나는 본국을 떠났다.

어머님이 상해에 오신 뒤에도 마음을 먹고 있

었으나 독립운동을 하노라고 날마다 수십 수백의 동포가 혹은 목숨을, 혹은 집을 잃는 참보를 듣고 앉아서 설사 힘이 있기로서니 어떻게 어머님을 위하여 수연을 차릴 경황이 있으랴. 하물며 내 생일 같은 것은 입 밖에 내인 일도 없었다.

대한민국 8년이었다. 하루는 나석주가 조반 전에 고기와 반찬거리를 들고 우리 집에 와서 어머님을 보고 오늘이 내 생일이라 옷을 전당을 잡혀서 생일 차릴 것을 사왔노라 하여서 처음으로 영광스럽게 생일을 차려 먹은 일이 있었다. 나석주는 나라를 위하여 동양척식회사(東洋拓植會社)에 폭탄을 던지고 제 손으로 저를 쏘아 충혼이 되었다.

나는 그가 차려준 생일을 영구히 기념하기 위하여, 또 어머님의 화연을 못해 드린 것에 황송하여 평생에 다시는 내 생일을 기념치 않기로 하고, 이글에도 내 생일 날짜를 기입하지 아니한다.

 인천 소식을 듣건대 박영문은 별세하고 안호연
은 생존한다 하기로 신편에 회중시계 한 개를 사
보내고 내가 김창수란 말을 하여 달라 하였으나
회보는 없었고, 성태영은 길림(吉林)에 와 산다
하기로 통신하였으며, 유완무는 북간도에서 누구
에게 죽임을 당하고 그 아들 한경은 아직도 거기
살고 있다고 한다.

 나와 서대문 감옥에서 두 해나 한 방에 있으며
내게 글을 배우고 또 내게 끔찍이 하여 주던 이
종근은 아라사 여자를 얻어 가지고 상해에 와서
종종 만났다. 이종근은 의병장 이운룡의 종제로
헌병 보조원을 다니다가 이운룡이 죽이려 하매
회개하고 그를 따라 의병으로 다니다가 잡혀 왔
었다. 김형진의 유족의 소식은 아직도 모르고 강
화 김주경의 유족의 소식도 탐문하는 중이다.

 지난 일의 연월일은 어머님께 편지로 여쭈어와서

기입한 것이다.

내 일생에 제일 행복은 몸이 건강한 것이다. 감옥 생활 5년에 하루도 병으로 쉰 날은 없었고, 인천 감옥에서 학질로 반일(半日)을 쉰 적이 있을 뿐이다. 병원이라고는 혹은 떼노라고 제중원에 1개월, 상해에서는 서반아 감기로 20일 동안 입원하였을 뿐이다.

기미년에 고국을 떠난 지 우금 10여 년에 중요한 일, 진기한 일도 많으나 독립 완성 전에는 말할 수 없는 것이매 아니 적기로 한다.

이 글을 쓰기 시작한 지 일 년 넘은 대한민국 11년 5월 3일에 임시 정부 청사에서 붓을 놓는다.

제 2 편

상해 임시 정부의 탄생

기미년 3월, 안동현에서 영국사람 죠지 쇼우의 배를 타고 상해에 온 나는 김보연 군을 앞세우고 이동녕 선생을 찾았다. 서울 양기탁 사랑에서 서간도 무관학교 의논을 하고 헤어지고는 10여 년 만에 서로 만나는 것이었다. 그때에 광복 사업을 준비할 전권의 임무를 맡던 선생의 좋은 신수는 10여 년 고생에 약간 쇠하여 얼굴에 주름살이 보였다. 서로 악수하니 감개가 무량하였다.

내가 상해에 갔을 때에는 먼저 와 있던 인사들이 신한청년당(新韓靑年黨)을 조직하여 김규식을 파리 평화 회의에 대한민국 대표로 파견한 지 벌써 두 달이 지난 후였다.

3·1운동이 일어난 뒤에 각지로부터 모여온 인

사들이 임시 정부와 임시의정원을 조직하여 중외에 선포한 것이 4월 초순이었다.

이에 탄생된 대한민국 임시 정부의 수반은 국무총리 이승만 박사, 그 밑에 내무 · 외무 · 재무 · 법무 · 교통 등 부서가 있어 광복 운동의 여러 선배 수령을 그 총장에 추대하였다.

총장들이 원지(遠地)에 있어서 취임치 못하므로 청년들을 차장으로 임명하여 총장을 대리케 하였다. 내가 내무총장 안창호 선생에게 문 파수를 청원한 것이 이 때였다.

나는 문 파수를 청원하였다가 경부국장으로 취임하게 되니 이후 5년 간 심문관 판사 · 검사의 직무와 사형 집행까지 혼자 겸하여서 하게 되었다.

내가 맡은 경부국의 임무는 기성 국가에서 하는 보통 경찰 행정이 아니요, 왜의 정탐 활동을 방지하고 독립운동자가 왜에게 투항하는 것을 감

시하며, 왜의 마수가 어느 방면으로 들어오는가
를 감시하는 데 있다. 이 일을 하기 위하여 나는
정보과 사복의 경호원(警護員) 20여 명을 썼다.
이로써 홍구의 왜 영사관과 대립하여 암투하는
것이다.

당시 프랑스 당국은 우리의 국정을 잘 알므로
일본 영사관에서 우리 동포의 체포를 요구해온
때에는 미리 우리에게 알려주어서 피하게 한 뒤
에 일본 경관을 대동하고 빈 집을 수사할 뿐이었
다.

왜구 다나카 기이치(田中義一)가 상해에 왔을
때에 황포마두(黃浦碼頭)에서 오성륜이 그에게
폭탄을 던졌으나 폭발되지 아니하므로 권총을 쏜
것은 다나카는 아니 맞고 미국인 여자 한 명이
맞아 죽은 사건이 났을 때에 일본·영국·프랑스
세 나라가 합작하여 법조계의 한인을 대거 수색
한 일이 있었다.

우리 집에는 어머님이 본국으로부터 상해에 오신 때였다. 하루는 이른 새벽에 왜 경관 일곱 놈이 프랑스 경관 서대납을 앞세우고 내 침실에 들어섰다. 서대납은 나와 잘 아는 자라 나를 보더니 옷을 입고 따라오라 하여 왜 경관이 나를 결박하려는 것을 금하였다.

프랑스 경무청에 가니 원세훈 등 다섯 사람이 벌써 잡혀와 있었다. 프랑스 당국은 왜 경관이 우리를 심문하는 것도 허락지 아니 하고 왜 영사관으로 넘기라는 것도 아니 듣고 나로 하여금 다섯 사람을 담보케 한 후에 모두 석방해 버렸다.

우리 동포 관계의 일에는 내가 임시 정부를 대표하여 언제나 배심관이 되어 프랑스 조계의 법정에 출석하였으므로 현행범이 아닌 이상 내가 담보하면 석방하는 것이었다. 왜 경찰이 나와 프랑스 당국과의 관계를 안 뒤로는 다시는 내 체포를 프랑스 당국에 요구하는 일이 없고, 나는 법조계 밖으로 유인해 내려는 수단을 쓰므로 나는 한 걸음도 조계 밖으로 나가지 아니하였다.

내가 5년 간 경무국장을 하는 동안에 생긴 기이한 일을 일일이 적을 수도 없고, 또 이루 다 기억도 못하거니와 그 중에 몇 가지만을 말하련다.

고등정탐 선우갑을 잡았을 때에 그는 죽을죄를 깨닫고 사형을 자원하기로 장공속죄(將功贖罪: 장차 공을 세워 죄를 갚음)를 할 서약을 받고 살려 주었더니 나흘 만에 도망하여 본국으로 들어갔다.

강인우는 왜 경부로 상해에 와서 총독부에서 받아 가지고 온 사명을 말하고 내게 거짓 보고 자료를 달라 하기로 그리하였더니 본국에 돌아가서 그 공으로 풍산 군수가 되었다.

구한말 내무대신 동농(東農) 김가진 선생이 3·1선언 후에 왜에게 받았던 남작을 버리고 대동당(大同黨)을 조직하여 활동하다가 아들 의한

군을 데리고 상해에 왔을 적 일이다. 왜는 남작
이 독립운동에 참가하였다는 것이 수치라 하여
의한의 처의 종형 정필화를 보내어 동농 선생을
귀국케 할 운동을 하고 있음을 탐지하고 그를 검
거하여 심문한 즉 낱낱이 자백하므로 처교하였
다.

황학선은 해주 사람으로 3·1운동 이전에 상해
에 온 자인데, 가장 우리 운동에 열심히 있는 듯
하기로 타처에 오는 지사들은 그 집에 유숙케 하
였다. 그랬더니 그 자가 이것을 기호로 하여 일
변 왜 영사관과 통하여 거기서 돈을 얻어 쓰고
일변 애국청년에게 임시 정부를 악선전하거나 나
창헌, 김의한 등 십 수 명이 작당하여 임시 정부
를 습격한 일이 있었으나 이것은 곧 진압되고 범
인은 전부 경무국의 손에 체포되었다가 그들이
황학선의 모략에 속은 것이 분명하므로 모두 말
로 타일러 풀어주고 그때에 중상한 나창헌, 김기

제는 입원시켜 치료를 받게 하였다.

이 사건을 조사한 결과 황학선이가 왜 영사관에서 자금과 지령을 받아 우리 정부 각 총장과 경무국장을 살해할 계획으로 나창헌이 경성 의전의 학생이던 것을 이용하여 3층 양옥을 세를 내어 병원 간판을 붙이고, 총장들과 나를 그리로 유인하여 살해할 계획이던 것이 판명되었다.

나는 이 문초의 기록을 나창헌에게 보였더니 그는 펄펄 뛰며 속은 것을 자백하고 장인 황학선을 사형에 처할 것을 주장하였다. 그러나 그때 벌써 황학선은 처교된 뒤였다.

한번은 박 모라는 청년이 경무국장 면회를 청해 만나 보았다. 그는 나를 대하자 눈물을 흘리며 단총 한 자루와 수첩 하나를 내 앞에 내어 놓았다. 자기는 수일 전에 본국으로부터 상해에 왔는데 왜 영사관에서 그의 체격이 건장함을 보고, 김구를 죽이라 하고 성공하면 돈도 많이 주려니

와 설사 실패하여 그가 죽는 경우에는 그의 가족
에게는 나라에서 좋은 토지를 주어 편안히 살도
록 할 터이라 하고, 만일 이에 응치 아니하면 그
를 '불령선인(不逞鮮人)' 으로 엄벌한다 하기로
부득이 그러마하고 무기를 품고 법조계에 들어와
길에서 나를 보기도 하였으나, 독립을 위하여 애
쓰는 사람을 자기도 대한 사람이면서 어찌 감히
상하랴 하는 마음이 생겨서 그 단총과 수첩을 내
게 바치고 자기는 먼 지방으로 달아나서 장사나
하겠다는 것이었다. 나는 그 말을 믿고 감사하다
는 말을 하고 놓아 보냈다.

　나는 '의심하는 사람이어든 쓰지를 말고, 쓰는
사람이어든 의심을 말라' 는 것을 신조로 하여 살
아 왔거니 그 때문에 실패한 일도 없지 아니하
였으니 한태규 사건이 그 예다.

　한태규는 평양 사람으로서 매우 근실하여 내가
7, 8년을 부리는 동안에 내외국인의 신임을 얻었

었다. 내가 경무국장을 사면한 후에도 그는 여전히 경무국 일을 보고 있었다.

하루는 계원(桂園) 노백린 형이 아침 일찍 내 집에 와서 뒤 노변에 한복 입은 젊은 여자의 시체가 있다 하기로 나가 보니 그것은 명주(明珠)의 시체였다. 명주는 상해에 온 후로 정인과, 황석남이 빌어 가지고 있는 집에 식모로도 있었고, 젊은 사내들과 추행도 있다는 소문이 있던 여자다. 어느 날 밤에 한 번 한태규가 이 여자를 동반하여 가는 것을 보고 한 군도 젊은 사람이니 그런가보다 하고 지나친 것이 얼마 오래지 아니한 것이 기억되었다.

시체를 검사하니 피살이 분명하다. 머리에 피가 묻었으니 처음에는 때린 모양이요, 목에는 바로 매었던 자국이 있는데, 그 수법이 내가 서대문 감옥에서 활빈당 김 진사에게 배운 것을 경호원들에게 가르쳐 준 그것이었다. 여기서 단서를 얻어 가지고 조사한 결과 그 범인이 한태규인 것이 판명되어 프랑스 경찰에 말하여 그를 체포케 하여 내가 배심관으로 그의 문초를 듣건대 그는 내가 경무국장을 사직한 후로부터 여러 가지 사정으로 왜에게 매수되어 그 밀정이 되어 명주와 비밀히 통기하던 중, 명주가 한이 밀정인 것을 눈치를 알고 되매 한은 명주가 자기의 일을 내게 밀고할 것을 겁내어서 죽인 것이라는 것을 자백하였다.

명주는 행실이 부정할망정 애국심은 열렬한 여자였다. 그는 종신 징역의 형을 받았다. 후에 나와 동관(同官)이던 나우도 한태규가 돈을 흔히 쓰는 것으로 보아 오래 의심은 하였으나 확실한 증거도 없이 내게 그런 말을 고하면 내가 동지를 의심한다고 책망할 것을 두려워하여 말을 아니하고 있었다고 하였다.

후에 한태규는 다른 죄수들을 선동하여 양력 1

월 1일 옥을 깨뜨리고 도망하기로 약속을 하여 놓고 제가 도리어 감옥 당국에 밀고하여 간수들이 담총하고 경비하게 한 후에 약속한 시간이 되매 여러 감방 문이 일제히 열리며 칼, 몽둥이, 돌멩이, 재 같은 것을 가지고 죄수들이 뛰어나오는 것을 한태규가 총을 놓아 죄수 여덟 명을 즉사케 하니 다른 죄수들은 겁을 내어 움직이지 못하매 파옥 소동이 진정되었다.

그리고 이 사건을 재판하는 마당에 한태규는 제가 쏘아 죽인 여덟 명의 시체를 담은 관머리에 증인으로 출정하더란 말을 들었고, 또 그 후에 한의 편지를 받았는데 그는 같은 죄수 여덟 명을 죽인 것이 큰 공로라 하여 방면이 되었고, 전에 잘못한 것은 다 회개하니 다시 써달라고 하였다. 나중에 듣건대 이 편지에 대한 내 회답이 없는 것을 보고 겁이 나서 본국으로 도망하여 무슨 조그마한 장사를 하고 있다고 하였다. 내가 이런 흉악한 놈을 절대 신임한 것이 다시 세상에 머리를 들 수 없을 만큼 부끄러워서 심히 고민하였다.

이봉창 의사의 동경 의거

기미년, 즉 대한민국 원년(元年)에는 국내나 국외를 물론하고 정신이 일치하여 민족 독립운동으로만 진전되었으나 당시 세계 사조(世界 思潮)의 영향을 따라서 우리 중에도 점차로 봉건이니, 무산 혁명이니 하는 말을 하는 자가 생겨서 단순하던 우리 운동선에도 사상의 분열·대립이 생기게 되었다.

임시 정부 직원 중에도 민족주의니 공산주의니 하여 음으로 양으로 투쟁이 개시되었다. 심지어 국무총리 이동휘가 공산 혁명을 부르짖고, 이에 대하여 대통령 이승만은 데모크라시를 주장하여 국무회의 석상에서도 의견이 일치하지 못하고 대립과 충돌을 보는 기괴한 현상이 일어났다.

예를 들면 국무회의에서 러시아에 보내는 대표
로 여운형·안공근·한형권 세 사람을 임명하였
는데 정작 여비가 손에 들어오매 이동휘는 제 심
복인 한형권 한 사람만을 몰래 떠나보내고 한이
시베리아를 지났을 때쯤 하여서 이것을 발표하였
다.

이동휘는 본래 강화 진위대 참령(江華 鎭衛隊
參領)으로서 군대 해산 후에 해삼위(海蔘威:불
라디 보스톡)로 건너가 이름을 대자유(大自由)
라고 행세한 일도 있다.

하루는 이동휘가 내게 공원에 산보가기를 청하
기로 따라갔더니 조용한 말로 자기를 도와 달라
한다. 나는 좀 불쾌하여서 내가 경무국장으로 국
무총리를 호위하는데 내 직책에 무슨 불찰이 있
느냐고 물었다. 그는 손을 흔들며, 그런 것이 아
니라 대저 혁명(革命)이라는 것은 피를 흘리는
사업인데 지금 우리가 하고 있는 독립운동은 민

주주의 혁명에 불과하니 이대로 독립을 하더라도 다시 공산주의 혁명을 해야겠는데, 두 번 피를 흘림이 우리 민족의 대불행이 아닌가. 그러니 나더러 자기와 함께 공산 혁명을 하는 것이 어떤가 하고 내 의향을 묻는 것이었다.

이에 대하여 나는 이렇게 반문했다.

"우리가 공산 혁명을 하는 데는 제3국제공산당의 지휘와 명령을 안 받고도 할 수 있습니까?"

그는 고개를 흔들며,

"안되지요."

한다. 나는 강경한 어조로,

"우리 독립운동은 우리 대한민국 독자의 운동이요. 어느 제3자의 지도나 명령에 지배되는 것은 맘에게 의존하는 것이니 우리 임시 정부 헌장에 위반되오. 총리가 이런 말씀을 하심은 대불가(大不可)니 나는 선생의 지도를 받을 수 없고, 또 선생께 자중하시기를 권고하오."

하였더니 이동휘는 불만스러운 낯으로 돌아섰
다.

이 총리가 몰래 보낸 한형권이 러시아 국경 안
에 들어서서 우리 정부의 대표로 온 사명을 국경
관리에게 말하였더니 이것이 모스크바 정부에 보
고되어 그 명령으로 철도 각 정거장에는 재류 한
인 동포들이 태극기를 두르고 크게 환영하였다.
모스크바에 도착하여서는 소련 최고 수령 레닌이
친히 한형권을 만났다. 레닌이 독립운동 자금은
얼마나 필요하냐 하고 묻는 말에 한은 입에서 나
오는 대로 2백만 루블이라고 대답하였는데 레닌
은 웃으며,

"일본을 대항하는 데 2백만 루블로 족하겠는
가?"

하고 반문하므로 한은 너무 적게 부른 것을 후
회하면서 본국과 미국에 있는 동포들이 자금을
마련하니 당장 그만큼이면 된다고 변명하였다.

레닌은,

"제 민족의 일은 제가 하는 것이 당연하다."

하고 곧 외교부에 명하여 2백만 루블을 한국 임시 정부에 지불하게 하였다. 한형권은 그 중 제1차분으로 40만 루블을 가지고 모스크바를 떠났다.

이동휘는 한형권이 돈을 가지고 떠났다는 기별을 받자 국무원에는 알리지 아니 하고 또 몰래 비서장이요, 자기의 심복인 김립을 시베리아로 마중 보내어 그 돈을 임시 정부에 내놓지 않고 직접 자기 손에 받으려 하였으나 김립은 또 제 속이 따로 있어서 그 돈으로 우선 자기 가족을 위하여 북간도에 토지를 매수하고 상해에 돌아와서도 비밀히 숨어서 광동(廣東) 여자를 첩으로 들이고 호화롭게 향락 생활을 시작하였다. 임시 정부에서는 이동휘에게 그 죄를 물으니 그는 국무총리를 사임하고 러시아로 도망하여 버렸다.

한형권은 다시 모스크바로 가서 통일 운동의 자금이라 칭하고 20만 루블을 더 얻어 가지고 몰래 상해에 들어와 공산당 무리들에게 돈을 뿌려서 소위 국민대표대회라는 것을 소집하였다. 그러나 공산당도 하나가 못되고 세 파로 갈렸으니, 하나는 이동휘를 수령으로 하는 사해파요, 다음은 안병찬, 여운형을 두목으로 하는 일쿠츠크파요, 그리고 셋째는 일본에 유학하는 학생으로 조직되어 일인 복본화부(福本和夫)의 지도를 받는 김준연 등의 엠엘(ML)당 파였다. 엠엘당은 상해에서는 미미하였으나 만주에서는 가장 맹렬히 활동하였다.

있을 것은 다 있어서 공산당 외에 무정부당까지 생겼으니 이을규·이정규 두 형제와 유자명 등은 상해, 천진 등지에서 활동하던 아나키스트의 맹장 들이었다.

한형권의 붉은 돈 20만 원으로 상해에서 개최

393

된 국민대회라는 것은 참말로 잡동사니 회라는 것이 옳을 것이었다. 일본·조선·중국·아라사 국 각처에서 무슨 단체 대표, 무슨 단체 대표하는 형형색색의 명칭으로 2백여 대표가 모여들었는데 그 중에서 일쿠츠크파, 상해파 두 공산당이 민족주의자인 다른 대표들을 서로 경쟁적으로 끌고 쫓고 하여 일쿠츠크파는 창조론(創造論), 상해파는 개조론(改造論)을 주장하였다.

창조론이란 것은 지금 있는 정부를 해소하고 새로 정부를 조직하자는 것이요, 개조론이란 것은 현재 정부를 그냥 두고 개조만 하자는 것이었다. 이 두 파는 암만 싸워도 합의점을 못 찾아 국민대표회는 필경 분열되고 말았고, 이에 창조파에서는 제 주장대로 '한국정부'라는 것을 창조하여 본래 정부의 외무총장인 김규식이 그 수반이 되어서 이 '한국정부'를 끌고 해삼위로 가서 러시아에 출품 하였으나 모스크바가 돌아보지도 아니하므로 계불입량(計不入量:따져도 도무지 양에 차지 않음)하여 흐지부지 쓰러지고 말았다.

이 공산당 두 파가 싸우는 통에 순진한 독립운동자들까지도 창조니 개조니 하는 공산당 양파의 언어 모략에 현혹되어 시국이 요란하므로 당시 내무총장이던 나는 국민대표회에 대하여 해산을 명하였다. 이것으로 붉은 돈이 일으킨 한 막의 희비극이 끝을 맺고 시국은 안정되었다.

이와 전후하여 임시 정부 공금횡령범 김립은 오면직 · 노종균 두 청년에게 총살을 당하니 인심이 쾌하다 하였다.

임시 정부에서는 한형권의 러시아에 대한 대표를 파면하고 안공근을 대신 보내었으나 별 효과가 없어서 임시 정부와 러시아와의 외교 관계는 이내 끊어지고 말았다.

상해에 남아 있는 공산당원들은 국민대표회가 실패한 뒤에도 좌우 통일이라는 미명으로 민족

운동자들을 달래어 지금까지 하여 오던 민족적
독립운동을 공산주의 운동으로 방향을 전환가자
고 떠들었다. 재중국청년동맹(在中國靑年同盟),
주중국청년동맹(住中國靑年同盟)이라는 두 파
공산당의 별동대도 상해에 있는 우리 청년들을
쟁탈하면서 같은 소리를 하였다. 민족주의자와
공산주의자가 통일하여 공산 혁명 운동을 하자는
것이었다.

그런데 또 희극이 생겼다. '식민지에서는 사회
운동보다 민족 독립운동을 먼저 하여라' 하는 레
닌의 새로운 지령이다. 이에 어제까지 민족 독립
운동을 비난하고 조소하던 공산당원들은 경각간
에 민족 독립운동자로 졸변하여 민족 독립이 공
산당의 당시(黨是)라고 부르짖었다. 공산당이 이
렇게 되면 민족주의자도 그들을 배척할 이유가
없어졌으므로 유일독립당촉성회(唯一獨立黨促
成會)라는 것을 만들었다.

그러나 공산주의자들은 입으로 하는 말만 고쳤을 뿐이요, 속은 그대로 있어서 민족 운동이란 미명하에 민족주의자들을 끌어넣고 그들의 소위 헤게모니로 이를 옭아매려는 것이었다. 그러나 이제는 민족주의자들도 그들의 모략이나 전술을 다 알아서 그들의 손에 쥐이지 아니하므로 자기네가 설도하여 만들어 놓은 유일독립촉성회를 자기네 음모로 깨뜨려 버리고 말았다.

그리고 생긴 것이 한국독립당(韓國獨立黨)이니 이것은 순전한 민족주의자 단체여서 이동녕·안창호·조완구·이유필·차이석·김붕준·송병조 및 나 김구가 수뇌가 되어서 조직한 것이었다. 이로부터서 민족 운동자와 공산주의자가 딴 조직을 가지게 되었다.

이렇게 민족주의자가 단결하게 되매 공산주의자들은 상해에서 할 일을 잃고 남북 만주로 달아났다. 거기는 아직 동포들의 민족주의적 단결이 분산, 박약하고 또 공산주의의 정체에 대한 인식이 없으므로 그들은 상해에서보다 더 맹렬하게 날 뛸 수가 있었다.

이상룡의 자손은 공산주의에 충실한 나머지 살부회(殺父會)까지 조직하였다. 그러나 제 아비를 제 손으로 죽이지 않고 회원끼리 서로 아비를 바꾸어 죽이는 것이라 하니 아직도 사람의 마음이 조금은 남은 것이었다.

이 붉은 무리는 만주의 독립운동 단체인 정의부(正義府), 신민부(新民府), 참의부(參議府), 남군정서(南軍政署), 북군정서(北軍政署) 등에 스며들어가 능란한 모략으로 내부로부터 분해시키고 상극을 시켜 이 모든 기관을 혹은 붕괴하게 하고 혹은 서로 싸워서 여지없이 파괴하여 버리고 동포끼리 많은 피를 흘리게 하니 백광운·김좌진·김규식(나중에 박사라고 된 김규식이 아니다) 등 우리 운동에 없지 못할 큰 일꾼들이 이 통에 아까운 희생이 되고 말았다.

우리 나라에 대한 국제 정세의 냉담, 일본의 압박 등으로 민족의 독립사상이 날로 감쇄하던 중에 공산주의자의 교란으로 민족 전선은 분열에서 혼란으로, 혼란에서 궤멸로 굴러 떨어져 갈 뿐이었는데 엎친 데 덮친 격으로 만주의 주인이라 할 장작림이 일본의 꾀에 넘어가서 그의 치하에 있는 독립운동자를 닥치는 대로 잡아 일본에 넘기고 심지어는 중국 백성들이 한인의 머리를 베어 가지고 가서 왜 영사관에서 한 개에 많으면 10원, 적으면 3, 4원의 상금을 받게 되고 나중에는 우리 동포 중에도 독립군의 소재를 밀고하는 일까지 생겼으니, 여기는 독립운동자들이 통일이 없이 셋, 다섯으로 갈라져서 재물, 기타로 동포에게 귀찮음을 준 책임도 없지 아니하다. 이러하던 끝에 왜가 만주를 점령하여 소위 만주국이란 것을 만드니 우리 운동의 최대 근거지라 할 만주

에 있어서의 우리 운동은 거의 불가능하게 되어
버렸다.

애초에 만주에 있던 독립운동 단체는 다 임시
정부를 추대하였으나 차차로 군웅할거(群雄割
據)의 폐풍이 생겨, 정의부와 신민부가 우선 임
시 정부의 절제를 안 받게 되었다. 그러나 참의
부만은 끝까지 임시 정부에 대한 의리를 지키더
니 이 셋이 합하여 새로 정의부가 된 뒤에는 아
주 임시 정부와는 관계를 끊고 자기들끼리도 사
분오열하여 서로 제 살을 깎고 있다가 마침내 공
산당으로 하여 서로 제 목숨을 끊는 비극을 연출
하고 막을 내리고 말았으니, 진실로 슬픈 일이
다.

상해의 정세도 소위 양패구상(兩覇俱傷)으로
둘이 싸워 둘이 다 망한 셈이 되었다.

한국독립당 하나로 겨우 민족진영의 껍데기를
유지할 뿐이었다.

임시 정부에는 사람도 돈도 들어오지 아니하여 대통령 이승만이 물러나고 박은식이 대신 대통령이 되었으나, 대통령제를 국무령제(國務領制)로 고쳐 놓을 뿐으로 나가고 제1세 국무령으로 뽑힌 이상룡(李尙龍)은 서간도로부터 상해로 취임하러 왔으나 각원을 고르다가 지원자가 없어 도로 서간도로 물러가고, 다음에 홍면희가 선거되어 진강(鎭江)으로부터 상해에 와서 취임하였으나 역시 내각조직에 실패하였다. 이리하여 임시 정부는 한참 동안 무정부 상태에 빠져서 의정원에서 큰 문제가 되었다.

하루는 의정원 의장 이동녕 선생이 나를 찾아와서 내가 국무령이 되기를 권하였으나 나는 두 가지 이유로 사양하였다. 첫째 이유는 나는 해주 서촌의 일개 김 존위(경기도 지방의 영좌에 상당한 것)의 아들이니 우리 정부가 아무리 초창 시대의 추형에 불과하다 하더라도 나같이 미천한 사람이 일국의 원수가 된다는 것은 국가와 민족의 위신에 큰 관계가 있다는 것이요, 둘째로 말하면 이상룡, 홍면희 두 사람도 사람을 못 얻어서 내각 조직에 실패하였거늘 나 같은 자에게 더욱 응할 인물이 없을 것이란 것이었다.

그런즉 이 씨 말이 첫째는 이유가 안 되는 것이니 말할 것도 없고, 둘째로 말하면 나만 나서면 따라 나설 사람이 있다고 강권하므로 나는 승낙하였다. 이에 의정원의 정식 절차를 밟아서 내가 국무령으로 취임하였다.

나는 윤기섭 · 오영선 · 김갑 · 김철 · 이규홍 등으로 내각을 조직하고 현재의 제도로는 내각을 조직하기가 번번이 곤란할 것을 통절히 깨달았으므로 한 사람에게 책임을 지우는 국무령제를 폐지하고 국무위원제(國務委員制)로 개정하여 의정원의 동의를 얻었다. 그래서 나는 국무위원의 주석이 될 뿐이요, 모든 국무위원은 권리에나 책임에나 평등이었다. 그리고 주석은 위원들이 번차례로 할 수 있는 것이므로 매우 편리하여 종래의 모든 분리를 일소할 수가 있었다.

이렇게 하여 정부는 자리가 잡혔으나 경제 곤란으로 정부의 이름을 유지할 길도 망연하였다. 정부의 집세가 30원, 심부름꾼 월급이 20원 미만이었으나 이것도 낼 힘이 없어서 집주인에게 여러 번 송사를 겪었다.

다른 위원들은 거의 식구들이 있었으나 나는 아이들 둘도 본국 어머님께로 돌려보낸 뒤라 홀몸이었다. 그래서 나는 임시 정부 정청에서 자고, 밥은 돈벌이 직업을 가진 동포의 집으로 이집 저 집 돌아다니면서 얻어먹었다. 동포의 직업이라 하여 전차 회사의 차표 검사원인 인스펙터가 제일 많은 직업이어서 70명가량 되었다.

나는 이들의 집으로 다니며 아침저녁을 빌어먹는 것이니 거지 중에는 상거지였다. 다들 내 처지를 알므로 누구나 내게 미움 밥은 아니 주었다고 믿는다. 특히 조봉길, 이춘태, 나우, 진희창, 김의한 같은 이들은 절친한 동지들이니 더 말할 것도 없고, 다른 동포들도 내게 진정으로 동정하였다.

엄항섭 군은 프랑스 공무국(工務局)에서 받은 월급으로 석오(石吾:이동녕의 당호)나 같은 궁한 운동자를 먹여 살렸다. 그의 전실 임(林) 씨는 내가 그 집에 갔다가 나올 때면 대문 밖까지 따라 나와서 은전 한두 푼을 내 손에 쥐어주며,

"애기 사탕이나 사 주세요."

하였다. 아기라 함은 내 둘째 아들 신을 가리킨 것이다. 그는 초산에 딸 하나를 낳고 가엾이 세상을 떠나서 노가만(盧家灣) 공동묘지에 묻혔다. 나는 그 무덤을 볼 때마다 만일 엄 군에게 그럴 힘이 아니 생기면 나라도 묘비 하나는 해 세우리라 하였으나 숨어서 상해를 떠나는 몸이라

그것을 못한 것이 유감이다. 오늘날도 노가만 공동묘지 임 씨의 무덤이 눈에 암암하다. 그는 그 남편이 존경하는 늙은이라 하여 내게 그렇게 끔찍하게 해주었다.

나는 애초에 임시 정부의 문 파수를 지원하였던 것이 경무국장으로, 노동국 총판(勞動局 總辦)으로, 내무총장으로, 국무령으로 오를 대로 다 올라서 다시 국무위원이 되고 주석이 되었다. 이것은 문 파수의 자격이던 내가 진보한 것이 아니라 사람이 없어진 때문이었다.

일찍이 이승만이 대통령으로 시무할 때에는 중국인은 물론이요, 눈 푸르고 코 높은 영, 미, 법 등 외국인도 정청에 찾아오는 일이 있었으나 지금은 서양 사람이라고는 프랑스 순포가 왜 경관을 대동하고 사람을 잡으러 오거나 밀린 집세 채근을 오는 것 밖에는 없었다. 그리고 한창 적에는 천여 명이나 되던 독립운동자가 이제는 수십

405

명도 못 되는 형편이었다.

왜 이렇게 독립 운동자가 줄었는가?

첫째로는 임시 정부의 군무차장 김희선, 독립 신문 사장 이광수, 의정원 부의장 정인과 같은 무리는 왜에게 항복하고 본국으로 들어가고, 둘째로는 국내 각 도, 각 군, 각 면에 조직하였던 연통제(聯通制)가 발각되어 많은 동지가 왜에게 잡혔고, 셋째는 생활난으로 하여 각각 흩어져 밥벌이를 하게 된 때문이었다.

이러한 상태에 있어서 임시 정부의 할 일이 무엇인가? 첫째로 돈이 있어야 할 터인데 돈이 어디서 나오나?

본국과 만주와는 이미 연락이 끊겼으니, 미주와 하와이에 있는 동포에게 임시 정부의 곤란한 사정을 말하여 그 지지를 구할 수밖에 없었다. 그래서 시작한 것이 내 편지 정책이었다. 나는 미주와 하와이 재류 동포의 열렬한 애국심을 믿었다. 그것은 서재필·이승만·안창호·박용만 등의 훈도를 받은 까닭이었다.

나는 영문에는 문맹이므로 편지 겉봉도 쓸 줄 몰랐으므로 엄항섭·안공근 등에게 의뢰하여서 쓰게 하였다.

이 편지 정책의 효과를 기다리기는 벅찼다. 그 때에는 아직 항공 우편이 없었으므로 상해 미국 간에 한 번 편지를 부치고 답장을 받으려면 두 달이나 걸렸기 때문이다. 그러나 기다린 보람은 있어서 차차 동정하는 회답이 왔고, 시카고에 있 는 김경은 그곳 공동회(共同會)에서 모은 것이라 하여 집세나 하라고 미화 2백 달러를 보내어 왔 다. 당시 임시 정부의 형편으로 이것은 결코 적 은 돈이 아니었다. 돈도 돈이려니와 동포들의 정 성이 고마웠다. 김경은 나와는 일면시고 없는 사 람이었다.

하와이에서도 안창호·가와이·현순·김상

호·이홍기·임성우·박종수·문인화·조병·
김현구·황인환·김윤배·박신애·심영신 등 제
씨가 임시 정부를 위하여 정성을 쓰기 시작하고,
미주에서는 국민회에서 점차로 정부에 대한 향심
이 생겨서 김호·이종소·홍언·한시대·송종
익·최진하·송헌주·백일규 등 제 씨가 일어나
정부를 지지하고, 멕시코에서는 김기창·이종오,
쿠바에서는 임천택·박창운 등 제 씨가 임시 정
부를 후원하고, 동지회 방면에서는 이승만 박사
를 위시하여 이원순·손덕인·안현경 제 씨가 임
시 정부를 유지하는 운동에 참가하였다.

하루는 어떤 청년 동지 한 사람이 거류민단으
로 나를 찾아왔다. 그는 이봉창이라 하였다(나는
그때에 상해 거류민단장도 겸하였다). 그는 말하
기를, 자기는 일본에서 노동을 하고 있었는데 독
립운동에 참예하고 싶어서 왔으니 자기와 같은
노동자도 노동을 해먹으면서 독립운동을 할 수

있는가 하였다.

그는 우리말과 일본말을 섞어서 쓰고 임시 정부를 가정부(假政府)라고 왜식으로 부르므로 나는 특별히 조사할 필요가 있다고 생각하고 민단 사무원을 시켜 여관을 잡아주라 하고 그 청년더러는 이미 날이 저물었으니 내일 또 만나자 하였다.

며칠 후였다. 하루는 내가 민단 사무실에 있노라니 부엌에서 술 먹고 떠드는 소리가 들리는데 그 청년이 이런 소리를 하였다.

"당신네들은 독립운동을 한다면서 왜 일본 천황을 안 죽이오?"

이 말에 어떤 민단 사무원이,

"일개 문관이나 무관 하나도 죽이기가 어려운데 천황을 어떻게 죽이오?"

한 즉 그 청년은 이렇게 말했다.

"내가 작년에 천황이 능행(陵幸)을 하는 것을

길가에 엎드려서 보았는데, 그때에 나는 지금 내 손에 폭발탄 한 개만 있었으면 천황을 죽이겠다고 생각하였소."

나는 그날 밤에 이봉창이 묵고 있는 여관을 찾았다. 그는 상해에 온 뜻을 이렇게 말하였다.

"제 나이 이제 서른 한 살입니다. 앞으로 서른 한 해를 더 산다 하여도 지금까지보다 더 나은 재미는 없을 것입니다. 늙겠으니까요. 인생의 목적이 쾌락이라면 지난 31년 동안에 인생의 쾌락이란 것을 대강 맛보았습니다. 이제부터는 영원한 쾌락을 위해서 독립 사업에 몸을 바칠 목적으로 상해에 왔습니다."

그의 말에 내 눈에는 눈물이 찼다.

이봉창 선생은 공경하는 태도로 내게 국사에 헌신할 길을 지도하기를 청하였다. 나는 그러마 하고 쾌락하고 1년 내에는 그가 할 일을 준비할 터이나 시방 임시 정부의 사정으로는 그의 생

활비를 댈 길이 없으니 그동안은 어떻게 하려는
가고 물었다. 그는 자기는 철공에 배운 재주가
있고 또 일어를 잘하여 일본서도 일본 사람으로
행세하였고 또 일본 사람의 양자로 들어가 성명
도 목하창장(木下昌藏)이라 하여 상해에 오는 배
에서도 그 이름을 썼으니 자기는 공장에서 생활
비를 벌면서 일본 사람 행세를 하며 언제까지나
나의 지도가 있기를 기다리겠노라고 하였다.

　이리하여 나는 그에게 나하고는 빈번한 교제를
말고 한 달에 한 번씩 밤에 나를 찾아와 만나자
고 주의시킨 후에 일인이 많이 사는 홍구로 떠나
보냈다.

　수일 후에 그가 내게 와서 월급 80원에 일본인
의 공장에 취직하였노라 하였다.

　그 후부터 그가 종종 술과 고기와 국수를 사
가지고 민단 사무소에 와서 말단 직원들과 놀고
술이 취하면 일본 소리를 잘하므로 '일본 영감'

이라는 별명을 얻었다.

어느 날은 하오리에 게다를 신고 정부 문을 들어서다가 중국인 하인에게 쫓겨난 일도 있었다. 그래서 나는 이동녕 선생과 기타 국무원들에게 한인인지 일인인지 판단키 어려운 인물을 정부 문내에 출입시킨다는 책망을 받았고, 그때마다 조사하는 일이 있어서 그런다고 변명하였으나 동지들은 매우 불쾌하게 여기는 모양이었다.

이럭저럭 이봉창과 약속한 1년이 거의 다 가서야 미국에 부탁한 돈이 왔다. 이제는 폭탄도 돈도 다 준비가 되었다.

12월 중순 어느 날, 나는 이봉창 선생을 비밀히 법조계 중흥여사(中興旅舍)로 청하여 하룻밤을 같이 자며, 이 선생이 일본 갈 일에 대하여 여러 가지 의논을 하였다. 만일 계획이 실패하여 왜 관헌에게 심문을 받게 되거든 이 선생이 대답할 문구까지 일러주었다. 그 밤을 같이 자고 이튿날 아침에 나는 내 헌옷 주머니 속에서 돈 뭉치를 내어 이봉창 선생에게 주며 일본 갈 준비를 다하여 좋고 다시 오라 하고 서로 작별하였다.

이틀 후에 그가 찾아왔기로 중흥여사에서 마지막 한 밤을 둘이서 함께 잤다. 그때에 이 씨는 이런 말을 하였다.

"일전에 선생님이 내게 돈뭉치를 주실 때 나는 눈물이 났습니다. 나를 어떤 놈으로 믿으시고 이렇게 큰돈을 내게 주시나, 내가 이 돈을 떼어먹기로, 법조계 밖에는 한 걸음도 못 나오시는 선생님이 나를 어찌할 수 있습니까. 나는 평생에 이처럼 신임을 받아 본 일이 없습니다. 이것이 처음이요, 또 마지막입니다. 과시 선생님이 하시는 일은 영웅의 도량이라고 생각하였습니다."

그 길로 나는 그를 안공근의 집으로 데리고 가서 선서식을 행하고 폭탄 두 개를 주고 다시 그에게 돈 3백 원을 주며 이 돈은 모두 동경까지 가기에 다 쓰고 동경 가서 전보만 하면 곧 돈을 더 보내마고 말하였다. 그리고 기념사진을 박을 때에 내 낯에는 처연한 빛이 있던 모양이어서 이씨가 나를 돌아보고,

"제가 영원한 쾌락을 얻으러 가는 길이니 우리 기쁜 낯으로 사진을 박읍시다."

하고 얼굴에 빙그레 웃음을 띤다. 나도 그를 따라 웃으면서 사진을 찍었다.

자동차에 올라앉은 그는 나를 향하여 깊이 허리를 굽히고 홍구를 향하여 가버렸다. 10여 일 후에 그는 동경에서 전보를 내었는데 물품은 1월 8일에 방매하겠다고 하였다. 나는 곧 2백 원을 전보환으로 부쳤더니, 편지로 미친놈처럼 돈을 다쓰고 여관비, 밥값이 밀렸던 차에 2백 원 돈을 받아 주인의 빚을 청산하고도 돈이 남았다고 하였다.

당시 정세로 말하면 우리 민족의 독립사상을

떨치기로 보거나 또 만보산 사건, 만주 사변 같
은 것으로 우리 한인에 대하여 심히 악화된 중국
인의 악감을 풀기로 보거나 무슨 새로운 국면을
타개할 필요가 있었다. 그래서 우리 임시 정부에
서 회의한 결과 한인애국단(韓人愛國團)을 조직
하여 암살과 파괴 공작을 하되 돈이나 사람이나
내가 전담하여 하고 다만 그 결과를 보고하라는
전권을 위임받았다. 1월 8일이 임박하므로 나
는 국무위원에 한하여 그동안의 경과를 보고하여
두었다. 1월 8일 중국 신문에, '이봉창이라는
한국 사람이 일본 천황을 저격하였으나 맞지 않
았다(韓人李奉昌狙擊日皇不中)' 라고 하는 동경
전보가 게재되었다. 이봉창이 일황을 저격하였다
는 것은 좋으나 맞지 아니하였다는 것이 극히 불
쾌하였다. 그러나 여러 동지들은 나를 위로하였
다. 일본 천황이 그 자리에서 죽은 것만은 못하
나 우리 한인이 정신상으로 그를 죽인 것이요,

또 세계만방에 우리 민족이 일본에 동화되지 않았다는 것을 증명하는 것이니 이번 일은 성공으로 볼 것이라 하는 것이었다. 그리고 동지들은 내 신변을 주의할 것을 부탁하였다.

아니나 다를까, 이튿날 조조에 프랑스 공무국으로부터 비밀히 통지가 왔다. 과거 10년 간 프랑스 관헌이 김구를 보호하였으나 이번 김구의 부하가 일황에게 폭탄을 던진 데 대해서는 일본의 김구 체포 인도의 요구를 거절할 수 없다는 것이었다.

중국 국민당 기관지 청도(青島)의 「국민일보」는 특호 활자로, '이봉창이란 한국 사람이 일본 천황을 저격하였으나 불행히 맞지 않았다(韓人李奉昌狙擊日皇不中)'라고 썼다 하여 당시 주둔중이던 일본 군대와 경찰이 그 신문사를 습격하여 파괴하였고, 그 밖의 장사(長沙) 등 여러 신문에서도 '불행부중(不幸不中)'이라는 문구를 썼

다 하여 일본이 중국 정부에 엄중한 항의를 한
결과로 '불행(不幸)' 자를 쓴 신문사는 모두 폐쇄
를 당하고 말았다.

그러자 상해에서 일본인 중 하나가 중국인에게
맞아 죽었다는 것을 빌미로 하여 일본은 1 · 28상
해 사변을 일으켰으니, 기실은 이봉창 의사의 일
황 저격과 이에 대한 중국인의 '불행부중'이라고
말한 감정이 이 전쟁의 주요 원인인 것이었다.

나는 동지들의 권유에 의하여 낮에는 일체 활
동을 쉬고 밤에는 동지의 집이나 창기의 집에서
자고 밥은 동포의 집으로 돌아다니면서 얻어먹었
다. 동포들은 정성껏 나를 대접하였다.

십구로 군의 채정해와 중앙군 제5군장 장치중
의 참전으로 일본군에 대한 상해 싸움은 가장 격
렬하게 되어서 법조계 안에도 후방 병원이 설치
되어 중국 측 전사병(戰死兵)의 시체와 전상병
(戰傷兵)을 가득 실은 트럭이 피를 흘리고 왕래

하는 것을 보고, 나도 언제 우리도 왜와 싸워 본 국 강산을 피로 물들일 날이 올까 하고 하도 눈물이 흘러 통행인들이 수상히 볼 것이 두려워 고개를 숙이고 피해 버렸다.

동경 사건이 전해지자 미주와 하와이 동포들로부터 많은 편지가 오고 그 중에는 이번 중일 전생(中日戰爭)에 우리도 한몫 끼어 중국을 도와서 일본과 싸우라는 일을 하라는 이도 있고 적당한 사업을 한다면 거기 필요한 돈을 마련하마 하는 이도 있었다.

나는 한인 중에 일본군 중에 노동자로 출입하는 사람들을 이용하여 그 비행기 격납고와 군수품 창고에 연소탄을 장치하여 이것을 태워버릴 계획을 진행하고 있었으나 송호협정(淞滬協定)으로 중국이 일본에 굴복하여 상해 전생이 끝을 맞으니 내 계획은 수포로 돌아가고 말았다. 송호협정의 중국 측 전권은 곽태기였다.

이에 나는 암살과 파괴 계획을 계속하여 실시
하려는 인물을 물색하였다. 내가 믿던 제자요,
동지인 나석주는 벌써 연전에 서울 동양척식회사
에 침입하여 7명의 일인을 쏘아 죽이고 자살하였
고, 이승춘은 천진에서 붙들려 사형을 당하였으
니 이제는 그들을 생각하여도 하릴없다.

새로 얻은 동지 이덕주·유진식은 왜 총독의
암살을 명하여 먼저 본국으로 보냈고, 유상근·
최흥식은 왜의 관동군 사령관 본장번의 암살을
명하여 만주로 보내려고 할 즈음에 한 청년이 나
를 찾아왔다.

윤봉길 의사의 상해 의거

윤봉길은 동포 박진이가 경영하는 말총으로 모자, 기타 일용품을 만드는 공장에서 일하다가 근래에는 홍구 소채장에서 소채장수를 하던 사람이다.

윤봉길 군은 자기가 애초에 상해에 온 것이 무슨 큰일을 하려고 함이었고, 소채를 지고 홍구 방면으로 돌아다닌 것도 무슨 기회를 기다렸던 것인데 이제는 중일 간에 전쟁도 끝이 났으니 아무리 보아도 죽을 자리를 구하기 어렵다고 한탄한 뒤에 내게 동경 사건과 같은 계획이 있거든 자기를 써 달라는 것이었다.

나는 그에게 나라를 위하여 목숨을 버리려는 큰 뜻이 있는 것을 보고 기꺼이 이렇게 대답하였다.

"내가 마침 그대와 같은 인물을 구하던 중이니 안심하시오."

그리고 나는 왜놈들이 이번 상해 싸움에 이긴 것으로 자못 의기양양하여 오는 4월 29일에 홍구 공원에서 그놈들의 소위 천장절(天長節) 축하식 을 성대히 거행한다 하니 이때에 한 번 큰 목적 을 달해봄이 어떠냐 하고 그 일의 계획을 말하였 다. 내 말을 듣더니 윤 군은 쾌히 응낙하였다.

그 후, 왜의 신문인 「상해 일일 신문」에 천장절 축하식에 참여하는 사람은 도시락과 물통 하나와 일장기 하나를 휴대하라는 포고가 났다.

이 신문을 보고 나는 곧 서문로(西門路) 왕웅 (본명은 김홍일)을 방문하여 상해 병공창장 송식 마에게 교섭하여 일인이 메는 물통과 도시락 통 에 폭탄장치를 하여 사흘 안에 보내주기를 부탁 케 하였더니 왕웅이 다녀와서 말하기를, 내가 친히 병공창으로 오라고 한다 하므로 가보니 기사 왕백수의 지도 밑에 물통과 도시락 그릇으로 만든 두 가지 폭탄의 성능을 시험하여 보여주었다.

시험 방법은 마당에 토굴을 파고 그 속을 사면으로 철판으로 싸고 폭탄을 그 속에 넣고 뇌관으로 긴 줄을 달아서 사람 하나가 수십 보 밖에 엎드려서 그 줄을 당기니 토굴 안에서 벼락 소리가 나며 깨어진 철판 조각이 공중을 날아오르는 것이 아주 장관이었다.

뇌관을 이 모양으로 20개나 실험하여서 한 번도 실패가 없는 것을 보고야 실물에 장치한다고 하는데 이렇게까지 이 병공창에서 정성을 들이는 까닭은 동경 사건에 쓴 폭탄이 성능이 부족하였던 것을 유감으로 생각하는 때문이라고 왕 기사는 말하였다. 그래 20여 개 폭탄을 이 모양으로 무료로 만들어 준다는 것이었다.

이튿날 물통 폭탄과 도시락 폭탄을 병공창 자

동차로 서문로 왕웅 군의 집까지 실어다 주었다.
이런 금물을 우리가 운반하기가 어렵다고 생각한
친절에서였다. 나는 내가 입고 있던 중국 거지
복색을 벗어 버리고 넝마전에 가서 양복 한 벌을
사 입어 엄연한 신사가 되어 가지고 하나씩 둘씩
이 폭탄을 날라다가 법조계 안에 사는 친한 동포
의 집에 주인에게도 그것이 무엇이라고 알리지
아니 하고 다만 귀중한 약이니 불조심만 하라고
이르고 까마귀 떡 감추듯 이 집 저 집에 감추었
다.

　4월 29일이 점점 박두하여 왔다. 윤봉길 군에
게는 말쑥하게 일본식 양복을 사 입혀서 날마다
홍구 공원에 가서 식장 설비하는 것을 살펴서 그
당일에 자기가 행사할 적당한 위치를 고르게 하
고 일변 백천 대장의 사진이며 일본 국기 같은
것도 마련하게 하였다. 하루는 윤 군이 홍구에
갔다가 와서,

"오늘 백천이 놈도 식장 설비하는데 왔겠지요. 바로 내 곁에 와 선단 말예요. 내게 폭탄만 있었더라면 그때에 해버리는 건데…"

하고 아까워하였다. 나는 정색을 하고 윤 군을 책하였다.

"그것이 무슨 말이오? 포수가 사냥을 하는 법이 앉은 새와 자는 짐승은 아니 쏜다는 것이오. 날려 놓고 쏘고, 달려 놓고 쏘는 것이야. 윤 군이 그런 소리를 하는 것을 보니 내일 일에 자신이 없나 보구려."

윤 군은 내말에 무료한 듯이.

"아니오. 그놈이 내 곁에 있는 것을 보니 불현 듯 그런 생각이 나더란 말입니다. 내일 일에 왜 자신이 없어요, 있지요."

하고 변명하였다.

나는 웃는 낯으로.

"나도 윤 군의 성공을 확신하오, 처음 이 계획

을 내가 말할 때에 윤 군이 마음이 편안해진다고 하지 않았소? 그것이 성공할 증거라고 나는 믿고 있소. 마음이 움직여서는 안 되오, 가슴이 울렁거리는 것이 마음이 움직이는 게요."

하고 내가 치하포에 토정양량을 타살하려 할 때에 가슴이 울렁거리던 것도 고능선 선생에게 들은 得樹攀枝不足奇 懸崖撒手丈夫兒라는 글귀를 생각하매 마음이 고요하게 되었다는 것을 말하니 윤 군은 마음에 새기는 모양이었다.

윤 군을 여관으로 보내고 나는 폭탄 두 개를 가지고 김해산 군 집으로 가서 김 군 내외에게 내일 윤봉길 군이 중대한 임부를 띠고 동삼성(만주라는 뜻)으로 떠나니 고기를 사서 이른 조반을 지어 달라고 부탁하였다.

이튿날은 4월 29일이었다. 나는 김해산 집에서 윤봉길 군과 최후의 식탁을 같이하였다. 밥을 먹으며 가만히 윤 군의 기색을 살펴보니 그 태연자

약함이 마치 농부가 일터에 나가려고 넉넉히 밥을 먹는 모양과 같았다.

김해산 군은 윤 군의 침착하고도 용감한 태도를 보고 조용히 내게 이런 권고를 하였다.

"지금 상해에 민족 체면을 위하여 할 일이 많은데 윤 군 같은 인물을 구태여 다른 데로 보낼 것은 무엇이오?"

"일은 하는 사람에게 맡기는 것이 좋지. 윤 군이 어디서 무슨 소리를 내나 들어봅시다."

나는 김해산 군에게 이렇게 대답하였다.

식사도 끝나고 시계가 일곱 점을 친다. 윤 군은 자기의 시계를 꺼내어 내게 주며,

"이 시계는 어제 선서식 후에 선생님 말씀대로 6원을 주고 산 시계인데 선생님 시계는 2원 짜리니 제 것하고 바꿉시다. 제 시계는 앞으로 한 시간밖에는 쓸 데가 없으니까요."

하기로 나도 기념으로 윤 군의 시계를 받고 내

시계는 윤 군에게 주었다.

식장을 향하여 떠나는 길에 윤 군은 자동차에 앉아서 그가 가졌던 돈을 꺼내어 내게 준다.

"왜 돈은 좀 가지면 어떻소?"

하고 묻는 내 말에 윤 군이,

"자동차 값 주고도 5, 6원은 남아요."

할 즈음에 자동차가 움직였다. 나는 목이 멘 소리로,

"후일 지하에서 만납시다."

하였더니 윤 군은 차창으로 고개를 내밀어 나를 향하여 숙였다 자동차는 크게 소리를 지르며 천하영웅 윤봉길을 싣고 홍구 공원을 향하여 달렸다.

그 길로 나는 조상섭의 상점에 들러 편지 한 장을 써서 점원 김영린을 주어 급히 안창호 선생에게 전하라 하였다. 그 내용은 '오전 10시 경부터 댁에 계시지 마시오. 무슨 대사건이 있을 듯

합니다.' 하는 것이었다. 그리고 나는 석오 선생께로 가서 지금까지 진행한 일을 보고하고 점심을 먹고 무슨 소식이 있기를 기다리고 있었다.

오후 1시쯤 해서야 중국 사람들의 입으로 홍구공원에서 누가 폭탄을 던져서 일인이 많이 죽었다고 술렁술렁하기 시작하였다. 혹은 중국인이 던진 것이라 하고, 혹은 고려인의 소위라고 하였다. 우리 동포 중에도 어제까지 소채 바구니를 지고 다니던 윤봉길 군이 오늘에 경천위지할 이일을 했으리라고 아는 사람은 김구 이외는 이동녕·이시영·조완구 같은 몇 사람이나 짐작하였을 것이다.

이날 일은 순전히 내가 혼자 한 일이므로 이동녕 선생에게도 이날에 처음 자세한 보고를 하고자세한 소식을 기다리고 있었다. 오후 3시에 비로소 신문 호외로 보도되었다.

'홍구 공원 일인의 천장절 경축대상에 대량의

폭탄이 폭발하여 민단장 하단(河端)은 즉사하고, 백천(白川) 대장, 중광(重光) 대사, 야촌(野村) 중장 등 문무대관이 다수 중상.'

그날 일인의 신문에는 폭탄을 던진 것은 중국인의 소위라고 하더니 이튿날 신문에야 일치하게 윤봉길의 이름을 크게 박고 법조계에 대수색이 일어났다.

나는 안공근과 엄항섭을 비밀히 불러 이로부터 나를 따라 일을 같이 할 것을 명하고 미국인 피취(비오생(費吾生)이라고 중국식으로 번역한다) 씨에게 잠시 숨겨 주기를 교섭하였더니 피취 씨는 쾌락하고 그 집 2층을 전부 내게 제공하므로 나와 김철·안공근·엄항섭 넷이 그 집에 있게 되었다. 피취 씨는 고 피취 목사의 아들이요, 피취 목사는 우리 상해 독립운동의 숨은 은인이었다. 피취 부인은 손수 우리의 시절을 보살폈다.

우리는 피취 댁 전화를 이용하여 누가 잡힌 것

등을 알고, 또 잡혀 간 동지의 가족의 구제며 피난할 동지의 여비 지급 같은 일을 하고 있었다. 내가 천인하여 편지까지 하였건만 불행히 안창호 선생이 이유필의 집에 갔다가 잡히고 그 밖에 장헌근·김덕근과 몇몇 젊은 학생들이 잡혔을 뿐이요, 독립운동 동지들은 대개 무시함을 알고 다행히 생각하였다.

그러나 수색의 손이 날마다 움직이니 재류 동포가 안거할 수가 없고, 또 애매한 동포들이 잡힐 우려가 있으므로 나는 동경 사건과 이번 홍구 폭탄사건의 책임자는 나 김구라는 성명서를 즉시로 발표하려 하였으나 안공근의 반대로 유예하다가 마침내 엄항섭으로 하여금 이 성명서를 기초케 하고 피취 부인에게 번역을 부탁하여 통신사에 발표하였다. 이리하여 천황에게 폭탄을 던진 이봉창 사건이나, 상해에 백천 대장 이하를 살상한 윤봉길 사건이나 그 주모자는 김구라는 것이

전 세계에 알려진 것이다.

이 일이 생기자 은주부·주경란같은 중국 명사가 내게 특별 면회를 청하고 남경에 있던 남파(南坡) 박찬익 형의 활동도 있어 물질로도 원조가 답지하였다. 만주 사변, 만보산 사건 등으로 악화하였던 중국인의 우리 한인에게 대한 감정은 윤봉길 의사의 희생으로 말미암아 극도로 호전하였다.

왜는 제1차로 내 몸에 20만 원 현상을 하더니 제2차로 일본 외무성, 조선 총독부, 상해 주둔군 사령부의 3부 합작으로 60만 원 현상으로 나를 잡으려 하였다. 그러나 전에는 법조계에서 한 발자국도 아니 나가던 나는 자동차로 영조계, 법조계 할 것 없이 막 돌아다녔다. 하루는 전차 공사 인스펙터로 다니는 별명 박 대장 집에 가서 혼인 국수를 먹으러 가는 것이 10여 명 왜 경관대에게 발견되어 박 대장 집 아궁이까지 수색되었으나 나는 부엌에서 선채로 국수를 얻어먹고 벌써 나온 뒤였다. 아슬아슬하게 면하였다.

남경 정부에서는 내가 신변이 위험하다면 비행기를 보내마고까지 말하여왔다. 그러나 그들이 나를 데려가려 함은 반드시 무슨 요구가 있을 것인데 내게는 그들을 만족시킬 아무 도리도 없음을 생각하고 헛되이 남의 나라의 신세를 질 것이 없다 하여 모두 사절하여 버렸다.

이러하는 동안에 20여 일이 지났다. 하루는 피취 부인이 나를 보고, 내가 피취 댁에 있는 것을 정탐이 알고 그들이 넌지시 집을 포위하고 지키고 있다 하므로 나는 피취 댁에 더 있을 수 없음을 깨닫고 피취 댁 자동차에 피취 부인과 나는 내외인 것처럼 동승하고 피취 씨가 운전수가 되어 대문을 나서 보니 과연 중국인, 러시아인, 프랑스인 정탐들이 늘어서 있었다.

그 사이로 피취 씨가 차를 빨리 몰아 법조계를

지나 중국 땅에 있는 정거장으로 가서 기차로 가흥수륜사창(嘉興秀綸紗廠)에 피신하였다. 이는 박남파가 은주부·저보성 제 씨에게 주선하여 얻어놓은 곳으로 이동녕 선생을 비롯하여 엄항섭·김의한 양 군의 가족은 수일 전에 벌써 반이해 와 있었다.

나중에 들으니 우리가 피취 댁에 숨은 것이 발각된 것은 우리가 그 집 전화를 남용한 데서 단서가 나온 것이라 하였다.

나는 이로부터 일시 가흥(嘉興)에 몸을 붙이게 되었다. 성은 조모님을 따라 장(張)이라 하고 이름은 진구(震球)또는 진(震)이라고 행세하였다.

가흥은 저보성 씨의 고향인데, 저 씨는 경내(境內)에서 덕망이 높은 신사로 알려졌고, 그 맏아들 봉장은 미국 유학생으로 그곳 동문 밖 민풍지창(民豊紙廠)의 고등기사(高等技士)였다. 그 집은 남문 밖에 있는 구식 집으로 그리 굉장하지는 못하나 사대부의 저택으로 보였다. 저 씨는 그의 수양자인 진동손 군의 정자를 내 숙소로 지정하였는데 호숫가에 반양제로 지은 말쑥한 집이었다. 수륜사창이 바라보이고 경치가 좋았다.

그런데 나의 정체를 아는 자는 저 씨 내외와 그 아들 내외와 진동손 내외뿐이었는데 가장 곤란한 것은 언어문제였다.

어느 날 진동손 내외는 나를 데리고 나는 진 씨 내외와 동반하여 남호(南湖) 연우루(烟雨樓)와 서문 밖 삼탑(三塔) 등을 구경시켜 주었다. 이곳은 명나라 때에 왜구가 침입하여 횡포하던 유적이 있었다. 동문 밖으로 10리쯤 나아가면 한(漢)나라 때 주매신의 무덤이 있고, 북문 밖 낙범정(落帆亭)은 주매신이 글을 읽다가 나락명석을 떠내 보내고 아내 최 씨에게 소박을 받은 유적이라고 한다. 나중에 주매신이 회계 태수(會稽太守)가 되어 올 때에 최 씨는 엎지른 동이의 물을 주워 담지 못하여 낙범정 밑에서 물에 빠져 죽었다고 한다.

가흥에 우접한 지 얼마 아니하여 상해 일본 영사관에 있는 일인 관리 중에 우리의 손에 매수된 자로부터 호항선(상해↔항주 철도)을 수색하러 일본 경관이 가니 조심하라는 기별이 왔다. 가흥 정거장에 사람을 보내어 알아보았더니 과연 변장한 왜 경관이 내려서 여기 저기 둘러보고 갔다고 하므로 저봉장의 처가인 주 씨 댁 산장으로 가기로 하였다.

주 씨 댁은 성내에서 제일 큰 집이라 하는데 과연 굉장하였다. 내 숙소인 양옥은 그 집 후원에 있는데 대문 밖은 돌을 깔아 놓은 길이요, 길 건너는 대소 선박이 내왕하는 호수다. 그리고 대문 안은 정원이요, 한 협문을 들어가면 사무실이 있는데, 여기는 주 씨 댁 총경리가 매일 이 집 살림살이를 맡아보는 곳이다.

예전에는 4백여 명 식구가 한 식당에 모여서 먹었으나 지금은 사농공상(士農工商)의 직업을 따라서 대부분이 각처로 분산하고 남아 있는 식구들도 소가족으로 자취를 원하므로 사무실에서는 물자만 배급한다고 한다.

집의 생김은 벌의 집과 같아서 세 채나 네 채가 한 가족 차지가 되었는데 앞에는 큰 객청이 있고 뒤에는 양옥과 화원이 있고. 또 그 뒤에는 운동장이 있다.

해염에 대화원 셋이 있는데 전(錢) 가 화원이 첫째요, 주 가 화원이 둘째라 하기로 전 가 화원도 구경 하였다. 과연 전 씨 댁이 화원으로 주 씨 것보다 컸으나 집과 설비로는 주 씨 것이 전 씨 것보다 나았다.

해염 주 씨 댁에서 하룻밤을 지내고 이튿날 다시 주 씨 부인과 함께 기차로 노리언(盧里堰)까지 가서 거기서부터는 서남으로 산길 5, 6리를 걸어 올라갔다. 저 부인이 굽 놓은 구두를 신고 연해 손수건으로 땀을 씻으며 7, 8월 염천에 고개를 걸어 넘는 광경을 영화로 찍어 만대 후손에게 전할 마음이 간절하였다.

부인의 친정 시비 하나가 내가 먹을 것과 기타 일용품을 들고 우리를 따랐다. 국가가 독립이 된다면 저 부인의 정성과 친절을 내 자손이나 내 동포가 누구든 감사하지 아니하랴. 영화로는 못 찍어도 글로라도 전하려고 이것을 쓰는 바이다.

고개턱에 오르니 주 씨가 지은 한 정자가 있다. 거기서 잠시 쉬고 다시 걸어 수백 보를 내려가니 산 중턱에 소쇄한 양옥 한 채가 있다. 집을 수호하는 비복들이 나와서 공손하게 저 부인은 맞는다.

부인은 시비에게 들려 가지고 온 고기며 과일을 꺼내어 비복들에게 주며 내 식성과 어떻게 요리할 것을 설명하고 또 나를 안내하여 어디를 가

거든 얼마, 어디 어딘 얼마를 받으라고 안내 요
금까지 자상하게 분별하여 놓고 당일로 해염 친
가로 돌아갔다.

나는 이로부터 매일 산에 오르기로 일을 삼았
다. 나는 상해에 온 지 14년이 되도록 특별히 구
경해 본 곳이 없었는데 마음대로 산과 물을 즐길
기회를 얻으니 기분이 유쾌하였다.

이 집은 본래 저 부인의 친정 숙부의 여름 별
장이었는데, 그가 별세하매 이 집 가까이 매장한
뒤로 이 집은 그 묘소의 묘막과 제각(祭閣)을 겸
한 것이라고 한다. 명가(名家)가 산장을 지을 만
한 곳이라 풍경이 자못 아름다웠다. 산에 오르면
앞으로는 바다요 좌우는 푸른 솔, 붉은 가을 잎
이었다.

하루는 응과정에 올랐다. 거기는 일좌 승방이
있어, 한 늙은 여승이 나와 맞았다. 그는 말끝마
다 나무아미타불을 불렀다.

"원로 잘 오셔 계시오, 아미타불. 내 불당으로 들어오시오 아미타불!"

이 모양이었다. 그를 따라 암자로 들어가니 방방이 얼굴 희고 입술 붉은 젊은 여승이 승복을 맵시 있게 입고 목에는 긴 염주, 손에는 다주를 들고 저두추파로 인사를 하였다.

암자 뒤에 바위 하나가 있는데 그 위에 지남철을 놓으면 거꾸로 북을 가리킨다 하기로 내 시계에 달린 윤도(輪圖)를 놓아보니 과연 그러하였다. 아마 자철광 관계인가 하였다.

하루는 해변 어느 진(나누터)에 장 구경을 갔다가 경찰의 눈에 걸려서 마침내 정체가 이 지방 경찰에 알려지게 되었으므로 안전치 못하다 하여 도로 가흥으로 돌아왔다.

가흥에 와서는 거의 매일 배를 타고 호수를 뜨거나 운하로 오르내리고 혹은 엄가빈(嚴家濱)이라는 농촌의 농가에 몸을 붙여 있기도 하였다.

이렇게 강남의 농촌을 보니 누에를 쳐서 길쌈을 하는 법이나 벼농사를 짓는 법이나 다 우리나라보다는 발달된 것이 부러웠다. 구미 문명(歐美文明)이 들어와서 그런 것 외에 고래의 것도 그러하였다.

　나는 생각하였다. 우리 선인들은 한, 당 송, 원, 명, 청 시대에 끊임없이 사절이 내왕하였는데 왜 이 나라의 좋은 것은 못 배워오고 궂은 것만 들여왔는고, 의관(衣冠), 문물(文物), 실준중화(實遵中華)라는 것이 이조 5백 년의 당책이라 하건만 머리 아픈 망건과 기타 망하기 좋은 것뿐이요, 이용 후 생에 관한 것은 없다.

　우리 민족의 비운은 사대사상이 만들어낸 것이라 하지 않을 수 없다. 국리민복의 실지는 도외시하고, 주희(朱熹) 학설 같은 것은 주희 이상으로 공고한 이론을 주장함으로써 사색파당이 생겨 오랫동안 다투기만 하다가 민족적 원기가 소진되어 남는 것이 없게 되었다.

오늘날로 보아도 요새 일부 청년들이 제 정신을 잃고 러시아로 조국을 삼고 레닌을 국부로 삼아서, 어제까지 민족혁명은 두 번 피 흘릴 운동이니 대번에 사회주의 혁명을 한다고 떠들던 자들이 레닌의 말 한 마디에 돌연히 민족혁명이야말로 그들의 진면목인 것처럼 들고 나오지 않는가.

주자 님의 방귀까지 향기롭게 여기던 부류들 모양으로 레닌의 똥까지 달다고 하는 청년들을 보게 되니 한심한 일이다. 나는 반드시 주자를 옳다고도 아니 하고 마르크스를 그르다고도 아니 한다. 내가 청년 제군에게 바라는 것은 자기를 잊지 말란 말이다.

우리의 역사적 이상, 우리의 민족성, 우리의 환경에 맞는 나라를 생각하라는 것이다. 밤낮 저를 잃고 남만 높여서 남의 발뒤꿈치를 따르는 것

으로 장한 체를 말라는 것이다. 제 뇌로, 제 정신
으로 생각하란 말이다.

동포가 쏜 총탄에 맞다

나는 엄가빈에서 다시 사회교(砂灰橋) 엄항섭 군 집으로, 오룡교(五龍橋) 진동생의 집으로 옮겨 다니며 숙식하고, 낮에는 주애보(朱愛寶)의 작은 배를 타고 인근 운하로 다니며 각 농촌을 구경하고 했다.

하루는 돌아다니다가 큰길가 마당에서 군사가 조련하는 것을 사람들이 보고 있어 나도 그 틈에 끼였더니 군관 하나가 나를 유심히 보며 내 앞으로 와서 누구냐 물었다 나는 언제나 하는 대로 광동 인이라고 대답하였다. 이 군관이 정작 광동 인일 줄이야 뉘라 알았으랴.

나는 곧 보안대 본부로 붙들려갔다. 저 씨 댁과 진 씨 댁에 조사한 결과로 무사하게는 되었으나 저봉장 군은 내가 피신할 줄을 모른다고 책하고 그의 친구요, 중학교 교원이 과부가 하나 있으니 그와 혼인하여서 살면 행색을 감추리라고 권하였다.

나는 그런 유식한 여자와 같이 살면 더욱 내 본색이 탄로되기 쉬우니 차라리 무식한 뱃사공 주애보에게 몸을 의탁하리라 하여 배 안에서만 살기로 하였다. 오늘은 남문 밖 호숫가에 자고 내일은 북문 밖 운하가에 자고 낮에는 육지에 나와 다녔다.

이러는 동안에도 박남파 · 엄일파 · 안신암 세 사람은 줄곧 외교와 정보 수집에 종사하였다. 중국인 친구의 동정과 미주 동포의 후원으로 활동하는 비용에는 곤란이 없었다.

박남파가 중국 국민당 당원이던 관계로 당의 조직부장이요, 강소성 주석인 진과부와 면식이 있어 그의 소개로 장개석 장군이 내게 면회를 청한다는 통지를 받고 나는 안공근·엄일파 두 사람을 대동하고 남경으로 갔다. 공패성·소쟁 등 요인들이 진과부 씨를 대표하여 나를 나와 맞아 중앙반점(中央飯店)에 숙소를 정하였다.

이튿날 밤에 중앙군관학교 구내에 있는 장개석 장군의 저택으로 진과부 씨의 자동차를 타고 박남파 군을 통역으로 데리고 갔다. 중국옷을 입은 장 씨는 온화한 낯빛으로 나를 대접하였다. 끝난 뒤에 장 주석은 간명한 어조로,

"동방 각 민족은 손중산 선생의 삼민주의(三民主義)에 부합하는 민주 정치를 하는 것이 좋을 것이라"

고 하기로 나는 그렇다고 대답하고,

"일본의 대륙 침략의 마수가 각일각으로 중국에 뻗쳐오고 있으니, 좌우를 물리쳐주면 필담으로 몇 마디를 하겠소."

하였더니 장 씨는,

"하오하오(좋소)."

하므로 진과부와 박남파는 밖으로 나갔다. 나
는 붓을 들어,

"선생이 백만 원 돈을 허락해주면 2년 이내에
일본, 조선, 만주 세 방면에 폭동을 일으켜 일본
의 대륙 침략의 다리를 끊을 터이니 어떻게 생각
하시오?"

하고 써서 보였다.

그것을 보더니 이번에는 장 씨가 붓을 들어 상
세한 계획을 알려 달라는 것이었다.

다음 날 간단한 계획서를 만들어 장 주석에게
드렸더니 진과부 씨가 자기의 별장에 나를 초대
하여 연석을 베풀고 장 주석의 뜻을 대신 내게
전하였다. 특무 공작으로는 천황을 죽이면 천황
이 또 있고 대장을 죽이면 대장이 또 있으니 장
래의 독립전쟁을 위하여 무관을 양성함이 어떠한
가 하기로, 나는 이야말로 불감청(不敢請)이언정

고소원(固所願)이라 하였다.

이리하여 하남성(河南省) 낙양(洛陽)의 군관
학교 분교를 우리 동포의 무관 양성소로 하기로
하고 제1차로 북평, 천진, 상해, 남경 등지에서
백여 명의 청년을 모집하여 학적에 올리고 만주
로부터 이청천과 이범석을 청하여 교관과 영관이
되게 하였다.

이때 우리 사회에서는 또다시 통일론이 일어났
다. 하루는 김원봉이 내게 특별 면회를 청해, 진
회(秦淮)에서 만났더니 그는 자기도 통일운동에
참가하겠다며 나더러 참가할 것을 권유했다. 그
가 이 운동에 참가하는 동기는 통일이 목적인 것
보다도 중국인에게 김원봉은 공산당이라는 혐의
를 면하기 위함이라 하기로 나는 통일은 좋으나
그런 한 이불속에서 딴 꿈을 꾸려는 통일운동에
는 참가할 수 없다고 거절하였다.

얼마 후에 소위 오당통일회의(五黨統一會義)

라는 것이 개최되어 의열단(義烈團), 신한독립당
(新韓獨立黨), 조선혁명당(朝鮮革命黨), 한국독
립당(韓國獨立黨), 미주대한인독립단(美洲大韓
人獨立團)이 통일하여 조선민족혁명당(朝鮮民族
革命黨)이 되어 나왔다.

　이 통일의 주동자인 김원봉, 김두봉 등 의열단
은 임시 정부를 눈엣가시로 여겨 임시 정부의 해
소를 극렬히 주장하였고, 당시 임시 정부의 국무
위원이던 김규식 · 조소앙 · 최동오 · 송병조 · 차
이석 · 양기탁 · 유동열 7인 중 차이석 · 송병조
두 사람을 내어놓고는 김규식 · 조소앙 · 최동
오 · 양기탁 · 유동열 등 5인이 통일에 심취하여
임시 정부에 무관심한 태도를 보이니 김두봉은
좋다구나 하고 임시 정부 소재지인 항주로 가서
차이석 · 송병조 양 씨에게 5당이 통일된 이날에
이름만 남은 임시 정부는 취소해 버리자고 강경
하게 주장하였으나 송병조, 차이석 양 씨는 굳

이 반대하고 임시 정부의 문패를 지키고 있었다.

그러나 각원 7명 중 5명이 빠졌으니 국무회의를 열 수도 없어서 사실상 무정부 상태가 되었다. 조완구 형이 편지로 내게 이런 사정을 전하였으므로 나는 분개하여 즉시 항주로 달려갔다. 이때 김철은 벌써 작고하여 없고 5당 통일에 참가하였던 조소앙은 벌써 거기서 탈퇴하고 있었다.

나는 이시영·조완구·김붕준·양소벽·송병조·차이석 등 의원들과 임시 정부 유지 문제를 협의한 결과, 의견이 일치되므로 일동이 가흥으로 가서 거기 있던 이동녕·안경근·엄항섭 등을 가하여 남호의 놀잇배 한 척을 얻어 타고 호상에 떠서 선중에서 의회를 열고 국무위원 세 사람을 더 뽑으니 이동녕·조와구와 김구였다. 이에 송병조·차이석을 합하여 국무위원이 다섯 사람이 되었으니 이제는 국무회의를 진행할 수 있게 된 것이었다.

5당 통일론이 나왔을 때에도 여러 동지들은 한 단체를 조직할 것을 주장하였으나 나는 차마 또 한 단체를 만들어 파쟁을 늘이기를 원치 아니한 다는 이유로 줄곧 반대하여 왔었다. 그러나 임시 정부를 유지하려면 그 배경이 될 단체가 필요하 였고, 또 조소앙이 벌써 한국독립당을 재건한다 하니 내가 새 단체를 조직하더라도 통일을 파괴 하는 책임은지지 아니하리라 하여 동지들의 찬동 을 얻어 대한국민당을 조직하였다.

나는 다시 남경으로 돌아왔으나 왜는 내가 남 경에 있는 냄새를 맡고 일변 중국 관헌에 대하여 나는 체포랄 것을 요구하고, 일변 암살대를 보내 어 내 생명을 엿보고 있었다. 남경 경비 사령관 곡정륜은 나를 면대하여 말하기를, 일본 측에서 대역 김구를 체포할 것이니 입적, 기타의 이유로 방해 말라 하기로, 자기가 김구를 잡거든 일본서 걸어 놓은 상금은 자기에게 달라고 대답하였으니 조심하라고 하였다. 또 사복 입은 일본 경찰 일곱이 부자묘(夫子廟)부근으로 돌아다니더라는 말고 들었다.

이에 나는 남경에서도 내 신변이 위험함을 깨닫고 회청교(淮淸橋)에 집 하나를 얻고 가흥에서 배 저어 주던 주애보를 매삭 15원씩 주기로 하고 데려다가 동거하며 직업은 고물상이요, 원적은 광동성 해남도(海南島) 사람으로 행세했다. 혹시 경관이 호구조사를 오더라도 주애보가 나서서 설명하고, 나와는 직접 이야기하는 것을 피하도록 했다.

그러는 중에 노구교(盧構橋) 사건이 일어나자 중국은 일본에 대하여 항전을 개시하였다. 이에 재류 한인의 인심도 매우 불안하게 되어서 5당 통일이 되었던 민족혁명당은 조각조각 분열되고, 조선혁명당이 새로 생겼다. 미주대한독립단은 탈퇴하고 근본의열단 분자만이 민족혁명당의 이름을 차지하고 있었다. 이렇게 분열된 원인은 의열단 분자가 민족운동의 가면을 쓰고 속으로는 공산주의를 실행하기 때문이었다.

시국이 점점 급박하게 되자 우리 한국국민당, 조선혁명당, 한국독립당 및 미주와 하와이에 있는 모든 애국 단체들을 연결하여 임시 정부를 지지하게 되었다. 이리하여 임시 정부는 점점 힘을 얻게 되었다.

중일 전쟁은 강남에까지 미쳐서 상해의 전투가 날로 중국에 불리하였다. 일본 공군의 남경 폭격도 갈수록 우심하여 회청교의 내가 들어 있는 집도 폭격에 무너졌으나 나와 주애보는 간신히 죽기를 면하고 이웃에는 시체가 수두룩하였다. 나와 보니 남경 각처에는 불이 일어나서 밤하늘은 붉은 모전과 같았다. 날이 밝기를 기다려 무너진 집과 흩어진 시체 사이로 마로가(馬路街)에 어머

님 계신 집을 찾아갔더니 어머님이 친히 문을 열으시며, 내가 놀라셨겠다는 말에 어머님은,

"놀라기는 무얼 놀라, 침대가 들썩들썩하더군. 우리 사람은 상하지 않았나?"

하고 물으셨다.

나는 그 길로 동포들이 사는 데를 돌아보았으나 남기가(藍旗街)에 많이 있는 학생들도 다 무고하였다.

남경의 정세가 위험하여 정부 각 기관도 중경으로 옮기게 되었으므로 우리 광복전선(光復戰線) 삼당(三黨)의 백여 명 대가족은 물가가 싼 장사(長沙)로 피난하기로 정하고 상해 · 행주에 있는 동지들에게 남경에 모이라는 지시를 하였다. 율양(溧陽) 고당암(古堂菴)에서 선도(仙道)를 공부하고 있는 양기탁에게도 같은 기별을 하였다.

그리고 안공근을 상해로 보내어 가족을 데려오

되 그의 맏형수 고(故) 안 의사 중근 부인을 꼭 모셔오라고 신신 부탁하였는데, 안공근이 돌아올 때에 보니 제 식구들뿐이요, 안 의사 부인이 없으므로 나는 크게 책망하였다.

양반의 집에 불이 나면 먼저 신위부터 안아 뫼시는 법이거늘 혁명가가 피난을 하면서 나라 위하여 몸을 버린 의사의 부인을 적진 중에 버리고 가는 법이 어디 있는가, 이는 다만 안공근 한 집의 잘못만이 아니라 혁명가의 도덕에 어그러지고 우리 민족의 수치라고 하였다. 안공근은 피난하는 동포들의 단체에 들기를 원치 아니하므로 제 뜻에 맡겨 버렸다.

나는 안휘(安徽) 둔계 중학(屯溪 中學)에 재학 중인 신이를 불러오고, 어머님을 모시고 영국 윤선으로 한구(漢口)로 가고 대가족 백여 식구는 중국 목선 두 척에 행리까지 잔뜩 싣고 남경을 떠났다.

나는 어머님을 모시고 먼저 한구에 도착하여 장사로 간, 선발대로 먼저 온 조성환·조완구 등은 진강에서 임시 정부 문부를 가지고 남경 일행보다 며칠 먼저 와 있었고, 남경 일행도 풍랑 중에 다 무사했다.

내가 남경서 데리고 있던 주애보는 거기를 떠날 때에 제 본향 가흥으로 돌려보냈다. 그 후 종종 후회되는 것은 그때에 여비 백 원만 준 일이다. 근 5년 동안 나를 광동 인으로만 알고 섬겨 왔고, 나와는 부부 비슷한 관계도 부지 중에 생겨서 실로 내게 대한 공로가 적지 아니한데 다시 만날 기약이 있을 줄 알고 노자 이외에 돈이라도 넉넉하게 못 준 것이 유감천만이다.

안공근의 식구는 중경으로 갔거니와 장사에 모인 백여 식구도 공동생활을 할 줄 모르므로 각자 방을 얻어서 제각기 밥을 짓는 생활을 하였다. 나도 어머님들 모시고 또 한 번 살림을 시작하여서 어머님이 손수 지어주시는 음식을 먹었다. 그러나 이 글을 쓰는 오늘날에는 이미 어머님은 이 세상에 아니 계시다. 어머님이 계셨더라면 1편을 쓸 때와 같이 지난 일과 날짜도 많이 여쭈어 볼 것이건만 이제는 어머님은 아니 계시다.

이 기회에 나는 어머님이 내가 상처 후에 본국으로 갔다가 다시 상해로 오시던 일을 기록하련다.

어머님이 신이를 데리고 인천에 상륙하셨을 때에는 노자가 다 떨어졌었다. 그때에는 우리가 상해에서 조석이 어려워서 어머님이 중국 사람들의 쓰레기통에 버린 배추 떡잎을 뒤져다가 겨우 반찬을 만드시던 때라 노자를 넉넉히 드렸을 리가 만무하다.

인천서 노자가 떨어진 어머님은 내가 말씀도 한 일이 없건만 동아일보 지국으로 가서 사정을 말씀하셨다. 지국에서는 벌써 신문 보도로 어머님이 귀국하시는 것을 알았다 하면서 서울까지 차표를 사 드렸다.

어머님은 서울에 내려서는 동아일보사를 가셨다. 동아일보사에서는 사리원까지 차표를 사드렸다.

어머님은 해주 본향에 선영과 친족을 찾으시지 않고 안악 김 씨 일문에서 미리 준비하여 놓은 집에 계시게 하였다.

내가 인이를 데리고 있는 동안, 어머님은 당신의 생활비를 절약하셔서 때때로 내게 돈을 보내 주셨다.

이봉창, 윤봉길 두 의사의 사건이 생기매 경찰은 가끔 어머님을 괴롭게 한다는 소식을 듣고 나는 어머님께 아이들을 데리고 중국으로 나오시라고 기별하였다. 그때에는 내게는 어머님이 굶으시지 않을 만한 힘이 있다고 여쭈었다.

어머님은 중국으로 오실 결심을 하시고 안악

경찰서에 친히 가서서 출국 허가를 청하였더니 의외로 좋다고 하므로 살림을 걷어치우셨다.

그랬더니 서울 경무국으로부터 관리 하나가 안악으로 일부러 내려와서 어머님께 경찰의 힘으로도 못 찾는 아들을 노인이 어떻게 찾느냐고, 그러니 출국 허가를 취소한다고 하였다.

어머님은 대로하여서,

"내 아들을 찾는 데는 내가 경관들보다 나을 터이고, 또 가라고 허가를 하여서 가장 집물을 다 팔게 해놓고 이제 또 못 간다는 것이 무슨 법이냐. 너희 놈들이 남의 나라를 빼앗아 먹고 이렇게 정치를 하고도 오래 갈 줄 아느냐?"

하면서 기절하셨다. 이에 경찰은 어머님을 김씨네에게 맡기고 가 버렸다.

그 후에 경찰이 물으면 어머님은,

"그렇게 말썽 많은 길은 안 떠난다."

하시고는 목수를 불러 다시 집을 수리하고 집

물(什物)을 마련하시는 등 오래 사실 모양을 보이셨다.

이러하신 지 수개월 후에 어머님은 송화 동생을 보러 가신다 칭하고 신이를 데리시고 신천으로, 재령으로 사리원으로 도막도막 몸을 옮겨서 평양에 도착하여 숭실중학교에 재학 중인 인이를 데리고 안동현으로 가는 직행차를 타셨다.

대련서 왜 경관의 취조를 받았으나 거기서 인의 답변으로 늙은 조모를 모시고 위해위 친척집으로 간다고 하여서 무사히 통과하였다. 어머님이 상해 안공근의 집을 거쳐 가흥 엄항섭의 집에 오셨다는 기별을 남경에서 듣고 나는 곧 가흥으로 달려가서 9년 만에 다시 모자가 서로 만났다.

나를 보시자마자 어머님은 이러한 의외의 말씀을 하셨다.

"나는 이제부터 너라고 아니 하고 자네라고 하겠네. 또 말로 책하더라도 초달로 자네를 때리지는 않겠네. 들으니 자네가 군관학교를 설립하고 청년들을 교육한다니, 남의 사표(師表)가 된 모양이니 그 체면을 보아주자는 것일세."

나는 어머님의 말씀에 황송하였고, 또 이것을 큰 은전으로 알았다.

그 후 어머님을 남경으로 모셨다가 따로 집을 잡고 계시게 하다가 1년을 지낸 후 장사로 가게 된 것이었다.

장사로 이주해온 우리 백여 명 대가족은 중국 중앙 정부의 보조와 미국에 있는 동포들의 후원으로 생활에 곤란은 없어서 피난민으로는 고등 피난민이라 할 만하게 살았다. 더욱이 장사는 곡식이 흥하고 물가가 지천하였고, 호남성 부주석으로 새로 도임한 장치중 장군은 나와 친숙한 사람이었기 때문에 더욱 우리에게 많은 편의를 주었다.

나는 상해, 해주, 남경에서는 특별한 경우를

제외하고는 변성명을 하였으나 장사에서는 언제나 버젓이 김구로 행세하였다.

오는 노중에서부터 발론이 되었던 3당 합동 문제가 장사에 들어와서는 더욱 활발하게 진전되었다. 합동하려는 3당의 진용은 이러하였다.

첫째는 조선혁명당이니 이청전·유동열·최동호·김학규·황학수·이복원·안일청·현익철 등이 중심이요, 둘째는 한국독립당이니 조소앙·홍진·조시원 등이 그 간부며, 다음으로 셋째는 내가 창설한 한국국민당이니 이동녕·이시영·조완구·차이석·송병조·김붕준·엄항섭·안공근·양묵·민병길·손일민·조성환 등이 그 중의 주요 인물이었다.

이상 3당이 통합 문제를 토의하려고 조선혁명당 본부인 남목청(南木廳)에 모였는데 나도 거기 출석했다. 그런데 내가 의식을 회복하여 보니 병원인 듯하였다. 웬일이냐 물었더니, 내가 술에

취하여 졸도하여서 입원한 것이라고 하였다. 의
사가 회진 할 때에 내 가슴에 웬 상처가 있는 것
을 알고 이것은 웬 것이냐 한즉, 그것은 내가 졸
도할 때에 상머리에 부딪친 것이라 하므로 그런
줄만 알고 병석에 누워 있었다. 한 달이나 지나
서야 엄항섭 군이 내게 비로소 진상을 설명하여
주었다.

그날 밤, 조선혁명단원으로서 내가 남경 있을
때에 상해로 특무 공작을 간다고 하여서 내게 금
전의 도움을 받은 일이 있는 이운한이가 회장에
돌입하여 권총을 난사하여 첫 방에 내가 맞고,
둘째로 현익철, 셋째로 유동열이 다 중상하고,
넷째 방에는 이청천이 경상하였는데 현익철은 입
원하자 절명하고 유동열은 치료 경과가 양호하다
는 것이었다.

범인 이운한은 장사 교외 작은 정거장에서 곧
체포되고 연루자로 강창제 · 박창세 등도 잡혔으

나, 강, 박 양인은 석방되고 이운한은 탈옥하여 도망하였다.

성주석(省主席) 장치중 장군은 친히 내가 입원한 상아의원(湘雅醫院)에 나를 위문하고 병원 당국에 대하여서는 치료비는 얼마가 들든지 성정부에서 담당할 것을 말했다 한다. 당시 한구에 있던 장개석 장군은 하루에도 두세 번 전보로 내 병상을 묻고 내가 퇴원한 기별을 듣고는 나하천을 대표로 내게 보내어 돈 3천 원을 요양비로 쓰라고 주었다.

퇴원하여 어머님을 찾아뵈니 어머님은,

"자네 생명은 하느님이 보호하시는 줄 아네, 사불범정(邪不犯正)이지. 허나 유감인 것은 이운한이 정탐이나 그 역시 한인인 즉, 총을 맞고 죽는 것만 못하네."

하셨다.

애초에 내 상처는 중상이어서 병원에서 의사가

보고 입원 수속도 할 필요가 없다 하여 문간방에
두고 절명하기만 기다렸던 것이 네 시간이 되어
도 살아있었기 때문에 병실로 옮기고 치료하기를
시작하였다고 한다. 내가 이런 상태이므로 향항
에 있던 인이에게는 내가 총을 맞아 죽었다는 전
보를 놓아서 안공근은 인이와 함께 내 장례에 참
여할 생각으로 달려 왔다.

전쟁의 위험이 장사에도 파급되어서 성정부에
서도 끝까지 이 사건을 법적으로 규명할 여유가
없었던 것이다. 내 추측으로는 이운한이 강창
제·박창세 두 사람의 악선전에 혹하여 그런 일
을 한 것인 듯하다.

내가 퇴원하여 엄항섭 군 집에서 정양을 하고
있는데 하루는 갑자기 신기가 불편하고 구역이
나며 우편 다리가 마비하기로 다시 상아의원에
가서 진찰을 받았다. X광선으로 본 결과 성양인
외과 주임이 말하기를, 내 심장 옆에 박혀 있던

탄환이 혈관을 통하여 우편 갈빗대 옆에 옮겨졌
으니 불편하면 수술하기도 어렵지 아니하나 그대
로 두어도 생명에는 관계가 없다 하고 또 말하기
를, 오른편 다리가 마비 하는 것은 탄환이 대혈
관을 압박하는 때문이거니와 작은 혈관들이 확대
되어서 압박된 혈관의 기능을 대신하게 되면 다
리 마비하던 것도 차차 나으리라는 것이었다.

그러던 차에 장사가 또 위험하게 되매 우리 3
당의 백여 명 가족은 또 광주(廣州)로 이전하였
으니 호남의 장치중 주석이 광동성 주석 오철성
씨에게 소개하여 준 것이었다. 이로써 큰 문제는
해결되었다.

광복군 창설

광주에서는 중국 군대에 있는 동포 이준식 · 채원개 두 분의 알선으로 동산백원(東山柏園)을 임시 정부 청사로, 아세아 여관을 전부 우리 대가족의 숙사로 쓰게 되었다.

다시 중국 중앙에 타전하여, 중경으로 갈 계획을 말했더니, 오라는 회전(回電)이 왔다. 조성환 · 나태섭 두 동지를 대동하고 나는 다시 장사로 가서 장치중 주석에게 교섭하여 공로(公路) 차표 석 장과 귀주성(貴州省) 주석 오정창 씨에게로 하는 소개장을 얻어 가지고 중경 길을 떠나 10여 일만에 귀주성 수부 귀양(貴陽)에 도착하였다.

내가 지금까지 본 중국은 물산이 풍부한 지

방이었으나 귀주 지경(地境)에 들어서는 눈에 띄는 것이 모두 빈궁이었다. 귀양 시중에 왕래하는 사람들을 보면 극소수를 제외하고는 모조리 의복이 남루하고 혈색이 좋지 못하였다. 원체 산이 많은 지방인데다가 산들이 다 돌로 되고 흙이 적어서 농가에서는 바위 위에다 흙을 펴고 씨를 뿌리는 형편이었다. 그 중에서도 한족(漢族)은 좀 나으나 원주민인 묘족(苗族)의 생활은 더욱 곤궁하고 야매한 모양이었다.

중국말을 모르는 나는 말을 듣고 한족과 묘족을 구별할 수는 없으나 복색으로는 묘족의 여자를 알아낼 수 있고, 안광으로는 묘족의 남자를 지적할 수가 있었다. 한족의 눈에는 문화의 빛이 있는데 묘족의 눈에는 그것이 없었다.

묘족은 요순시대의 삼묘(三苗) 씨의 자손으로서 4천 년 이래로 이렇게 꼴사나운 생활을 하로 있으니 이 무슨 전생의 업보인고, 요순 이후로는 역사상에 묘족의 이름이 다시 나타나지 아니하기로 그들은 이미 다 절멸된 줄만 알았더니 호남, 광동, 광서, 운나, 귀주, 사천, 서강 등지에 수십 백 종족으로 갈린 묘족이 퍼져 있으면서도 이렇게 소문이 없는 것은 그들 중에 인물이 나지 못한 까닭이다. 현재 광서의 백숭희와 운남의 용우 두 장군이 묘족의 후예라 하는 말도 있으나 나는 그 진부를 단정할 자료를 가지지 못하였다.

귀양에서 여드레를 묵어서 나는 무사히 중경에 도착하였으나 그동안 광주가 일본군에게 정령 되었다. 우리 대가족의 소식이 궁금하던 차에 다시 무사히 광주를 탈출하여 유주(柳州)에 와 있다는 전보를 받고 안심하였다. 그들은 다 중경에 오기를 희망하므로 내가 교통부와 중앙당부에 교섭하여 자동차 여섯 대를 얻어서 기강(綦江)이라는 곳에 대가족을 옮겨 왔다. 군수품 운송에도 자동차가 극히 부족하던 이때에 이렇게 빌려준 중국의 호의는 이루 감사할 말이 없는 일이었다.

나는 미주서 오는 통신을 기다리노라고 우정국
(우체국)에 가 있는 때에 인이가 왔다. 유주에 계
신 어머님이 병환이 중하신데 중경으로 오시기를
원하시므로 모시고 온 것이었다. 나는 인이를 따
라 달려가니 어머님은 내 여관인 저기문(儲奇門)
홍빈여사(鴻賓旅舍) 맞은편에 와 계셨다. 곧 내
여관으로 모시고 와서 하룻밤을 지내시게 하고
강 남쪽 아궁보(鵝宮堡) 손가화원(孫家花園)에
있는 김홍서 군 집으로 가 계시게 하였다. 이것
은 김홍서 군이 호의로 자청한 것이었다.

어머님의 병환은 인후증인데 의사의 말이 이것
은 광서의 수토병으로 젊은 사람이면 수술을 할
수 있으나 어머님같이 팔십 노인으로서는 그리할
수 없고 또 이미 치료할 시기를 놓쳐서 손 쓸
길이 없다고 하였다.

어머님이 중경으로 오시는 일에 관하여 잊지

469

못할 은인이 있으니 그는 의사 유진동 군과 그 부인 강영파 여사였다. 이들 부처는 상해의 학생 시절부터 나를 애호하던 동지들이었다. 내 형편이 어머니를 모실 수 없음을 알고 내 어머님을 모시고 간호하기 위해 중경으로 온 것이다. 그러나 유 의사 부처가 왔을 때는 벌써 어머님은 더 손 쓸 수가 없게 되었던 때였다.

내가 중경에 와서 한 일은 세 가지였다. 첫째는 차를 얻어서 대가족을 실어오는 일이요, 둘째로는 미주, 하와이와 연락하여 경제적 후원을 받는 일이요, 셋째는 장사에서부터 말이 되면서도 되지 못한 여러 단체의 통일을 완성하는 것이었다. 대가족도 안돈이 되고, 미주와 연락도 되었으므로 나는 셋째 사업인 단체 통일에 착수하였다.

나는 중경에서 강 건너 아궁보에 있는 조선의 용대와 민족혁명당 본부를 찾았다. 그 당시 김약

산은 계림(桂林)에 있었으나 윤기섭·성주식·
김홍석·석정·김두봉·최석순·김상덕 등 간부
가 나를 위하여 환영회를 열었다.

　그 자리에서 나는 모든 단체를 통일하여 민족
주의의 단일당을 만들 것을 제의하였더니 그 자
리에 있던 이는 일치하여 찬성하였고, 한 걸음
더 나아가서 미주와 하와이에서는 여러 단체에도
참가를 권유하기로 결의하였다.

　미주와 하와이에서는 곧 회답이 왔다. 통일에
는 찬성이나 김약산은 공산주의자이니 만일 내가
그와 일을 같이 한다면 그들은 나와의 관계까지
도 끊어 버린다는 것이었다. 그래서 나는 김약산
과 상의한 결과 그와 나와 연명으로, 민족운동
이야말로 조국광복에 필요하다는 뜻으로 성명서
를 발표 하였다.

　그러나 여기 의외의 일들이 생겼으니 그것은
국민당 간부들이 연합으로 하는 통일은 좋으나

있던 당을 해산하고 공산주의자들을 합한 단일당
을 조직하는 데에 반대한다는 것이었다. 주의가
서로 다른 자는 도저히 한 조직체를 유지할 수
없다는 것이 그 이유였다.

나는 병을 무릅쓰고 기강으로 가서 국민당의
전체 회의를 열고 노력한 지 1개월 만에 비로소
단일당으로 모든 당들을 통일하자는 의견에 국민
당의 합의를 얻었다. 그래서 민족운동 진영인 한
국국민당, 한국독립당, 조선혁명당과 공산주의
전선인 조선민족혁명당, 조선민족해방동맹, 조선
민족전위동맹, 조선혁명자연맹의 일곱으로 된 7
당 통일 회의를 열게 되었다.

회의가 진행함에 따라 민족운동 편으로 대세가
기울어지는 것을 보고 해방동맹과 전위동맹은 민
족운동을 위하여 공산주의의 조직을 해산할 수
없다고 말하고 퇴석하였다. 이렇게 되니 7당이 5
당으로 줄어서 순전한 민족주의적인 새 당을 조

직하고 8개 조의 협정에 5당의 당수들이 서명하
였다.

이에 좌우 5당의 통일이 성공하였으므로 며칠
을 쉬고 있던 차에 이미 해산하였을 민족혁명당
대표 김약산이 돌연히 탈퇴를 선언하였으니 그
이유는, 당의 간부들과 그가 거느리는 청년 의용
대가 아무리 하여도 공산주의를 버릴 수 없으니
만일 8개 조의 협정을 수정하지 아니하면 그들이
다 달아나겠다는 것이었다.

이리하여 5당의 통일도 실패되어서 나는 민족
진영 3당의 동지들과 미주·하와이 여러 단체에
대하여 나의 불명한 허물을 사과하고 이어서 원
동에 있는 3당만을 통일하여 새로 한국독립당이
생기게 되었다. 하와이 애국단과 하와이 단합회
가 각각 해소하고 한국독립당 하와이 지부가 되
었으니 역시 5당 통일은 된 셈이었다.

새로 된 한국독립당의 간부로는 집행 위원장에

김구, 위원으로는 홍진·조소앙··조시원·이청
천·김학규·유동열·안훈·송병조·조완구·
엄항섭·김붕준·양묵·조성환·차이석·이복
원이요, 감찰 위원장에 이동녕, 위원에 이시영·
공진원·김의한 등이었다.

임시의정원에서는 나를 국무회의 주석으로 선
거하였는데, 종래의 주석을 국무위원이 번갈아하
던 제도를 고쳐서 대내·외적으로 책임을 지도록
하였다. 그리고 미국·서울·워싱턴에 외교위원
부를 설치하고 이승만 박사를 그 위원장으로 임
명하였다.

한편 중국 중앙 정부에서는 우리 대가족을 위
하여 토교(土僑) 동감폭포(東坎瀑布) 위에 기와
집 세 채를 짓고 또 시가에도 집 한 채를 주었으
나 그밖에 우리 독립운동을 원조하여 달라는 청
에 대하여서는 냉담하였다. 그래서 나는 중국이
일본군의 손에 여러 대도시를 빼앗겨 자신의 항

전에 골몰한 이때에 우리를 위한 원조를 바라기나 미안하니 나는 미국으로 가서 미국의 원조를 청할 의사인 즉 여행권을 달라고 청하였다.

나의 요청에 중앙 정부의 서은증 씨가 말하기를, 내가 오랫동안 중국에 있었으니 중국에서 무슨 일을 하나 남김이 좋지 아니하냐, 사업계획서를 제출하기를 청하므로 나는 장래 독립한 한국의 국군의 기초가 될 광복군 조직의 계획을 제출하였더니 곧 좋다는 회답이 왔다.

이에 임시 정부에서는 이청전을 광복군 총사령관으로 임명하고, 모든 힘(미주와 하와이 동포가 보내어 준 4만 원)을 다하여 중경 가릉빈관(嘉陵賓館)에 중국인, 서양인 등 중요 인사를 초청하여 한국광복군 성립식을 거행하였다.

그리고 우선 30여 명 간부를 서안(西安)으로 보내, 미리 가 있던 조성환 등과 합하여 한국광복군 사령부를 서안에 두고 이범석을 제1지대장으로 하여 산서(山西) 방면으로 보내고 고운기(본명 공진원)를 제2지대장으로 하여 수원(綏遠) 방면으로, 나월환 등의 한국청년 전지공작대(韓國靑年 戰地工作隊)를 광복군으로 개편하여 제5지대를 삼았다.

또한 강서성 상요(上饒)에 황해도 해주 사람으로 죽안군 제3전구 사령부 정치부에서 일보고 있는 김문호를 한국광복군 징모처 제3분처(韓國光復軍 徵募處 第三分處) 주임을 삼고 그 밑에 신정숙을 회계조장, 이지일을 정보조장, 한도명을 훈련조장으로 각각 임명하여 상요로 파견하였다.

독립당과 임시 정부와 광복군의 일체 비용은 미주, 멕시코, 하와이에 있는 동포들이 보내는 돈으로 썼다. 장개석 부인 송미령이 대표하는 부녀위로총회(婦女慰勞總會)로부터 중국 돈으로 10만 원의 위로금을 받기도 했다.

그 후의 일들

이 모양으로 광복군이 창설되었으나 인원도 많지 않아 몇 달 동안을 유명무실하게 지내던 중 문득 한 사건이 일어났다. 그것은 50여 명 청년이 가슴에 태극기를 붙이고 중경에 있는 임시 정부 정청으로 애국가를 부르며 들어온 것이다.

이들은 우리 대학생들이 학병으로 일본 군대에 편입되어 중국 전선에 출전하였다가 탈주하여 안휘성(安徽省) 부양(阜陽)의 광복군 제3지대를 찾아온 것을 지대장 김학규가 임시 정부로 보낸 것이었다.

이 사실은 중국인에게 큰 감동을 주어 중한문화협회(中韓文化協會) 식당에서 환영회를 개최하였는데, 서양 여러 나라의 통신 기자들이며 대사관원들도 출석하여 우리 학병들에게 여러 가지 질문을 던졌다. 어려서부터 일본의 교육을 받아 국어도 잘 모르는 그들이 조국의 독립을 위하여 목숨을 바치려고 총살의 위험을 무릅쓰고 임시 정부를 찾아왔다는 그들의 말에 우리 동포들은 말할 것도 없이 목이 메었거니와 외국인들도 감격에 넘친 모양이었다.

이것을 인연으로 우리 광복군이 연합국의 주목을 끌게 되어, 미국의 OSS(Office of Strategic Service:미국 전략 사무국)를 주관하는 사전트 박사는 광복군 제2지대장 이범석과 합작하여 서안에서 ,윔스 중위는 제3지대장 김학규와 합작하여 부양에서 우리 광복군에게 비밀훈련을 실시했다. 예정대로 3개월의 훈련을 마치고 정탐과 파괴 공작의 임무를 띠고 그들을 비밀히 본국으로 파견할 준비가 끝났을 때, 나는 미국 작전부장 도노반 장국화 군사협의를 하기 위하여 미국 비행기로 서안으로 갔다.

회의는 광복군 제2지대 본부 사무실에서 열렸
는데, 정면 오른편 태극기 밑에는 나와 제2지대
간부가, 왼편 미국기 밑에는 도노반 장군과 미국
인 훈련관들이 앉았다. 도노반 장군이 일어나 선
언했다.

"오늘부터 아메리카 합중국과 대한민국 임시
정부와의 적 일본을 항거하는 비밀공작이 시작된
다."

도노반 장군과 내가 정문을 나올 때에 활동사
진의 촬영이 있고 식이 끝났다.

이튿날 미국 군관들의 요청으로, 훈련받은 학
생들이 실지의 공작을 시험하기로 하여 두곡(杜
曲)에서 동남으로 40리, 옛날 한시에 유명한 종
남산(終南山)으로 자동차를 몰았다.

동구에서 차를 버리고 5리쯤 걸어가면 한 고찰
이 있는데 이곳이 우리 청년들이 훈련을 받고 있

는 비밀훈련소였다. 여기서 미국 군대식으로 오찬을 먹고 참외와 수박을 먹었다.

첫째로 본 것은 심리학적으로 모험에 능한 자, 슬기가 있어서 정탐에 능한 자, 눈과 귀가 밝아서 무선전신에 능한 자를 고르는 것이었다. 이 시험을 한 심리학자는, 한국 청년이 용기로나 지능으로나 다 우량하여서 장래에 희망이 많다고 결론하였다.

다음에는 청년 일곱을 뽑아서, 한 사람에게 밧줄을 이어 한 끝을 바위에 맨 후에 그 줄을 붙들고 모두 내려가서, 나뭇잎 하나씩 따서 입에 물고 다시 그 줄에 매달려 일곱 명이 차례로 다 올라오도록 지시한 바를 무사히 실행했다. 시험관은 이것을 보고 크게 칭찬하였다. 그는 이렇게 말했다.

"내가 중국 학생 4백 명을 모아놓고 시켰건만 그들이 해결치 못한 문제를 한국 청년 일곱이 홀름하게 해냈소. 참으로 한국 사람은 전도유망한 국민이오."

일곱 청년이 이 칭찬을 받을 때에 나는 대단히 기뻤다.

다음에 폭파술, 사격술과 비밀히 강을 건너가는 재주 같은 것을 시험하였다. 여기서도 좋은 성적을 얻은 것을 보고 나는 만족하여 그날로 두곡으로 돌아왔다.

이튿날은 중국 친구들을 찾아볼 작정으로 서안에 들어갔다. 두곡서 서안이 40리 였다.

호종남 장군은 출타하여서 참모장만을 만나고 성주석 축소주 선생은 나와 막역한 친우라 이튿날 그의 사저에서 석반을 같이 하기로 했다. 성당부에서는 나를 위해 환영회를 개최한다 하고, 서안 부인회에서는 나를 환영하기 위해 특별히 연극을 준비한다 하며, 서안의 각 신문사에서도 환영회를 개최하겠으니 출석해 달라는 초청이 왔다.

나는 그 밤을 우리 동포 김종만 씨 댁에서 지
내고 이튿날은 서안의 명소를 대개 구경한 후에
저녁에는 어제 약속대로 축 주석 댁 만찬에 불려
갔다. 식사를 마치고 객실에 돌아와 수박을 먹으
며 담화를 하는 중에 문득 전령이 울렸다. 축 주
석은 놀라 자리에서 일어나 중경에서 무슨 소식
이 있나 보다고 전화실로 가더니 잠시 후에 뛰어
나오며 외치는 것이다.

"왜적이 항복했소!"

"아! 왜적이 항복!"

이것은 내게 기쁜 소식이라기보다는 하늘이 무
너지는 듯한 일이었다. 천신만고로 수년간 애를
써서 참전할 준비를 한 것도 다 허사가 돼버렸
다.

서안과 부양에서 훈련받은 우리 청년들에게 각
종 비밀무기를 주어 산동에서 미국 잠수함을 태

워 본국으로 들여보내서 국내의 요소를 파괴하고 점령한 후, 미국 비행기로 무기를 운반할 계획까지 미국 육군성과 다 약속이 되었었는데 한 번 해보지도 못하고 왜적이 항복했으니 진실로 전공이 가석하거니와 그보다도 걱정되는 것은 우리가 이번 전쟁에 한 일이 없기 때문에 장래에 국제간에 발언권이 박약하리라는 것이다.

나는 더 있을 마음이 없어서 곧 축 씨 댁에서 나왔다. 내 차가 큰 길에 나설 때에는 벌써 거리는 인산인해를 이루고 만세 소리가 성중에 진동하였다.

나는 서안에서 준비되고 있던 나를 위한 모든 환영회를 사퇴하고 즉시 두곡으로 돌아왔다. 와 보니 우리 광복군은 제 임무를 하지 못하고 전쟁이 끝난 것에 실망하여 침울한 분위기에 잠겨 있는데, 미국 교관들과 군인들은 질서를 잊을 만큼 기뻐 뛰고 있었다. 미국이 우리 광복군 수천 명을 수영할 병사를 건축하려고 일변 종남산에서 재목을 운반하고 벽돌가마에서 벽돌을 실어 나르던 것도 이날부터 일제히 중지하고 말았다.

내 이번 길의 목적은 서안에서 훈련받은 우리 군인들을 제1차로 본국으로 보내고, 그 길로 부양으로 가서 거기서 훈련받은 이들을 제2차로 떠나보낸 후에 중경으로 돌아가려고 했는데 그 계획도 다 수포로 돌아가고 말았다. 내가 중경서 올 때에는 군용기를 탔으나 그리로 돌아갈 때에는 여객기를 타게 되었다.

중경에 와 보니 중국인들은 벌써 전쟁 중에 긴장이 풀어져서 모두 혼란한 상태에 빠져 있고, 우리 동포들은 지향할 바를 모르는 형편에 있었다. 임시 정부에서는 그동안 임시의정원을 소집하여 혹은 임시 정부 국무위원이 총사직하자는 주장과, 이를 해산하고 본국으로 들어가자는 반론이 부분하여 귀결이 나지 않다가, 주석인 내게 돌아온다는 소식을 듣고 3일간 정회를 하고 있었다.

나는 의정원에 나가 해산도 총사직도 천만부당하다고 단언하고, 서울에 들어가 전체 국민의 앞에 정부를 내어 바칠 때까지 현상대로 가는 것이 옳다고 주장하여 전원의 동의를 얻었다. 그러나 미국 측으로부터 서울에는 미국 군정부가 있어 임시 정부로는 입국을 허락할 수 없으므로 개인의 자격으로 오라 하기로 우리는 할 수 없이 개인 자격으로 고국에 돌아가기로 결정하였다.

이리하여 7년간의 중경생활을 마치게 되니 실로 감개가 많아서 무슨 말을 써야 할지 두서를 찾기가 어렵다.

나는 교자를 타고 강 건너 화강산에 있는 어머님 묘소와 아들 인의 무덤에 가서 꽃을 놓고, 축문을 읽어 하직하고, 묘지기를 불러 금품을 후히 주며 수호를 부탁했다.

그리고는 가죽 상자 여덟 개를 사서 정부의 모든 문서를 넣었다. 또 중경에 거류하는 5백여 명 동포의 선후책을 정한 후 임시 정부가 본국으로 돌아간 뒤에 중국 정부와 연락하기 위해 주중화 대표단을 설립하고, 박찬익을 단장으로 민필호·이광·이상만·김은충 등을 단원으로 임명하였다.

우리가 중경을 떠나게 되자 중국공산당 본부에서는 주은래, 동필무 제 씨가 우리 임시 정부 국무원 전원을 청해 송별연을 열어주었고, 중앙 정부와 국민당에서는 장개석 부처를 위시하여 정부, 당부, 각계 요인 2백여 명이 모여 우리 임시 정부 국무 위원과 한국독립당 간부를 초청하여, 국민당 중앙당부 대례당에서 중국기와 태극기를 교차하고, 융숭하고도 간곡한 송별연을 열어 주었다.

장개석 주석과 송미령 여사가 선두로 일어나

장래 중국과 한국 두 나라가 영구히 행복 되도록 하자는 축사가 있고, 우리 편에서도 답사가 있었다.

중경을 떠나던 일을 기록하기 전에 7년 간 중경생활에 잊지 못할 것 몇 가지를 적으려 한다.

첫째, 중경에 있던 우리 동포의 생활에 관해서다. 중경은 원래 인구 몇 만밖에 안 되던 작은 도시였으나, 중앙 정부가 이리로 옮겨온 후로 일본군에게 점령당한 지방의 관리와 피난민이 모여들어서 일약 인구 백 만이 넘은 대도시가 되었다. 아무리 새로 집을 지어도 미처 다 수용할 수 없어서 여름에는 한데에서 사는 사람이 수십만이나 되었다.

식량은 배급제여서 배급소 앞에는 언제나 장사진을 치고, 서로 욕하고 때리고 하여 분규가 안 일어나는 때가 없었다. 그러나 우리 동포들은 따

로 인구를 선책해서 한 몫으로 양식을 타서 하인
을 시켜 집집에 배급하기 때문에 대단히 편하다.
먹을 물도 사용인을 시켜 길었다.

중경시 안에 사는 동포들뿐 아니라, 교외인 토
교에 사는 이들도 한인촌을 이루고, 중국 사람의
중산계급 정도의 생활을 유지할 수가 있었다. 간
혹 부족하다는 불평도 있었으나, 그런대로 규율
있고 안전한 단체생활을 유지할 수강 있었다.

나 자신의 중경생활은 임시 정부를 지고 피난
하는 것이 일이요, 틈틈이 먹고 잤다고 할 수 있
다. 중경의 폭격이 점점 심해지자 임시 정부도
네 번이나 옮겼다.

첫 번 정청인 양류가(楊柳街) 집은 폭격에 견
딜 수가 없어서 석판가(石版街)로 옮겼다가, 이
집이 폭격으로 일어난 불에 전소하여 의복까지
다 태우고 오사야 항(吳獅爺 巷)으로 갔다. 그러
나 이 집 역시 폭격을 당해 무너진 것을 고쳤으

나, 정청으로 쓸 수는 없어서 직원의 주택으로 하고, 네 번째로 연화지(蓮花池)에 70여 칸 집을 얻었는데, 집세가 1년에 40만 원이었다. 그러나 이 돈은 장주석의 보조를 받게 되어 임시 정부가 중경을 떠날 때까지 이 집을 쓰게 되었다.

이 모양으로 연이어 오는 폭격에 중경에는 인명과 가옥이 손해가 막대했으며, 동포 중에 죽은 이로는, 신익희 씨 조카와 김영린의 아내 두 사람이 있었다.

이 두 동포가 죽던 때가 가장 심한 폭격이어서, 한 방공호에서 4백 명이니 8백 명이니 하는 질식 자를 낸 것도 이 때였다. 그 시체를 운반하는 광경을 내가 목도하였는데, 화물 자동차에 짐을 싣듯 시체를 싣고 달리면 시체가 흔들려 굴러 떨어지기도 했다. 그러면 그것을 다시 싣기가 귀찮아서 모가지를 매어 자동차 뒤에 달면 그 시체가 땅바닥으로 엎치락뒤치락 끌려가는 것이었다.

시체는 남녀를 불문하고 옷이 다 찢겨서 살이 나
왔는데, 이것은 서로 앞을 다투어 발악한 형적이
었다.

　가족을 이 모양으로 잃어 한편에 통곡하는 사
람이 있으며, 다른 편에는 방공호에서 시체를 끌
어내는 인부들이 시체가 지녔던 금, 은, 보화를
뒤져서 대번에 부자가 된 이도 있었다. 이렇게
질식의 참사가 일어난 것이 밀매음녀 많기로 유
명한 교장구(較場口)이기 때문에 죽은 자의 대다
수가 밀매음녀였다.

　중경은 옛날 이름으로 파(巴)다. 지금은 성도
(成都)라고 부르는 촉(蜀)과 아울러 파촉이라고
하던 곳이다. 시가의 왼편으로 가릉강(嘉陵江)이
흘러와서 오른편에서 오는 양자강과 합하는 곳으
로서, 천 톤급의 기선이 정박하는 중요한 항구
다. 지명을 파라고 하는 것은 옛날 파 장군(巴 將
軍)이란 사람이 도읍하였던 때문인데, 연화지에

는 파 장군의 분묘가 있다.

중경의 기후는 심히 건강에 좋지 못해 호흡기 병이 많다. 7년간에 우리 동포도 폐병으로 죽은 자가 80명이나 된다. 9월 초승부터 이듬해 4월까지는 운무가 끼어 볕을 보기가 어렵고, 기압이 낮은 우묵한 땅이라 지변의 악취가 흩어지지 않아 공기가 심히 불결하다. 내 맏아들 인도 이 기후의 희생이 되어서 중경에 묻혔다.

11월 5일에 우리 임시 정부 국무위원과 기타 직원은 비행기 두 대에 갈라 타고 중경을 출발하여 다섯 시간 만에, 떠난 지 13년 만에 상해의 땅을 밟았다. 우리 비행기가 착륙한 비행장이 곧 홍구신공원(虹口新公園)이라 하는데 우리를 환영하는 남녀동포가 장내에 넘쳤다. 나는 14년을 상해에 살았건만 홍구공원에 발을 들여놓은 일이 일찍 없었었다.

신공원에서 나와서 시내로 들어가려 하니 아침

여섯 시부터 우리를 기다리고 있다는 6천 명 동포가 열을 지었다. 나는 한 길이 넘는 단 위에 올라가서 동포들에게 인사말을 하였다.

나중에 알고 보니 그 단이야말로 13년 전 윤봉길 의사가 왜적 시라카와 대장 등을 폭격한 자리에 왜적들이 그 일을 기념하기 위하여 단을 모으고 군대를 지휘하던 곳이라고 한다. 세상에 우연한 것은 없다고 생각하였다.

나는 양자반점(楊子飯店)에 묵었다. 13년이란 사람의 일생에는 긴 세월이었다. 내가 상해를 떠날 적에 아직 어리던 이들은 벌써 장정이 되었고, 장정이던 사람들은 노쇠하였다. 이 오랜 동안에 까딱도 하지 않은 채 깨끗이 고절을 지킨 옛 동지 선우혁 · 장덕로 · 서병호 · 한진교 · 조봉길 · 이용환 · 하상린 · 한백원 · 원우관 제 씨와 서병호 댁에서 만찬을 같이 하고 기념촬영을 하였다.

한편으로는 상해에 재류하는 동포들 중에 부정한 직업을 가진 이가 적지 않다는 말은 나를 슬프게 하였다. 나는 우리 동포가 가는 곳마다 정당한 직업에 정직하게 종사해서 우리 민족의 신용과 위신을 높이는 애국심을 가지기를 바란다.

나는 법조계 공동묘지에 있는 아내의 무덤을 찾고 상해에서 10여 일을 묵은 후 미국 비행기로 본국을 향해 상해를 떠났다. 이동녕 선생, 현익철 동지 같은 이들이 이역에 묻혀서 함께 고국으로 돌아오지 못하는 것이 유감이었다.

조국 땅에 들어와서

나는 기쁨과 슬픔이 한데 엉클어진 가슴으로 27년 만에 조국의 신선한 공기를 마시고, 그리운 흙을 밟으니 김포 비행장이요, 상해를 떠난 지 세 시간 후였다.

나는 조국의 땅에 들어오는 길로 한 가지 기쁨과 한 가지 슬픔을 느꼈다. 책보를 메고 가는 학생들의 모양이 심히 활발하고 명랑한 것이 한 기쁨이요, 그와는 반대로 동포들이 사는 집들이 퍽 가난해 보이는 것이 한 슬픔이었다.

동포들이 여러 날을 우리를 환영하려고 모였더라는 데, 비행기 도착시일이 분명히 알려지지 않아 이날에는 우리를 맞아주는 동포가 많지 않았다. 늙은 몸을 자동차에 의지하고 서울에 들어오

려 대표는 공주까지 마중을 나왔다. 마곡사
에는 남녀 승려가 도열하여 지성으로 나를
하니, 옛날에 이 절에 있던 한 중이 일국의
이 되어서 온다고 생각함이었다.
8년 전에 머리에 줄 갓을 쓰고 목에 염주를 걸
출입하던 길이다. 산천도 예와 같거니와 대응
에 걸린 주련도 옛날 그대로다.

'각래관세간 유여몽중사(却來觀世間 猶如夢中
事)'

그때에는 무심히 보았던 이 글귀를 오늘에 자
세히 보니 나를 두고 이른 말인 것 같았다.

용담(龍潭) 스님께 보각서장(普覺書狀)을 배
우던 점화실에서 뜻 깊은 하룻밤을 지내었다. 승
려들은 나를 위해 이날 밤에 불공을 드렸다. 그
러나 승려들 중에는 내가 알던 사람은 하나도 없
었다. 이튿날 아침에 나는 기념으로 무궁화 한
포기와 향나무 한 그루를 심고 마곡사를 떠났다.

니, 의구한 산천이 반갑게 나를 맞아 주었다.

내 숙소는 새문 밖 최창학 씨의 집이었다. 국
무원 일행은 한미호텔에 머물도록 우리를 환영하
는 유지들이 미리 준비하여 주었었다.

나는 곧 신문을 통하여 윤봉길·이봉창 두 의
사와 강화 김주경 선생의 유가족을 만나고 싶다
는 뜻을 밝혔다. 그러자 얼마 후 윤 의사의 아드
님이 덕산(德山)으로부터 찾아오고, 이 의사의
조카 따님이 서울에서 찾아왔다. 그리고 김주경
선생의 아드님 윤대 군은 38선 이북에 있어서 못
보았지만, 그 따님과 친척들이 혹은 강화에서,
혹은 김포에서 와서 만나니 반갑기도 하고 슬프
기도 하였다.

그러나 선조의 분묘가 계시고, 친척과 옛 벗이
사는 그리운 내 고향은 소위 38선의 장벽 때문에
가보지 못하고, 재종형제들과 종매들의 가족이
곧 상경하여서 반갑게 만날 수가 있었다.

군정청에 소속한 각 기관과 정당, 사회단체, 교육계, 공장 등 각계에서 빠짐없이 연합 환영회를 조직하여서 우리는 개인의 자격으로 들어왔건만 '임시 정부 환영(臨時 政府 歡迎)'이라고 크게 쓴 깃발을 태극기와 아울러 높이 들고 수십 만 동포가 서울 시가로 큰 시위행진을 하고 그 끝에 덕수궁에 식탁이 4백 여로, 환영연을 배설하고 하지 중장 이하 미국 군정 간부들도 출석하여 덕수궁 뜰이 좁을 지경이었으니 참으로 찬란하고 성대한 환영회였다.

나는 이러한 환영을 받을 공로가 없음이 부끄럽고 미안하였으나, 동포들이 해외에서 오래 고생한 우리를 위로하는 것이라 생각하고 고맙게 받았다.

어느덧 해가 바뀌었다. 나는 38선 이남만이라도 돌아보리라 하고 첫 노정으로 인천에 갔다.

인천은 내 일생에 있어 뜻 □□□ 살에 인천 감옥에서 사형선고 □□□ 살에 탈옥 도주하였고, 마흔 □□□ 역수로 다시 이 감옥에 이수되었□□□는 내 피땀이 배어 있는 것이다. □□□ 불효를 위하여 부모님이 걸으셨을 □□□ 물 흔적이 남아 있는 듯하여 마흔 □□□ 억이 어제인 듯 새롭다. 인천서도 □□□ 영을 받았다.

두 번째 노정으로 나는 공주 마곡사 □□□ 공주에 도착하니 충청남도 11군에서 □□□ 동포가 모여 환영회를 열어 주었다.

공주를 떠나 마곡사로 가는 길에 김복한 □□□ 현 두 선생의 영정 모신 데를 찾아서 배례 □□□ 그 유가족을 위로하고, 동민의 환영하는 정성□□□ 고맙게 받았다. 정당, 사회단체의 대표로 마곡□□□ 까지 나를 따르는 이가 3백 50여 명이었고, 마□□□

셋째 길에 나는 윤봉길 의사의 본대을 찾았다. 4월 29일이라, 기념제를 거행했다. 그리고 나는 일본 동경에 있는 박열 동지에게 부탁하여 윤봉길·이봉창·백정기 세 분 열사의 유골을 본국으로 모셔오게 하고, 유골이 부산에 도착하는 날 나는 특별 열차로 부산까지 갔다. 부산은 말할 것도 없고 세 분의 유골을 모신 열차가 정거하는 역마다 사회, 교육의 각 단체며 일반 인사들이 모여 봉도식을 거행하였다.

서울에 도착하자 유골을 담은 영구를 태고사(太古寺)에 봉안하여 동포들의 참배에 편케 하였다가 내가 직접 잡아둔 효창공원 안에 있는 자리에 매장 하기로 하였다. 제일 위에 안중근 의사의 유골을 봉안할 자리를 남기고, 그 다음에 세 분의 유골을 차례로 모시기로 했다.

이날 미국인 군정 간부도 전부 회장하였으며, 미국 군대까지 출동할 예정이었으나 그것은 중지되고 조선인 경찰관, 육해군 경비대, 정당, 단체, 교육기관, 공장의 종업원들이 총출동하고, 일반 동포들도 구름같이 모여서 태고사로부터 효창공원까지 인산인해를 이루어, 일시적으로 전차, 자동차, 행인까지도 교통을 차단하였다.

선두에는 애곡하는 비곡을 연주하는 음악대가 서고, 다음에는 화환대, 만장대가 따르고 세 분의 의사의 영여(靈轝)는 여학생대가 모시니 옛날 인산(因山)보다 더 성대한 장의였다.

나는 삼남지방을 순회하는 길에 보성군 득량면 득양리 김 씨 촌을 찾았다. 내가 48년 전에 망명 중에 석 달이나 몸을 붙여 있던 곳이요, 김 씨네는 나와 동족이었다. 내가 온다는 소문을 듣고 동구에는 솔문을 세우고 길닦이까지 하였다. 남녀 동민들이 동구까지 나와서 도열하여 나를 맞았다.

내가 그때 유숙하던 김광언 댁을 찾으니 집은 예와 다름없는데 주인은 벌써 세상을 떠났다. 그 유족의 환영을 받아 내가 그때 상을 받던 자리에서 한 끼 음식 대접을 한다 하여서 마루에 병풍을 치고 정결한 자리를 깔고 나를 앉혔다. 모인 이들 중에 나를 알아보는 이는 늙은 부인네 한 분과 김판남 종 씨 한 분 뿐이었다. 김 씨는 그때에 내 손으로 쓴 책 한권을 가져다가 내게 보여 주었다.

내가 이곳에 머물고 있을 때에 자별히 친하게 지내던 나와 동갑인 선(宣) 씨는 이미 작고하고, 내가 필낭을 기워서 작별 선물로 주던 그의 부인은 보성읍에서 그 자손들을 데리고 나와 나를 환영해주었다.

광주에서 나주로 향하는 도중에 함평 동포들이 길을 막고 들르라 하므로, 나는 함평읍으로 가서 학교 운동장에 열린 환영회에서 한 차례 강연을 하고 나주로 갔다. 나주에서 육모정(六模亭) 이 진사의 집을 물은 즉, 이 진사 집은 나주가 아니요, 지금 지나온 함평이며, 함평 환영회에서 나를 위하여 만세를 선창한 것이 바로 이 진사의 증손이라고 하였다.

오랜 세월에 나는 함평과 나주를 혼동한 것이었다. 그 후에 이 진사(나와 작별한 후에는 이 승지가 되었다 한다)의 증손 재승, 재혁 두 형제가 예물을 가지고 서울로 나를 찾아왔기로 함평을 나주로 잘못 기억하고 찾지 못한 데 대한 사과를 하였다.

이 길에 김해에 들르니, 마침 수로왕릉의 추향이었다. 김 씨네와 허 씨네가 많이 참배하는 중에 나도 그들이 준비해 준 평생 처음인 사모와 각대를 차리고 참배하였다.

전주에서는 옛 벗 김형진의 아들 맹문과 그 종제 맹열, 그 내종형 최강렬 세 사람을 만난 것이

기뻤다. 전주의 일반 환영회가 끝난 뒤에 이 세 사람의 가족과 한 데 모여서 고인을 추억하며 기념으로 사진을 찍었다.

강경에서 공종렬의 소식을 물으니 그는 젊어서 자살하고 자손도 없으며 내가 그 집에 자던 날 밤의 비극은 친족 간에 생긴 일이었다고 한다.

그 후 강화에 김주경 선생의 집을 찾아 그의 친족들과 사진을 같이 찍고 내가 그때에 가르치 던 30명 학동 중에 하나였다는 사람을 만났다.

나는 개성, 연안 등을 순회하는 노차에 이 효자의 무덤을 찾았다.

'고효자 이 창매지묘(故孝子 李昌梅之墓)'

나는 해주 감옥에서 인천 감옥을 끌려가던 길에 이 묘비 앞에 쉬던 49년 전 옛날을 생각하면서 묘전에 절하고 그날 어머님이 앉으셨던 자리를 눈어림으로 찾아서 그 위에 내 몸을 던졌다. 그러나 어머님의 얼굴을 뵈올 길이 없으니 앞이 캄

캄하였다. 중경서 운명하실 때에 마지막 말씀으로

'내 원통한 생각을 어찌하면 좋으냐'

하시던 것을 추억하였다.

독립의 목적을 달성하고 모자가 함께 고국에 돌아가 함께 지난 일을 이야기하지 못하심이 그 원통하심이 아니었을까? 그런데 저 멀고 먼 서쪽 화상산 한 모퉁이에 손자와 같이 누워계신 것을 생각하니 비회를 금할 수가 없다. 혼이라도 고국에 돌아오셔서 내가 동포들에게 받는 환영을 보시기나 하여도 다소 어머님의 마음이 위안이 되지 않으실까.

백천에서 최광옥 선생과 전봉훈 군수의 옛일을 추억하고, 장단 고랑포(皐浪浦)에 나의 선조 경순 왕릉(敬順 王陵)에 참배할 적에는 능말에 사는 경주 김 씨들이 내가 오는 줄 알고 제전을 준비하고 있었다.

나는 대한 나라 자주독립의 날을 기다려서 다
시 이 글을 계속하기로 하고, 지금은 붓을 놓는
다.

나의 소원

1. 민족국가

네 소원이 무엇이냐 하고 하느님이 물으시면 나는 서슴지 않고,

'내 소원은 대한 독립이오.'

하고 대답할 것이다. 그 다음 소원이 무엇이냐 하면 나는 또,

'우리 나라의 독립이오.'

할 것이요, 또 그 다음 소원이 무엇이냐 하는 셋째 번 물음에도 나는 더욱 소리 높여서,

'나의 소원은 우리 나라 대한의 완전한 자주독립이오.'

하고 대답할 것이다.

동포 여러분!

나 김구의 소원은 이것 하나밖에는 없다. 내 과거의 70 평생을 이 소원을 위하여 살아왔고, 현재에도 이 소원 때문에 살고 있고, 미래에도 나는 이 소원을 달하려고 살 것이다.

독립이 없는 백성으로 70 평생에 설움과 부끄러움에 애탐을 받은 나에게는 세상에 가장 좋은 것이 완전하게 자주 독립한 나라의 백성으로 살아보다가 죽는 일이다.

나는 일찍이 우리 독립 정부의 문지기가 되기를 원하였거니와, 그것은 우리 나라가 독립국만 되면 나는 그 나라의 가장 미천한 자가 되어도 좋다는 뜻이다.

왜 그런고하면 독립한 제 나라의 빈천이 남의 밑에 사는 부귀보다 기쁘고 영광스럽고 희망이 많기 때문이다. 옛날 일본에 갔던 박제상이,

"내 차라리 계림의 개, 돼지가 될지언정 왜(倭)왕의 신하로 부귀를 누리지 않겠다."

한 것이 그의 진정이었던 것을 나는 안다. 제
상은 왜왕이 높은 벼슬과 많은 재물을 준다는 것
을 물리치고 달게 죽음을 받았으니 그것은,

"차라리 내 나라의 귀신이 되리라."

함에서였다.

근래에 우리 동포 중에는 우리 나라를 어느 큰
이웃 나라의 연방에 편입하기를 소원하는 자가
있다 하니 나는 그 말을 차마 믿으려 아니하거니
와 만일 진실로 그러한 자가 있다 하면 그는 정
신을 잃은 미친놈이라고밖에 볼 길이 없다.

나는 공자, 석가, 예수의 도를 배웠고 그들을
성인으로 숭배하거니와 그들이 합하여서 세운 천
당극락이 있다 하더라도 그것이 우리 민족이 세
운 나라가 아닐진대, 우리 민족을 그 나라로 끌
고 들어가지 아니할 것이다.

왜 그런고하면, 피와 역사를 같이하는 민족이
란 완연히 있는 것이어서 내 몸이 맘의 몸이 됨

과 같이 이 민족이 저 민족이 될 수는 없는 것이, 마치 형제도 한 집에서 살기 어려움과 같은 것이다.

둘 이상이 합하여서 하나가 되자면 하나는 높고 하나는 낮아서, 하나는 위에 있어서 명령하고, 하나는 밑에 있어서 복종하는 것이 근본문제가 되는 것이다.

이에 대하여 일부 소위 좌익의 무리는 혈통의 조국을 부인하고, 소위 사상의 조국을 운운하며, 혈족의 동포를 무시하고, 소위 사상의 동무와 프롤레타리아트의 국제적 계급을 주장하여, 민족주의라면 마치 이미 진리권(眞理圈) 외에 떨어진 생각인 것같이 말하고 있다.

심히 어리석은 생각이다. 철학도 변하고 정치, 경제 학설도 일시적인 것이나, 민족의 혈통은 영구적이다.

일찍 어느 민족 안에서나 혹은 종교로, 혹은

학설로, 혹은 경제적, 정치적 이해의 충돌로 하여 두 파, 세 파로 갈려서 피로써 싸운 일이 없는 민족이 없거니와, 지내어 놓고 보면 그것은 바람과 같이 지나가는 일시적인 것이요, 민족은 필경 바람 잔 뒤의 초목 모양으로 뿌리와 가지를 서로 걸고 한 수풀을 이루어 살고 있다.

오늘날 소위 좌우익이란 것도 결국 영원한 혈통의 바다에 일어나는 일시적인 풍파에 불과하다는 것을 잊어서는 아니 된다.

이 모양으로 모든 사상도 가고 신앙도 변한다. 그러나 혈통적인 민족만은 영원한 성쇠흥망의 공동 운명의 인연에 얽힌 한 몸으로 이 땅 위에 나는 것이다.

세계 인류가 네요, 내요 없이 한 집이 되어 사는 것은 좋은 일이요, 인류의 최고요 최후의 희망이요, 이상이다.

그러나 이것은 멀고 먼 장래에 바랄 것이요,

현실의 일은 아니다. 사해동포의 크고 아름다운 목표를 향하여 인류가 향상하고 전진하는 노력을 하는 것은 좋은 일이요, 마땅히 할 일이나, 이것도 현실을 떠나서는 안 되는 일이니 현실의 진리는 민족마다 최선의 국가를 이루어 최선의 문화를 낳아 길러서 다른 민족과 서로 바꾸고 서로 돕는 일이다. 이것은 내가 믿고 있는 민족주의요, 이것이 인류의 현 단계에서는 가장 확실한 진리다.

그러므로 우리 민족으로서 하여야 할 최고의 임무는 첫째로 남의 절제도 아니 받고 남에게 의뢰도 아니 하는 완전한 자주독립의 나라를 세우는 일이다.

이것이 없이는 우리 민족의 생활을 보장할 수 없을뿐더러, 우리 민족의 정신력을 자유로 발휘하여 빛나는 문화를 세울 수가 없기 때문이다.

이렇게 완전 자주독립의 나라를 세운 뒤에는,

둘째로 이 지구상의 인류가 진정한 평화의 복락(福樂)을 누릴 수 있는 사상을 낳아 그것을 먼저 우리 나라에 실현하는 것이다.

나는 오늘날의 인류의 문화가 불완전함을 안다. 나라마다 안으로는 정치상, 경제상, 사회상으로 불평등, 불합리가 있고, 밖으로 국제적으로는 나라와 나라의, 민족과 민족의 시기, 알력, 침략, 그리고 그 침략에 대한 보복으로 작고 큰 전쟁이 그칠 사이가 없어서 많은 생명과 재물을 희생하고도 좋은 일이 오는 것이 아니라 인심의 불안과 도덕의 타락은 갈수록 더하니 이래 가지고는 전쟁이 그칠 날이 없어 인류는 마침내 멸망하고 말 것이다. 그러므로 인류 세계에는 새로운 생활 원리의 발견과 실천이 필요하게 되었다. 이야말로 우리 민족이 담당한 천직이라고 믿는다.

그러므로 우리 민족의 독립이란 결코 삼천리 삼천만의 일이 아니라 진실로 세계 전체의 운명에 관한 일이요, 그러므로 우리 나라의 독립을 위하여 일하는 것이 곧 인류를 위하여 일하는 것이다.

만일 우리의 오늘날 형편이 초라한 것을 보고 자굴지심을 발하여 우리가 세우는 나라가 그처럼 위대한 일을 할 것을 의심한다 하면 그것은 스스로를 모욕하는 일이다.

우리 민족의 지나간 역사가 빛나지 아니함이 아니나 그것은 아직 서곡이었다. 우리가 주연 배우로 세계 역사의 무대에 나서는 것은 오늘 이후다. 삼천만의 우리 민족이 옛날의 그리스 민족이나 로마 민족이 한 일을 못한다고 생각할 수 있겠는가?

내가 원하는 우리 민족의 사업은 결코 세계를 무력으로 정복하거나 경제력으로 지배하려는 것이 아니다. 오직 사랑의 문화와 평화의 문화로 우리 스스로 잘 살고 인류 전체가 의좋고 즐겁게 살도록 하는 일을 하자는 것이다.

어느 민족도 일찍 그러한 일을 한 이가 없었으니 그것은 공상이라고 하지 말라. 일찍 아무도 한 자가 없기에 우리가 하자는 것이다. 이 큰 일은 하늘이 우리를 위하여 남겨 좋으신 것임을 깨달을 때에 우리 민족은 비로소 제 길을 찾고 제 일을 알아 본 것이다.

나는 우리 나라의 청년 남녀가 모두 과거의 조그맣고 좁다란 생각을 버리고 우리 민족의 큰 사명에 눈을 떠서 제 마음을 닦고 제 힘을 기르기로 낙을 삼기를 바란다. 젊은 사람들이 모두 이 정신을 가지고 이 방향으로 힘을 쓸진대 30년이 못하여 우리 민족은 괄목상대하게 될 것을 확신하는 바이다.

2. 정치 이념

나의 정치 이념은 한 마디로 표시하면 자유(自由)다. 우리가 세우는 나라는 자유의 나라라야 한다.

자유란 무엇인가. 절대로 각 개인이 제 멋대로 사는 것을 자유라 하면 이것은 나라가 생기기 전이나, 저 레닌의 말 모양으로 나라가 소멸된 뒤에나 있을 일이다.

국가 생활을 하는 인류에게는 이러한 무조건의 자유는 없다. 왜 그런고하면, 국가란 일종의 규범의 속박이기 때문이다. 국가 생활을 하는 우리를 속박하는 것은 법이다. 개인의 생활이 국법에 속박되는 것은 자유 있는 나라나 자유 없는 나라나 마찬가지다.

자유와 자유 아님이 갈리는 것은 개인의 자유를 속박하는 법이 어디서 오느냐 하는 데 달렸다. 자유 있는 나라의 법은 국민의 자유로운 의

사에서 오고 자유 없는 나라의 법은 국민 중의
어떤 일개인 또는 일계급에서 온다. 일개인에서
오는 것을 전체 또는 독재라 하고 일계급에서 오
는 것을 계급독재(階級獨裁)라 하고 통칭 파쇼라
고 한다.

나는 우리 나라가 독재의 나라가 되기를 원치
아니한다. 독재의 나라에서는 정권에 참여하는
계급 하나를 제외하고는 다른 국민은 노예가 되
고 만 것이다.

독재 중에서 가장 무서운 독재는 어떤 주의(主
義), 즉 철학을 기초로 하는 계급독재다. 군주나
기타 개인 독재자의 독재는 그 개인만 제거되면
그만이거니와, 다수의 개인으로 조직된 한 계급
이 독재의 주체일 때에는 이것을 제거하기는 심
히 어려운 것이니 이러한 독재는 그보다도 큰 조
직의 힘이거나 국제적 압력이 아니고는 깨뜨리기
어려운 것이다.

우리 나라의 양반 정치도 일종의 계급독재이거니와 이것은 수백 년 계속하였다. 이탈리아의 파시스트, 독일의 나치스의 일은 누구나 다 아는 일이다.

그러나 모든 계급독재 중에도 가장 무서운 것은 철학을 기초로 한 계급독재이다.

수백 년 동안 이조 조선에 행하여 온 계급독재는 유교, 그 중에도 주자학파의 철학을 기초로 한 것이어서 다만 정치에 있어서만 독재가 아니라 사상, 학문, 사회생활, 가정생활, 개인생활까지도 규정하는 독재였었다. 이 독재 정치 밑에서 우리 민족의 문화는 소멸되고 원기는 마멸된 것이다. 주자학(朱子學) 이외의 학문은 발달하지 못하니 이 영향은 예술, 경제, 산업에까지 미쳤다.

우리 나라가 망하고 민력이 쇠잔하게 된 가장 큰 원인이 실로 여기 있었다. 왜 그런고하면 국민의 머릿속에 아무리 좋은 사상과 경륜이 생기더라도 그가 집권 계급의 사람이 아닌 이상, 또 그것이 사문난적(斯文亂賊)이라는 범주 밖에 나지 않는 이상 세상에 발표되지 못하기 때문이었다.

이 때문에 싹이 트려다가 눌려 죽은 새 사상, 싹도 트지 못하고 밟혀 버린 경륜이 얼마나 많았을까. 언론의 자유가 어떻게나 중요한 것임을 통감하지 아니할 수 없다. 오직 언론의 자유가 있는 나라에만 진보가 있는 것이다.

시방 공산당이 주장하는 소련식 민주주의란 것은 이러한 독재 정치 중에도 가장 철저한 것이어서 독재정치의 모든 특징을 극단으로 발휘하고 있다.

즉, 헤겔에게서 받은 변증법(辯證法), 포이에르 바하의 유물론(唯物論)의 두 가지와, 아담 스미스의 노동 가치론을 가미한 마르크스의 학설을 최후의 것으로 믿어 공산당과 소련의 법률과 군대와 경찰의 힘을 한데 모아서 마르크스의 학설에 일점일획이라도 반대는 고사하고 비판만 하는 것도 엄금하여 이에 위반하는 자는 죽음의 숙청으로써 대하니 이는 옛날의 조선의 사문난적에 대한 것 이상이다.

만일 이러한 정치가 세계에 퍼진다면 전 인류의 사상은 마르크스주의 하나로 통일될 법도 하거니와 설사 그렇게 통일이 된다 하더라도 그것이 불행히 잘못된 이론일진대 그런 큰 인류의 불행은 없을 것이다.

그런데 마르크스의 학설의 기초인 헤겔의 변증법의 이론이란 것이 이미 여러 학자의 비판으로 말미암아 전면적 진리가 아닌 것이 알려지지 아니하였는가. 자연계의 변천이 변증법에 의하지 아니함은 뉴턴, 아인슈타인 등 모든 과학자들의 학설을 보아서 분명하다.

그러므로 어느 한 학설을 표준으로 하여서 국민의 사상을 속박하는 것은 어느 한 종교를 국교(國敎)로 정하여서 국민의 신앙을 강제하는 것과 마찬가지로 옳지 아니한 일이다. 산에 한 가지 나무만 나지 아니 하고 들에 한 가지 꽃만 피지 아니한다. 여러 가지 나무가 어울려서 위대한 삼림의 아름다움을 이루고 백 가지 꽃이 섞여 피어서 봄 들의 풍성한 경치를 이루는 것이다.

우리가 세우는 나라에는 유교도 성하고 불교도, 예수교도 자유로 발달하고 또 철학으로 보더라도 인류의 위대한 사상이 다 들어와서 꽃이 피고 열매를 맺게 할 것이니 이러하고야만 비로소 자유의 나라라 할 것이요, 이러한 자유의 나라에서만 인류의 가장 크고 가장 높은 문화가 발생할 것이다.

나는 노자(老子)의 무위(無爲)를 그대로 믿는 자는 아니거니와, 정치에 있어서 너무 인공을 가

하는 것을 옳지 않게 생각하는 자이다. 대개 사람이란 전지전능할 수가 없고 학설이란 완전무결할 수 없는 것이므로 한 사람의 생각, 한 학설이 원리로 국민을 통제하는 것은 일시 속한 진보를 보이는 듯하더라도 필경은 병통이 생겨서 그야말로 변증법적인 폭력의 혁명을 부르게 되는 것이다.

모든 생물에는 다 환경에 순응하여 저를 보존하는 본능이 있으므로 가장 좋은 길은 가만히 두는 길이다. 작은 꾀로 자주 건드리면 이익보다도 해가 많다. 개인 생활에 너무 잘게 간섭하는 것은 결코 좋은 정치가 아니다. 국민은 군대의 병정도 아니요, 감옥의 죄수도 아니다. 한 사람 또 몇 사람의 호령으로 끌고 가는 것이 극히 부자연하고 또 위태한 일인 것은 파시스트 이탈리아와 나치스 독일이 불행하게도 가장 잘 증명하고 있지 아니한가.

미국은 이러한 독재 국에 비겨서는 심히 통일이 무력한 것 같고 일의 진행이 느린 듯 하여도 그 결과로 보건대 가장 큰 힘을 발하고 있으니 이것은 그 나라의 민주주의 정치의 효과이다.

　무슨 일을 의논할 때에 처음에는 백성들이 저마다 제 의견을 발표하여서 헌헌효효하여 귀일할 바를 모르는 것 같지만, 갑론을박으로 서로 토론하는 동안에 의견이 차차 정리되어서 마침내 두어 큰 진영으로 포섭되었다가 다시 다수결의 방법으로 한 결론에 달하여 국회의 결의가 되고 원수의 결재를 얻어 법률이 이루어지면 이에 국민의 의사가 결정 되어 요지부동하게 되는 것이다.

　이 모양으로 민주주의란 국민의 의사를 알아보는 한 절차, 또는 방식이요, 그 내용은 아니다. 즉 언론의 자유, 투표의 자유, 다수결에 복종, 이 세 가지가 곧 민주주의다. 국론(國論), 즉 국민 의사의 내용은 그때그때 국민의 언론전으로 결정

되는 것이어서 어느 개인이나 당파의 특정한 철학적 이론에 좌우되는 것이 아님이 미국식 민주주의의 특색이다. 다시 말하면 언론, 투표, 다수결 복종이라는 절차만 밟으면 어떠한 철학에 기초한 법률도 정책도 만들 수 있으니 이것을 제한하는 것은 오직 그 헌법의 조문(條文) 뿐이다.

그런데 헌법도 결코 독재국의 그것과 같이 신성불가침의 것이 아니라 민주주의의 절차로 개정할 수가 있는 것이니 이러므로 민주, 즉 백성이 나라의 주권자라 하는 것이다.

이러한 나라에서 국론을 움직이려면 그 중에서 어떤 개인이나 당파를 움직여서 되지 아니 하고 그 나라 국민의 의견을 움직여서 된다. 백성들의 작은 의견은 이해관계로 결정되거나 큰 의견은 그 국민성과 신앙과 철학으로 결정된다.. 여기서 문화와 교육의 중요성이 생긴다.

국민성을 보존하는 것이나 수정하고 향상하는

것이 문화와 교육의 힘이요, 산업의 방향도 문화와 교육으로 결정됨이 큰 까닭이다. 교육이란 결코 생활의 기술을 가르치는 것만을 의미하는 것이 아니다. 교육의 기초가 되는 것은 우주와 인생과 정치에 대한 철학이다.

어떠한 철학의 기초 위에 어떠한 생활의 기술을 가르치는 것이 곧 국민 교육이다. 그러므로 좋은 민주주의의 정치는 좋은 교육에서 시작될 것이다. 건전한 철학의 기초 위에 서지 아니한 지식과 기술의 교육은 그 개인과 그를 포함한 국가에 해가 된다. 인류 전체로 보아도 그러하다.

이상에 말한 것으로 내 정치 이념이 대강 짐작될 것이다. 나는 어떠한 의미로든지 독재 정치를 배격한다. 나는 우리 동포를 향하여서 부르짖는다. 결코 독재 정치가 아니 되도록 조심하라고. 우리 동포 각 개인이 십 분의 언론 자유를 누려서 국민 전체의 의견대로 되는 정치를 하는 나라를 건설하자고.

　일부 당파나 어떤 한 계급의 철학으로 다른 다
수를 강제함이 없고, 또 현재의 우리들의 이론으
로 우리 자손의 사상과 신앙의 자유를 속박함이
없는 나라, 천지와 같이 넓고 자유로운 나라, 그
러면서도 사랑의 덕과 법의 질서가 우주 자연의
법칙과 같이 준수되는 나라가 되도록 우리 나라
를 건설하자고

　그렇다고 나는 미국의 민주주의 제도를 그대로
직역하자는 것은 아니다. 다만 소련의 독재적인
민주주의에 대하여 미국의 언론 자유적인 민주주
의를 비교하여서 그 가치를 판단하였을 뿐이다.
둘 중에서 하나를 택한다면 사상과 언론의 자유
를 기초로 한 자를 취한다는 말이다.

　나는 미국의 민주주의 정치 제도가 반드시 최
후적인 완성된 것이라고는 생각지 아니한다. 인
생의 어느 부분이나 다 그러함과 같이 정치 형태

에 있어서도 무한한 창조적 진화가 있을 것이다. 더구나 우리 나라와 같이 반만 년 이래로 여러 가지 국가 형태를 경험한 나라에는 결점도 많으려니와 교묘하게 발달된 정치 제도도 없지 아니할 것이다.

가까이 이조 시대로 보더라도 홍문관(弘文館), 사간원(司諫院), 사헌부(司憲府) 같은 것은 국민 중에 현인(賢人)의 의사를 국정에 반영하는 제도로 멋있는 제도요, 과거 제도와 암행어사 같은 것도 연구할 만한 제도다. 역대의 정치 제도를 상고(詳考)하면 반드시 쓸 만한 것도 많으리라고 믿는다.

이렇게 남의 나라의 좋은 것을 취하고 내 나라의 좋은 것을 골라서 우리 나라 독특한 제도를 만드는 것도 세계의 문운(文運)에 보태는 일이다.

한 정신의 교육으로 영속될

류의 모범이 되기로 사명을 삼

원은 이기적 개인주의자여서는

는 개인의 자유를 극도로 주장하되

들과 같이 저마다 제 배를 채우기

가 아니요, 제 가족을, 제 이웃을,

잘 살게 하기에 쓰이는 자유다. 공원

는 자유가 아니라 공원에 꽃을 심는

는 남의 것을 빼앗거나 남의 덕을 입으려

람이 아니라 가족에게, 이웃에게, 동포에게

것으로 낙을 삼는 사람이다. 우리말의 이른

선비요, 점잖은 사람이다.

그러므로 우리는 게으르지 아니하고 부지런하

다. 사랑하는 처자를 가진 가장은 부지런할 수밖

에 없다. 한없이 주기 위함이다. 힘든 일은 내가

3. 내가 원하는 우리 나라

나는 우리 나라가 세계에서 가장 아름다운 나라가 되기를 원한다. 가장 부강한 나라가 되기를 원하는 것은 아니다. 내가 남의 침략에 가슴이 아팠으니 내 나라가 남을 침략하는 것을 원치 아니한다. 우리의 부력(富力)은 우리의 생활을 풍족히 할 만하고 우리의 강역은 남의 침략을 막을 만하면 족하다.

오직 한없이 가지고 싶은 것은 높은 문화의 힘이다. 문화의 힘은 우리 자신을 행복하게 하고 나아가서 남에게 행복을 주겠기 때문이다.

지금 인류에게 부족한 것은 무력도 아니요, 경제력도 아니다. 자연 과학의 힘은 아무리 많아도 좋으나 인류 전체로 보면 현재의 자연 과학만 가지고도 편안히 살아가기에 넉넉하다. 인류가 현재에 불행한 근본 이유는 인의(仁義)가 부족하고 자비가 부족하고 사랑이 부족한 때문이다. 이 마음만 발달이 되면 현재의 물질력으로 20억이 다 편안히 살아갈 수 있는 것이다. 인류의 이 정신을 배양하는 것은 오직 문화이다.

나는 우리 나라가 남의 것을 모방하는 나라가 되지 말고 이러한 높고 새로운 문화의 근원이 되고 목표가 되고 모범이 되기를 원한다. 그래서 진정한 세계의 평화가 우리 나라에서, 우리 나라로 말미암아서 세계에 실현되기를 원한다. 홍익인간(弘益人間)이라는 우리 국조(國祖) 단군의 이상이 이것이라고 믿는다.

또 우리 민족의 재주와 정신과 과거의 단련이 이 사명을 달성하기에 넉넉하고 우리 국토의 위치와 기타의 지리적 조건이 그러하며, 또 1, 2차의 세계 대전을 치른 인류의 요구가 그러하며 이러한 시대에 새로 나라를 고쳐 세우는 우리의 서 있는 시기가 그러하다고 믿는다. 우리 민족이 주연 배우로 세계의 무대에 등장할 날이 눈앞에 보

먹음으로써 되고 그러
것이다.

최고 문화로 인
는 우리 민족의
안 된다. 우리는

그것은 저 짐
에 쓰는 자의
한다. 우리의
미워하고 분해하는
제 국민을
거니와 적은 이미 물
의 꽃을
쟁을 버리고 화합의 건설
자유다.
우리

집안이 불화하면 망하고
는 시
우면 망한다. 동포간의 증오와
주
兆)다. 우리의 용모에서는 화기가
비
우리 국토 안에는 언제나 춘풍이 태탕
다. 이것은 우리 국민 각자가 한 번 마음

앞서 하니 사랑하는 동포를 아낌이요, 즐거운 것은 남에게 권하니 사랑하는 자를 위하기 때문이다. 우리 조상 네가 좋아하던 인후지덕(仁厚之德)이란 것이다.

이러함으로써 우리 나라의 산에는 삼림이 무성하고 들에는 오곡백과가 풍성하며 촌락과 도시는 깨끗하고 풍성하고 화평할 것이다. 그리하여 우리 동포, 즉 대한 사람은 남자나 여자나 얼굴에는 항상 화기가 있고 몸에서는 덕의 향기를 발할 것이다. 이러한 나라는 불행하려 하여도 불행할 수 없고 망하려 하여도 망할 수 없는 것이다.

민족의 행복은 결코 계급투쟁에서 오는 것도 아니요, 개인의 행복이 이기심에서 오는 것도 아니다. 계급투쟁은 끝없는 계급투쟁을 낳아서 국토에 피가 마를 날이 없고 내가 이기심으로 남을 해하면 천하가 이기심으로 나를 해할 것이니, 민족적으로도 그러함을 증명하는 가장 좋은 실례다.

이상에서 말한 것은 내가 바라는 새 나라의 용모의 일단을 그린 것이거니와 동포 여러분! 이러한 나라가 될진대 얼마나 좋겠는가. 우리네 자손을 이러한 나라에 남기고 가면 얼마나 만족하겠는가.

옛날 한토의 기자(箕子)가 우리 나라를 사모하여왔고, 공자께서도 우리 민족이 사는 데 오고 싶다고 하셨으며 우리 민족을 인(仁)을 좋아하는 민족이라 하셨으니, 옛날에도 그러하였거니와 앞으로는 세계 인류가 모두 우리 민족의 문화를 이렇게 사모하도록 하지 아니하려는가.

나는 우리의 힘으로, 특히 교육의 힘으로 반드시 이 일이 이루어질 것을 믿는다. 우리 나라의 젊은 남녀가 다 이 마음을 가질진대 아니 이루어지고 어찌하랴.

나도 일찍 황해도에서 교육에 종사하였거니와

내가 교육에서 바라던 것이 이것이었다. 내 나이 이제 70이 넘었으니 몸소 국민 교육에 종사할 시일이 넉넉지 못하거니와 나는 천하의 교육자와 남녀 학도들이 한 번 크게 마음을 고쳐먹기를 빌지 아니할 수 없다.

1947년
새문 밖에서

오늘의 작은책 시리즈 동양편

오늘의 작은책 시리즈 서양편

해답을 주는 책

감동을 주는 책

교양을 주는 책

재미를 주는 책

정보를 주는 책

지식을 주는 책

〈오늘의책〉출판사는 늘 책의 가치를 제일 먼저 생각합니다.

TODAY'S BOOK Publishing Co.

www.todaybook.co.kr